尼古拉·特斯拉的绳子 第1部

致暗频率

王一弦 著

中国广播影视出版社

图书在版编目（CIP）数据

致暗频率 / 王一弦著. -- 北京 ： 中国广播影视出版社，2024.1

（"尼古拉·特斯拉的绳子"系列）

ISBN 978-7-5043-9178-0

Ⅰ．①致… Ⅱ．①王… Ⅲ．①长篇小说－中国－当代 Ⅳ．①I247.5

中国国家版本馆CIP数据核字(2023)第234996号

致暗频率

王一弦　著

责任编辑　王　佳　孙诗雯
装帧设计　元泰书装
责任校对　张　哲

出版发行　中国广播影视出版社
电　　话　010-86093580　010-86093583
社　　址　北京市西城区真武庙二条 9 号
邮　　编　100045
网　　址　www.crtp.com.cn
电子信箱　crtp8@sina.com

经　　销　全国各地新华书店
印　　刷　涿州市般润文化传播有限公司

开　　本　787 毫米 × 1092 毫米　1/16
字　　数　286（千）字
印　　张　23.25
版　　次　2024 年 1 月第 1 版　2024 年 1 月第 1 次印刷

书　　号　ISBN 978-7-5043-9178-0
定　　价　79.00 元

目 录

楔 子   001

第一章

01 口信   009

02 挪巢   013

03 饭盒   018

04 纸黄金   022

05 鱼子酱   027

第二章

01 节拍器   035

02 保水剂   040

03 巡洋舰   044

04 轮盘赌   049

05 舒曼共振   054

第三章

01 彗星　　　　　　　　061

02 动态以太　　　　　　066

03 海燕　　　　　　　　071

04 太阳黑子　　　　　　076

05 迷药　　　　　　　　081

第四章

01 梅花 K　　　　　　　089

02 轩辕十四　　　　　　094

03 极光　　　　　　　　099

04 鼹鼠　　　　　　　　104

05 参数表　　　　　　　108

第五章

01 大老板　　　　　　　115

02 绳子　　　　　　　　119

03 温度异常　　　　　　124

04 四重奏　　　　　　　128

05 第五修正案　　　　　133

第六章

01 三和弦　　　　　　　141

02 布局高手　　　　　　146

03 天卫二十八　　　　　150

04 热信号　　　　　　　155

05 有价值的情报　　　　160

第七章

01 能量泡　　　　　　　167

02 AI 机枪　　　　　　 172

03 相乘的意义　　　　　178

04 指挥家　　　　　　　183

05 太空拖船　　　　　　189

第八章

01 瑟曼号　　　　　　　197

02 甚低频　　　　　　　202

03 阿纳希塔　　　　　　206

04 昏倒　　　　　　　　211

05 斗骆驼节　　　　　　216

第九章

01 小行星 223

02 华尔兹 227

03 新镶 232

04 功率不够 237

05 订婚礼 242

第十章

01 航线 249

02 机器岛 253

03 干扰源 258

04 解药 263

05 水泥 268

第十一章

01 小线圈儿 275

02 变轨 280

03 无法避免 285

04 八角金冠 291

05 龙凤胎 296

第十二章

01 间谍罪   305

02 体面的理由   310

03 招供   315

04 换帽子   320

05 丑闻   325

第十三章

01 石头山   333

02 鸟形折纸   339

03 老馕爸的秘密   345

04 新纪元   350

尾 声

尾 声   357

楔 子

2027 年 5 月 25 日

木星的公转周期是 11.86 年,它多转一圈,地球时间就增加约 12 年。今天,木星又一次来到狮子座 α 星轩辕十四与太阳的连线上。79 光年之外,轩辕十四以超过一万度的高温,蓝光四射。太阳光球表面磁场涌动,新的太阳黑子正在生成,热浪席卷地球,欧洲迎来了有气象记录以来最热的夏天。

超视野号探测器经过 9 年半的漫长旅途,如期到达冥王星。它为人类传回清晰的图像,完成那个重要实验之后,朝太阳系外高速飞去,身后拖着一条长长的碳纤维丝线。

同日,彩瓦国多瑙堡

会议室的一端,桌子摆成 U 形,开口朝外。桌子后面坐着各国代表,代表身后是他们各自国家的国旗。处于隔离线外另一端的摄影记者们,长枪短炮,闪光灯轮番轰炸的同时,文字记者迫不及待地发回简短但重磅的新闻:亮国等多国与玉汗国签署《合作共管实施步骤计划书》,

也称玉汗国飞米武器限制协议。

飞米是距离单位，一飞米等于百万分之一纳米。飞米武器又叫热熔武器，具有大规模杀伤性，几十年前，国际大家庭理事会就通过了多国共同签署的《飞米武器限制公约》。近十年来，玉汗国违反公约，一直被亮国为首的多国制裁。

F国代表站起身，目送着蜂拥赶往采访区的记者们，端起侍者托盘里的香槟酒，优雅地对其他代表说："先生们，我提议，为我们大家艰难而成功树立起的里程碑干杯！"亮国代表略一迟疑，说道："今天签字的代表都是部长级的，恐怕这个协议还需要我们的执政官以及各位国家的元首签署，之后还要由国际大家庭理事会表决通过，才正式生效。"

玉汗国代表少见地表示同意，说道："我也需要再次得到我们最高层的确认。"F国代表无奈地耸耸肩，说道："好吧，先生们，48小时够不够？国际大家庭理事会将于6天后举行例会，我本人乐见这份协议能够顺利提交并通过！"

一个大国的代表走到F国代表身边，微笑着说道："国庆日快乐！"F国代表开怀大笑："谢谢！谢谢！今晚我国首都香磨城的焰火音乐会上，将有来自贵国的著名钢琴家表演！"

几小时后，F国首都，香磨城

5月25日是F国国庆日。入夜，大铁塔下的阿波罗广场上，有序地涌动着80万人潮，第三届香磨城国庆日焰火音乐晚会即将开始。

珍妮弗·布劳恩来自同在欧洲的G国，是刚组建不久的F国超级大学，斯汝雷大学物理学院的一年级新生。虽然9月才正式开学，珍妮弗5月初就来到了香磨城，昨天，从亮国火箭城来香磨城度假的堂妹达芙妮·布劳恩与珍妮弗会合。今天，姐妹俩来到了波庞河边的晚会现场。

音乐会开始，第一首曲子是著名作曲家柏辽兹的《匈牙利进行曲》，又名《拉科奇进行曲》，选自歌剧《浮士德的天谴》，由香磨城国家管弦乐团演奏。激昂的号声、明快的弦乐从置于广场两侧的数百个扬声器中送出，阿波罗广场一片欢腾！

珍妮弗沉浸在巨大的声浪里，感觉肩膀被人拍了一下，回身一看，是巴希尔和卡米拉。

"真巧呀，珍妮弗，你也来啦！"巴希尔大声地喊着。

"他俩是我的同学，也是新生，来自墨金国。"珍妮弗向达芙妮介绍道，达芙妮热情地与两人互相问候。巴希尔对达芙妮说："你刚到香磨城，景点还没去过吧？今天的晚会现场集中了香磨城的主要景点！"

达芙妮疑惑地看着巴希尔，巴希尔像变魔术似的从背包中取出画本和铅笔，看了看晚会现场的布置，用铅笔边比边画。巴希尔在画纸上画出大铁塔做背景，然后，在下方画上国家博物馆入口的玻璃斜屋入口建筑，给姐妹俩展示后，将玻璃屋下方擦掉，只保留玻璃斜屋顶。在屋顶下画了胜利门，展示后，又将胜利门下方擦掉，只保留宽大的门楣部分。接着，将两个对称的方框勾勒几下，拿给姐妹俩。达芙妮惊叫起来，这不就是今天晚会现场的舞台吗？

大铁塔下方，是在人工平台上搭建的舞台，舞台两侧是对称的两块电子屏，与胜利门的上部范式一样，最妙的是整个舞台用玻璃斜屋顶覆盖。达芙妮竖起两个大拇指，露出了灿烂的笑容。一旁始终安静的卡米拉用手机连续拍摄了一组照片。

卡米拉的真名叫罗珊娜，和巴希尔一样是玉汗人，由玉汗国情报局送到 F 国香磨城读书。今天，是两人第一次执行任务。若接到指令，他们会设法把达芙妮迷晕，交给外围行动组予以绑架。罗珊娜看似无意地划着手机，选出一张达芙妮的照片，发送出去，经过多次加密后，显示在地球另一边那个人的手机上。

音乐会后半段的焰火表演即将开始，众所周知的信号是 F 国国歌《基山港进行曲》引发的全体大合唱。在此之前，上半场最后一首曲子是伯恩斯坦的《西区故事》，该曲是爵士乐和经典交响乐的结合，和声与变调频繁丰富，但终究比不得欧洲歌剧序曲的恢弘，似乎是焰火盛宴高潮前的铺垫。人群的躁动稍安，随着乐曲中小号加塞子的变调声，竟有几分诡异和令人恍惚。

巴希尔在画纸上写道：这音乐像是希区柯克的悬疑电影。达芙妮拿过笔，补充：描绘的是霓都的西区，更像是亮国的西部！

此时此刻，亮国火箭城

圣胡安餐厅在亮国航天局主办公楼的 500 米外，经营建强国菜品和酒吧，24 小时不打烊。与多数餐厅不同，这家餐厅的午餐比晚餐还正式，可以说午餐是正餐。这是因为餐厅的主要客人都是亮国航天局的员工，他们多半上夜班进行观测和操控。他们昼夜颠倒，很多顾客把午餐当正餐，甚至下午一两点钟就在酒吧区狂饮。

阿布德上午就来到了餐厅，坐在就餐区靠近酒吧区的一张桌子边，他点了咖啡，悠闲地翻看着手机。阿布德是玉汗国国立石油公司驻火箭城的商务代表，也是玉汗国情报局的资深特工。

手机跳出了达芙妮的照片，阿布德想象着，过一会儿，当布劳恩教授看到这张照片时的反应。他要以教授的宝贝女儿相威胁，换取超视野号实验成功与否的消息。

过了一会儿，目标出现，亮国航天局超视野号探测器项目负责人布劳恩教授和六七个满脸亢奋的男女几乎是冲进了餐厅，径直奔向酒吧区，要了威士忌酒之后，几人相互击掌，难掩激动，低声说："我们做到了！热信号，特斯拉是神呀！"

阿布德结了账，默默地走出餐厅，用手机给照片发送者加密回复了两个字：取消。

此时此刻，玉汗国首都，高原城

阿布德的妻子放下电话，对身旁的情报局主管哈米德报告："阿布德说邻居家小女孩儿的玩具买到了。"哈米德站起身，走到门廊外，掏出了专用手机，拨通，说："亮国人的实验成功了，我们的'小女孩儿'计划是可行的，理论上我们找到了替代飞米武器的威慑力量。望您批准并通知外交部，将我们同意限制发展飞米武器的协议提交国际大家庭理事会。"

2027 年 5 月 31 日，国际大家庭理事会表决通过了玉汗国飞米武器限制协议。

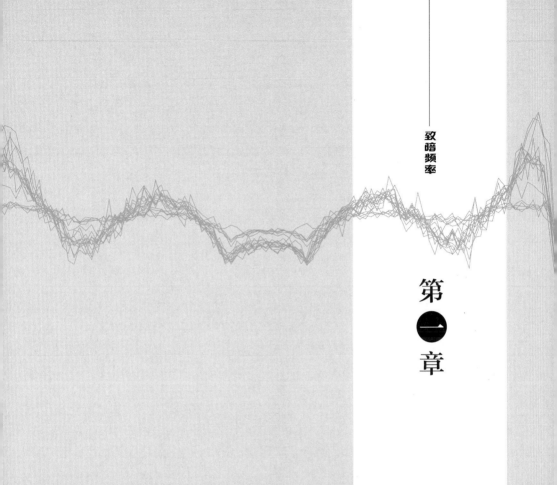

致暗频率

第一章

口信

2039 年 2 月

达芙妮·布劳恩似乎听到了"哒哒哒"的声音，她头痛欲裂，像是被灌了铅。那是什么声音？闹钟？不是。是计时器吗？也不是。

是钢琴节拍器的声音！达芙妮慢慢苏醒了，她动了动手指，睁开了眼睛。黑暗之中，她确认，是节拍器发出的响声。达芙妮从小练习钢琴，她确信，节拍器的速率是 60BPM，也就是每分钟 60 次。

达芙妮摸索着按了按身下，是床垫。她试着撑起身体坐起来，像是触发了什么机关，头顶的灯亮了。达芙妮捂住眼睛，慢慢适应了房间里的光线。

房间不大，约 15 英尺见方，地上只有一个床垫，头顶是两条白色灯带，对面墙上镶嵌着一个扩音器喇叭，房间对角处有一个连接在墙体上的悬空支架，上面固定着钢琴节拍器，节拍器的发条旋钮似乎受控于一个定时装置。

节拍器的滴答声渐渐停了，达芙妮回想着这是什么情况，显然，这不是梦境。清晨，寓所外，跑步，有人从后面用湿布捂住了她的口鼻。

"我是被绑架了？"达芙妮自言自语地说。

"不是！达芙妮，没人绑架你，我们只是请求你帮个忙而已。"扩音器中突然发出声音，吓了达芙妮一跳。

"这是什么地方？你们是谁？"达芙妮问。

"我是一个AI问答机，我可以回答你的所有问题。我们是你的朋友，以后你会知道我们是谁。"AI机说道，"你正在一艘海船上的集装箱里，十分钟后驳船会把集装箱载到岸上，我已经说了这不是绑架，靠岸后，门会自动打开，没有人会限制你的自由。"

达芙妮这才注意到，房间确实有一些晃动。

"不是绑架？你们把我迷晕，关在这儿，你们要干什么？"

"达芙妮，我们想请你传递一个口信，作为报酬，你会收到一大笔钱，将近5万美元。"

达芙妮听糊涂了，说："你在说什么，我不要你们的钱，什么口信，传给谁？你们自己去说不好吗？为什么找我？"

AI问答机传出了和蔼的笑声，"亲爱的达芙妮，你太紧张了！非常抱歉给你带来的困扰，但请务必记住口信。口信是——小女孩儿。"

达芙妮更觉得奇怪了，说："什么'小女孩儿'？这个口信传给谁？"

"你记住'小女孩儿'这几个字就行了，不必问传给谁。"AI机说道，"好了，船马上就靠岸了，再次向你表达歉意。为此，船到岸后，你会收到一个礼物，你会需要它的。再见！"

扩音器不再说话了，继续传出节拍器的声响，达芙妮看了一眼墙角的节拍器，它并未摆动，早就停止发声了。达芙妮分辨出节拍器的声音是扩音器播放的录音，录音中的节拍器速率是20BPM和40BPM交替的。

被宣称的"船"似乎停了，房间顶部传来被吸住的声音，晃晃悠悠地被吊起来，升高，下降，之后不轻不重地停了下来，很稳，应该是被放在了陆地上。

扬声器下方约一英尺见方的墙面突然弹开了，露出了里面的暗格，暗格里平放着一部手机，外壳是珍珠白色的。达芙妮知道这不是自己的手机，因为她的手机外壳是玫瑰金色的，她试着按了一下开机键，手机屏幕亮起。

突然，达芙妮左侧的墙面徐徐地向外向下打开，最终贴合在了地面上。清新湿润的空气混合着少量的灰尘弥漫进来。达芙妮深吸了一口气，站起来，拿着手机走到了户外。正前方是由碎石和粗砂组成的空旷暗灰色场地。

达芙妮向前走出十几米后，回身一望，是几只巨大的集装箱驳船和上百个摆放并不怎么规整的集装箱，硕大的集装箱吊车前前后后、上上下下地运动着。达芙妮周围没有人，时间应该是上午，海风略带咸味儿。海浪有规律地敲打着船坞的水泥石墩，反衬出空旷和无人的安静，晨光暗淡，丝丝薄雾带着少许的凉意。达芙妮飞速地思考着，逃离！可是她不知该往何处逃离。

达芙妮把手机拿到眼前，手机已经完成了开机，并未设置密码保护。达芙妮打开通讯录，发现里面只有一条记录，写着"爸爸"。达芙妮迟疑了一下，细看向显示横条"爸爸"两字下面的号码数字，竟发现真的是她父亲的手机号码。达芙妮迫不及待地拨通了电话……

亮国萨州火箭城东南郊是亮国航天局的发射中心所在地。航天中心的办公区由多个错落的小房子组成，靠近巨大停车场的一座不起眼的小二楼是亮国 T 计划涉及航空航天部分的研究中心。

亮国航天局资深项目经理布劳恩教授是该中心的负责人兼首席科学家。布劳恩教授的爷爷自世界大战后移居亮国，布劳恩教授基因中自带的理性、思辨和数学天赋使他集理论与技术于一身，成为了亮国航天局天体动力学和火箭工程学的顶尖专家。

布劳恩教授身材高挑，有 5 英尺 9 英寸，额头宽阔，眼窝深陷，鼻子笔直，鼻头略微勾起，一看便知是个睿智而又严谨的学者。两天前的上午，他发现女儿达芙妮失联，急忙向同在小楼中办公的反恐总局代表大卫·哈尔西通报。

因为 T 计划的保密级别极高，且布劳恩教授属于 T 计划核心人员，受到反恐总局和亮国调查局的特殊保护，同时其女儿的失联可能涉及绑架事件，这引起了大卫的高度重视。

布劳恩教授与大卫在办公室中讨论如何寻找达芙妮的时候，布劳恩的手机突然响起，显示了一个未知号码，教授接起电话，手机中传来了急促的声音："爸爸，我是达芙妮。"

"达芙妮，你现在好吗？安全吗？你在哪？"布劳恩急切地问道。

达芙妮说："我在一个集装箱码头的空地上，我也不知道这是哪儿，我周围没有人，似乎是安全的。"大卫冲出办公室，跑到情报分析员的工位上，要求其立即定位与布劳恩教授通话手机的坐标位置。

十几米外，达芙妮刚才所处的集装箱内突然涌出白烟，伴随着刺鼻的酸性物质味道扩散，集装箱里的床垫开始着起火来。达芙妮下意识地朝更远端跑去，边跑边举着手机四处张望，在不远处的一个牌子上，绿底白字写着西国文字，上面的一串字母应该是个地名。

布劳恩教授在手机听筒里，听到那个地名的同时，大卫冲回来，大喊："手机信号在 200 海里外，建强国阿比西港"。

挪巢

2038 年 3 月 20 日，玉汗国波古城

玉汗国"挪巢学校"设在波古城老城区，是玉汗国情报局直属的特工学校，学员来自经过严格筛选的志愿者家庭。2019 年，玉汗国因发展飞米武器被国际大家庭制裁后，哈米德·图加尔受命设立该学校，招收 7 至 15 岁的孩子进行培养。"挪巢学校"被特许男女学生可以同校，罗珊娜、巴希尔、布尔汗（巴希尔的哥哥）都是第一批学员。

波古城位于玉汗国西南部，是古波文明的核心区域。古波人精通天文，最早使用太阳历。每年的春分，太阳直射赤道并开始北移的日子被定义为一年的开始，即玉汗国新年——迎春节。

迎春饭是迎春节必不可少的菜肴，人们将贮藏了一个冬天的食物，比如陈米、白萝卜、各种豆类与波古城特产的葡萄干混在一起，做出一大锅，分给亲朋、邻居甚至是路人。这顿饭的寓意是，太阳带来了温暖，大地将会产出更多丰富的食物。所以人们可以将贮藏的食物全都拿出来分享而不必担心食物的短缺，以此迎接新年，迎接新的希望。

另一项迎新活动就是"挪巢"，"挪巢"不是搬家的意思，而是一家

人把屋子里能搬动的东西都搬到院子里。女人们擦拭、晾晒，男人们修补、整理。"挪巢"更准确地说应该叫：更新。

有条件的家庭会修一座新的馕坑，用于烤制最重要的主食——馕。新坑烤出的第一炉馕，要留出几个，保存到来年再吃。由此，上一年的老馕就成了迎春饭前的第一口食物，也是除旧迎新的一个引子。

哈米德总是把他的小学员昵称为："新馕孩子"。而孩子们也不示弱，给哈米德起的外号是："老馕爸"，后来简称"老爸"，再后来昵称不胫而走，情报局上下，无论级别和年龄，大家都将哈米德称为"老爸"。

今天是新年的第一天，老爸的小院迎来了一对假夫妻：巴希尔和罗珊娜。罗珊娜生于 2012 年 12 月 22 日，她与布尔汗、巴希尔兄弟同为"新馕"，罗珊娜和巴希尔一起学习并搭档了十余年，两家父亲通过哈米德均有意撮合布尔汗和罗珊娜。

玉汗国婚姻法规定女性要满 13 周岁才能结婚，因此两家计划在 2025 年冬至的曙光节为新人举行订婚礼。不幸的是，布尔汗于当年 11 月执行任务时身亡。自此，两人的关系一直是大家都不愿触碰的话题。

2033 年，由于掩护身份的需要，巴希尔和化名卡米拉的罗珊娜在墨金国帆船城举行婚礼，但在知情人眼里，他们是假夫妻。

两个孩子扑到哈米德身前，相拥行礼。

"老爸，见到您真高兴，西敏妈妈好吗？我要吃她做的阿拾面条浓汤！"

哈米德的妻子，西敏·图加尔迎出来笑着说："小丫头，我正给你们做着呢。"

寒暄过后，师徒三人席地而坐，哈米德一如既往地三句不离工作。

"你们俩的农业公司干得不错吧？有没有人怀疑两个学物理和天体力学的高材生为什么开农业公司？"

巴希尔笑答："没人怀疑，我们是以墨金国商人的身份在玉汗国做生意。玉汗国的纺织、建筑、制造和矿业都被亮国和欧洲制裁了，只有农业没被制裁，很多公司都转做农业了，更何况我们做的是高科技农业。"

"好吧，孩子们，我今天正式通知你们，我们准备了十几年的'小女孩儿'计划进入实施的最后阶段。计划的细节和步骤你们演练了多次，不用我重复了吧？"哈米德严肃地说。

"太好了，等这一天，等太久了！"巴希尔说。

"是从我们的农业公司开始吗？"罗珊娜问。

"对，农业公司，你们的第一个任务是与那个 F 国人马丹继续合作，取得吸水倍数更高的燕麦淀粉保水剂。"哈米德说。

"马丹已经将他供职的郁花国生物公司里吸水倍数最高的产品提供给我们了，现在的吸水倍数是 1 比 12 倍。4 月份开始，我们会在农场使用保水剂试种西瓜。"巴希尔说。

"马丹也正在使用我提供给他的玉汗国本地优质燕麦和多溪岛诺丽果酶，研制更高吸水倍数的保水剂。"罗珊娜说。

"嗯，我们需要的吸水率是 1 比 20 倍，单靠郁花国的技术可能不行，还是要旅芝国技术才行，哎！总是绕不开旅芝人！"哈米德自言自语道。

哈米德像是想起了什么，对巴希尔说："我下午刚打了一个新馕坑，还没完工，你能不能帮我把它做完？"

巴希尔站起来，顽皮地敬了一个军礼，笑着说："是，老爸，我马上就去！"说着，巴希尔冲出门去。

老馕爸对留下来的罗珊娜小声说："任务的最后一步该怎么做，你不会有问题吧？"

罗珊娜低下头，右手摸着脖子上挂着的木制项坠，项坠的花纹是一只象形的豹子。良久，罗珊娜抬头望着哈米德，说："他亲口交代给我的任务，您放心吧，不管对我来说有多难，我一定能做到！"

哈米德郑重地点头，说："谢谢你，罗珊娜，拜托了！"

西敏妈妈端着一大碗阿拾面条浓汤放在地毯的塑料布上，"开饭了！巴希尔快进来！"

罗珊娜站起来，进到厨房帮着上菜和餐具，巴希尔进来，哈米德示意两个女人一起坐下，像家人一样围坐开餐。美食堆叠，其乐融融。

大快朵颐，家人般的节日气氛渐入高潮，畅谈，欢笑。巴希尔拿来新年餐桌必不可少的精神食粮——《哈菲兹抒情诗集》。西敏妈妈拿来古波时期著名诗人的诗集，玉汗国很多家庭习惯在传统节日宴席上轮流诵读诗歌。

巴希尔接过诗集，他读道：

我驰骋在想象的天地，
编织如此多的魔术游戏。
成熟长大的人啊，有朝一日，
定能领会这深藏心底的秘密。

老爸放下传到手里的诗集，背诵了一段：

有谁能了解你，
看透你的心计？
或许有人能凭智慧，
明白你的真意。

轮到罗珊娜了，她若有所思地迟疑了一会儿，挑了一首朗读：

每当我遮住太阳的身躯，
他光芒闪耀，如此绚丽。

于是，成千上万的人，
见证了我的心意。
兴高采烈地指点着，
阴影的美丽。

我们的命运真的是，
与那本源的光融为一体？

03 饭盒

2038 年 12 月初

入夜，沙姆隆二世乘坐旅芝国静水港岸边的游艇，朝国外的绿茵岛爱神港驶去。航速 25 节，预计第二天黎明前即可到达。

沙姆隆二世是旅芝国情报机构鼎天组织的重要人物，负责领导着面向玉汗国的情报和行动。他的父亲也叫沙姆隆，是旅芝国的英雄。

沙姆隆二世 60 多岁，个子不高，灰白头发，凹凸不平的面部皮肤上趴着一个大鼻子，无论何时，只要他醒着，呛人的双舟国香烟从不离手。

绿茵岛之所以有这个名字是由于该岛盛产铜，岛南部的爱神港是旅游胜地。爱神港西南的半岛上，有一片拥有沙滩和礁石海岸约 15 英亩的区域，叫做维纳斯湾。它的产权归属于 F 国雅格国际集团，该集团是世界 500 强企业，主营旅游地产。

令人难以置信的是，雅格集团在全球拥有上万个大小岛屿的产权，并在其上面建有多家旅游度假酒店。由其率先推出的分时度假模式开创了将旅游和地产两个不同行业相结合的典范，使得该集团拥有良好的现金流和极具市场竞争力的酒店价格。

维纳斯湾绿化率超过 60%，一片葱茏，绿树之间有两座均不足 10 层楼高的五星级酒店。数十座大大小小的别墅，分布于沿岸的悬崖之上，掩映在树林和礁石之间，私密性极好，可供分时度假白金和钻石等级的会员使用。阿方索持有的是雅格集团白金会员卡，拥有 10 年内全球范围内雅格集团旗下酒店 60 天免费入住权。

阿方索是 F 国博尔电气公司 CEO，环境设备专家。阿方索的爷爷是 F 国旅芝人，大战期间，在朋友们帮助下成功掩盖了旅芝身份，到阿方索这一代已经完全查不到旅芝印记了。但实际上，阿方索在年轻时就已被旅芝国鼎天组织招募，现在掌管着 F 国情报网，是鼎天组织 F 国情报站的负责人。

阿方索住的别墅不大，但布局合理，风景极佳。二楼是宽敞的卧室，一楼的开放式厨房连着客厅。客厅朝海的一面，是一排落地玻璃门，可以完全拉开。阿方索坐在与客厅连通的户外休闲椅上，他脚下的地面由大块的青条石铺成，高出海平面约 10 码。平台尽头有台阶，拾级而下是小型的私人船坞。

远处海面上锚定着一艘游艇，游艇放下的小艇正快速地朝船坞驶来。阿方索从船坞接上沙姆隆二世回到了客厅，两人寒暄过后进入了正题。

"阿方索，你知道这 20 年来玉汗国的飞米武器威胁是我最大的心病，我们设计了各种方法除掉他们的核心研究人员，也想了很多办法炸毁他们的飞米武器设施。"沙姆隆二世望着海面，嘬着烟，缓缓地说道。

"我们不是除掉了玉汗国的几个重要研究人员，又在 2032 年 11 月，成功地把他们的首席飞米武器专家苏赛·穆扎迪打死了吗？"阿方索看着沙姆隆二世说。

致暗频率

"玉汗人把精炼重金属原料和几万台离子加速器藏在山洞里，我们的 A27 战斗机发射导弹炸了两次，可惜只能把洞口炸塌，无法将整个山洞摧毁。"沙姆隆二世像是自言自语地说。

阿方索一直盯着沙姆隆二世，他太了解眼前这个长官了，当沙姆隆二世的目光从海面上收回到自己身上的时候，才会讲到这次会面的主题。果然沙姆隆二世看向阿方索平静地说："玉汗人的山洞有利有弊，优点是我们打不着，缺点是山洞潮湿，环境空气中盐分极高。现在我们有了一个机会，我们了解到山洞环境给玉汗人带来了麻烦，他们的离子加速器快被腐蚀成废铁了。"

"那我们能做什么呢？"阿方索问道。

"如果玉汗国的山洞果真有严重的环境问题，他们要么将设备和原料运出来，换个地方储藏，我们则可以通过卫星监视，在途中将其击毁；要么给山洞增加更好的环境控制设备，我们也可能会找到做手脚的机会。"沙姆隆二世眼中闪着亮光，又接着说，"无论后续采取什么措施，我们现在的目标是检验和分析山洞的空气样本，在你公司的实验室，由你亲自做这个检验，没问题吧？"

"我公司的实验设备齐全，环境也很安全，我当然能检验各种空气样本，但问题是我们如何取得玉汗国山洞的空气样本呢？"阿方索问道。

"我们在有权限进入山洞的玉汗人中发展了一个线人，他同意将一个我们提供给他的特制的空饭盒带到山洞里，采集空气样本后将它带出来，交给我们的交通员。但是，这个线人的活动半径非常小，为了不引起怀疑，我们的交通员合理的日常工作范围最好能与线人的小半径产生交集。"沙姆隆二世抬了抬下巴，示意着指向远处游艇上站着的他的助手勒夫，对阿方索说道，"勒夫说他很幸运，很快就找到了一个旅芝裔工程师，临时在玉汗国工作，这样交通员就有了。"

.020.

"交通员在玉汗国得手后，会到香磨城与我交接？"阿方索问道。

"不，按计划交通员 12 月 22 日从玉汗国线人手中取得饭盒，并于 23 日直飞香磨城与同在香磨城的郁花国情报站的提尼克交接。你是我们的高级特工，安全起见，提尼克收到饭盒以后再转交给你，你无需面对面接触交通员。你拿到饭盒，完成检验后将数据报告安全地发送给我。"

任务交代完毕，沙姆隆二世问起了每次见到阿方索都要问的问题："马丹还好吗？"

"嗯，他在郁花国的生物公司工作，我们联系不多，但过几天，他来香磨城与我们全家过圣诞节。"阿方索答道。

马丹是阿方索母亲的养子，算是他的弟弟，他在郁花国上学、工作已经十多年了。每年圣诞节的时候，马丹会回到 F 国香磨城看望养母，和阿方索全家一起过节。

天色渐亮，沙姆隆二世站起来，拍了拍阿方索的肩膀，转身向户外的船坞走去。

晨雾升起来，包裹着沙姆隆二世的小艇渐渐远去，海面上的游艇已经完全看不到了。东方的海面上，从薄雾中跃起了一轮红红的太阳。

阿方索站在平台上，用手拢了拢金色的头发，自言自语地嘟哝着："饭盒？"

 **纸黄金**

2039 年 2 月，亮国火箭城

布劳恩教授的家在火箭城东南郊一处半高山坡的社区里。达芙妮·布劳恩蜷缩在客厅的沙发上，双手用薄薄的毯子裹着双腿，看起来像一只受了伤的小猫。布劳恩教授和大卫对坐在临窗的两只单人沙发上。

大卫对达芙妮说："达芙妮，你现在绝对安全，外面 24 小时有调查局的特工值守。事情已经过去了，希望你放松一些。"

"是的，达芙妮，爸爸在这儿，这种事不会再发生了。"布劳恩慈爱地看着达芙妮，接着说，"上午你已经做过笔录了，我知道这很烦人，但我和大卫还是希望你能再回想一下细节，这可能很重要，孩子。"

"爸爸，我没事，大卫叔叔，谢谢您那么快把我从建强国接回来。"达芙妮迎着大卫的笑意点头，接着说，"其实，上午做笔录时，我已经说得很详细了。我晨跑时，被人迷晕，在集装箱改造的小房间醒来，有一个节拍器、一个床垫和一个会讲话的扬声器，背景音是 20BPM 和40BPM 交替的节拍器录音，后来还掉出来一部手机。托我传话，'小女孩儿'，还说会给我将近 5 万美元的报酬。就这些，没有更多细节了。"

大卫若有所思，站起来，示意布劳恩教授和他一起出去，出门之前，他对达芙妮说："达芙妮，你好好休息一下吧，过一会儿，调查局的心理医生克里斯汀会来陪你聊一下。这也是标准程序，希望你不要嫌她烦。相信我，心理疏导对你是有好处的。"

布劳恩引领大卫走出客厅，将门关上，穿过门廊，进入另一侧的书房。

大卫回身关上书房的门，说道："我们已经查看了达芙妮的账户，在她被绑架后，其中一个账户存入了一笔钱。"

布劳恩惊讶地问："多少钱？能查到存款人的账户吗？"

"存款人的账户是真实的，是一家扶升国银行分行的账户，但账户所有人并不知情，是绑架者盗用了这个账户，估计很难查到源头。"大卫说。

"真是怪事！绑架人质，不要赎金，还倒给钱，这是什么意思呀？"教授不解地说道。

"绑架者不是说了么，传口信，'小女孩儿'。"大卫解释道，又接着说，"还有更让人费解的，绑架者存入的不是钱，是纸黄金！35.2 盎司纸黄金。因为达芙妮只有美元账户，没有纸黄金户头，所以银行按惯例，入账时，收款银行自动以当日霓都商品交易所的黄金收盘价换成了美元。"

"布劳恩教授，您知道近期的金价吗？"大卫问道。

"我是搞天文的，又不炒黄金，不过，财经新闻我还是看的，准确金价我不知道，大概 1900 美元每盎司，差不多吧？"

"不错呀！我的天文学家！这一段时间金价确实是在 1900 美元每盎司上下震荡。"大卫边调侃，边做出一个神秘的表情，说，"诡异的是，在存款日当天，有一群神秘卖家，在收盘前最后一小时，大量抛出黄金，竟然将黄金收盘价拉低至 1411 美元左右每盎司！按此价格，银行将 35.2 盎司黄金兑换成 49669 美元存入了达芙妮的名下。"

"49669 美元？"布劳恩像是被人捏了一下，从椅子上弹了起来，张着嘴，紧紧地盯着大卫。

大卫有些不知所措，忙问："怎么了？ 49669 美元有什么特别意义吗？"

"黄金的国际交易代码是什么？"布劳恩没头没脑地问道。

"AU，黄金的交易代码是 AU。"大卫答道。

"那你知道 AU 在天文学中是什么意思吗？"布劳恩问。

"当然知道，天文单位，地球距离太阳的一亿四千九百万多公里被定义为 1AU。"大卫答道。

"准确地说，1AU 是 149597870 千米。"布劳恩补充道。接着问，"你听说过超视野号吗？"

"我到您领导的办公室虽然才几年时间，但我知道，2018 年时，您负责的团队发射了超视野号探测器，2027 年 5 月到达并成功拍摄了冥王星照片。"大卫说道。

"那你知道，当超视野号飞临冥王星时，距地球有多远吗？"布劳恩问道。

大卫是职业特工，有着超强分析能力，他似乎明白了什么，试探着问："35.2AU？"

布劳恩深深地点着头，接着说："我本来以为是我想多了，可是 49669 这个数字，明明白白地告诉我，这不是巧合。"

大卫又一脸茫然，问道："49669 是什么意思呢？"

"大卫，我要是没记错，你是 T 计划知情人，签署过保密承诺书吧？

你的保密级别是二级，对吗？"布劳恩说道。

"是的，我调过来时，是当着您和 E 先生的面签署的保密协议，我的保密级别是二级。"

布劳恩沉吟了一下，说道："鉴于你的保密级别，我可以对你说的是，超视野号到冥王星除了拍照以外，做了一个很重要的科学实验。实验的内容我不能说，但你的保密级别可以知道实验特殊时间点的含义。"布劳恩接着说，"在 2018 年超视野号发射的时候，我们就定下了它必须在 2027 年 5 月 25 日飞临冥王星，因为这个特殊的日期是做那个实验的最佳时间点。九年半的飞行呀，休眠，重新点火，多次调整姿态，我们终于让飞船恰好在 5 月 25 日飞临了冥王星。"

"2027 年 5 月 25 日，什么特殊的日子呀？F 国国庆日，跟这有什么关系呀？对了，是玉汗国飞米武器限制协议签署日？这也不沾边呀！"大卫绞尽脑汁，不明就里。

"你听说过狮子座吧？狮子座 α 星叫做轩辕十四，它是天空中最亮的 20 颗恒星之一，也是这 20 颗恒星中最贴近黄道面的一颗，即我们所说的共面恒星。"布劳恩像是回到了金盛州理工大学的讲台，接着说，"木星围着太阳公转，周期为 11.86 年，每周期都会有一天，转到太阳与轩辕十四的连线上，天文学称为木星关于太阳合轩辕十四。通俗地说，就是太阳、木星、轩辕十四，三点一线。2027 年 5 月 25 日，就是这个天象，也是我们精心挑选的超视野号到达冥王星做实验的日子。"

大卫一脸惊讶，这真是听天书呀！他问道："这跟 49669 这个数字又有什么关系呢？"

布劳恩平静又意味深长地答道："欧洲航天局发射的卫星给几十万颗恒星进行了编码，轩辕十四的编码是 HIP 49669。"

大卫深吸一口气，说道："天呢！绑架者是想告诉我们，他们知道超视野号到达冥王星特殊日期的含义？"

布劳恩无奈地摇着头。

"嘀"的一声，大卫看了一下手机通知，上面写着："查到了，抛售黄金的幕后卖家是玉汗国中央银行。"

大卫一边给布劳恩教授看手机，一边急促地说："给我们传口信的竟然是玉汗国政府。"

05 鱼子酱

2038 年 12 月 22 日，玉汗国

轿车早已停稳了，挡把也已经推到了停车挡，马丹的右脚还是死死地踩在刹车踏板上，他双手紧紧地握着方向盘。太紧张了，这毕竟是他第一次接头，他知道在玉汗国，旅芝国间谍被抓住的下场。

马丹默想着任务的细节：下午五点半，把车停在巷子里，杂货店对面的电线杆旁边，不要熄火。会有一个玉汗国男人从杂货店走出来，他穿着蓝灰色工作裤，浅棕色棉外套。接过他递过来的装着饭盒的透明塑料袋，不用说话，然后开车离开。

目标男人从杂货店走过来了，衣着对上了。男人手里提着一个黑色的布袋和一个透明塑料袋。马丹深吸了一口气，按动电钮，将车窗放下来。

男人从侧后方过来，显然已看清了马丹的车牌号码。走到车旁时，男人若无其事地把黑色袋子交到左手，右手将塑料袋塞进车窗里，毫不停顿地向前走过去。

马丹倒车，驶回到大路上，正常行驶一段路后，停下车。马丹从后座把自己的黑色背包拿过来打开，将里面装着石榴的纸袋挪了挪，把空饭盒装进包里，拉上拉链，长长地出了一口气。

马丹踩下油门，逐渐提速，朝着他在玉汗国工作和住宿的、卡米拉的农场开去。

今天是冬至，也是玉汗国的曙光节，又叫古波冬至夜。过了这漫长的一夜，白昼将变得越来越长。在古波文化中，冬至夜是个转折点，象征着光明之神密特拉战胜黑暗，重获新生。

马丹回到住处，简单整理以后，来到了巴希尔和卡米拉宽大的客厅之中。

晚餐已经摆好了，夫妻俩为了照顾马丹的习惯，使用了餐桌和椅子，三人围坐，享用满桌的美食。

"我刚才出去，顺路买了石榴，现在掰开放到盘子里？"马丹笑盈盈地看着卡米拉问道。

卡米拉也笑了，说："马丹，我的朋友，在玉汗国，曙光节的晚餐不是重头戏，吃饭时不吃水果。餐后，守夜时，水果和干果才会摆出来。"

巴希尔招呼着马丹品尝烤肉，又热情地说道："马丹，您真是我们的贵人，您研发的保水剂让我们在玉汗国高海拔的沙地大棚中成功产出了高品质西瓜。今天就是我们的西瓜大量上市的日子，合作愉快！"

马丹略带羞涩又一脸自豪地说："合作愉快，今天我到街上才发现，几乎每个采购的主妇都会买西瓜，玉汗国不愧是西瓜的生产和消费大国呀。"

"因为西瓜和石榴是红色的，代表太阳的温暖，是玉汗人认为最适合曙光节的食品。"卡米拉解释道。

三人边说边吃，举杯相庆，杯子里是香味浓郁的藏红花果子茶。吃到尽兴时，巴希尔对卡米拉说："卡米拉，把最珍贵的食品拿出来给我们最尊贵的客人享用吧。"

卡米拉笑着站起来，走到墙边的大冰箱旁，从冰箱里小心地拿出了一个手掌大小的扁扁的玻璃罐子，放在餐桌上。

"海马海鲟鱼鱼子酱，尊贵的客人请享用吧！"

"哇！这个我可知道，玉汗国的鱼子酱是全世界最好最贵的食品。"马丹欣喜地学着夫妻俩的样子，拿起一片薄薄的饼干状的馕放在盘子里，使用专门准备的贝壳磨成的特制勺子，盛起一小勺鱼籽抹在上面。一口放到嘴里，用上颚和舌头一夹，瞬间，鱼籽爆裂，特有的鲜香充满口腔。

"太棒了，真是人间美味！"马丹赞叹道。

"就知道，您会喜欢。我有个叔叔，在海马海鲟鱼养殖场工作，他的专长是给鱼子酱定级并确定加盐的比例，今天上午他托人带给我一些。"卡米拉略带自豪，接着说，"一共三小罐，今晚吃一罐，我们留一罐，您明天回 F 国时带上一罐，与您的家人分享吧。"

"我不知说什么好，真是太感谢了，对我妈妈来说，鱼子酱是最好的圣诞礼物！"马丹受宠若惊地感谢道。

马丹盯着鱼子酱，有些不好意思地问道："以前我吃过的鱼子酱都是品牌罐装的，颜色是黑黑的，这个怎么有点泛白呢？"

卡米拉好像被问愣住了，马上解释道，"我也不太懂，可能是加盐的比例不同吧，反正，我叔叔给我什么，我就吃什么，这个味道还不错吧？"

"岂止是不错，太好吃了！"马丹说道。

巴希尔请客人吃完最后几颗鱼籽，示意卡米拉把桌子清理干净。然后三人一起将果品逐一摆到餐桌上，马丹买来的红皮石榴被掰开两个，露出里面红红的石榴籽。

卡米拉精心挑选了一个农场自产的西瓜，切开后摆在桌子的中央。卡米拉整理了一下头巾，不易察觉地对着红红的西瓜做了一个祷告的动作，在心里默念："光明之神密特拉，从今天起，你重获新生吧！"

巴希尔拿出一本诗集，对马丹说："入乡随俗，我们轮流读诗。"

三人在欢笑中，开始了古老的游戏。

可能是睡得有些晚，第二天上午，马丹直到八点多才起床。清醒之后，他马上紧张起来：不要出错！按照任务要求把行李收拾好，今天是要过海关安检的！

马丹默念着："入境时，带进来一个空的透明塑料饭盒，比样品饭盒小一圈，这样就不会混淆。两个饭盒不要托运，放在随身的背包里，在小的饭盒里放一些食品。如遇检查，检察人员会打开装东西的小饭盒，透明的空的样品饭盒被要求打开的可能性就很小了。"

马丹从冰箱里取出干冰袋，鱼子酱罐，放在小饭盒里。收好行李，与夫妻俩告别后，去往机场。

"先生，请把这个饭盒打开。"穿着厚厚制服，留着络腮胡子的边检人员威严地说道。

马丹看起来很从容地打开了装着鱼子酱的饭盒。大胡子叫来了另一个主管模样的官员，拧开鱼子酱罐的盖子，认真端详了一阵，将马丹和他的手提行李一起带到了一个小房间。

"先生，在玉汗国，鲟鱼鱼子酱是政府专营的，走私鱼子酱是非法的，更何况，您走私的是顶级鱼子酱。"官员死死地盯着马丹说道。

马丹瘫坐到椅子里说："对不起，我真的不知道不能携带鱼子酱，再说怎么知道我这是顶级鱼子酱，送给我的朋友都不知道呀？"

"是顶级鱼子酱没错，你看，这些鱼籽不是黑色的，而是有些泛白，只有海马海野生 60 年以上的鲟鱼才会有这样的鱼籽，您带的这一小罐，市场价格超过三万美元！"

马丹如五雷轰顶，央求道："我真的不知道，那你们把鱼子酱没收好了，我还要回家过节呢。"

官员严正地说道："马丹先生，您因涉嫌走私被拘留了！"

马丹无奈地看着大胡子，一样一样地将他的行李物品装回背包，包括那个始终没有被关注和打开的装有空气样本的饭盒。

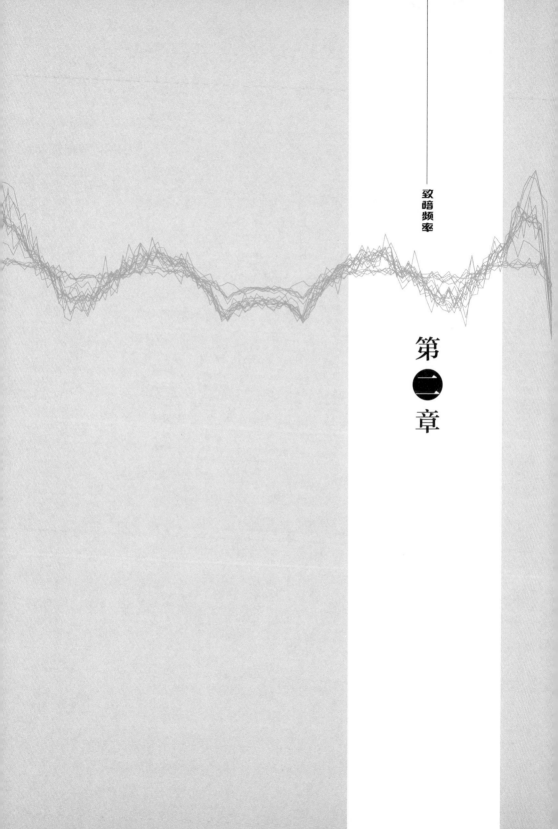

致暗频率

第二章

 **节 拍 器**

2039 年 2 月，亮国首都，硕府

亮国 T 计划的负责人 E 先生坐进他那宽大的小牛皮座椅里，示意布劳恩教授，坐在他对面的椅子上。

"教授，达芙妮还好吧？您特意从火箭城赶过来，说说吧，我们遇到了怎样的麻烦？" E 先生问道。

布劳恩尽量简洁地做了汇报：达芙妮被绑架，又在建强国放回，要求传口信，"小女孩儿"。

通过付钱的信息汇总，有理由认为是玉汗国政府传的口信。他们似乎掌握了超视野号探测器特定时间点的含义，也就是木星合轩辕十四。

"他们还知道些什么？不会知道我们做的是与尼古拉·特斯拉理论有关的实验吧。" E 先生问道。

"目前还不好判断，即使在亮国也不过几十个人了解 T 计划的全貌，他们应该不知道。" 布劳恩答道，又说，"我们已经请调查局与建强国方面交涉，把整个集装箱以及里面的所有证物都运了回来，专家们正在清理和拍照。据说，AI 问答机已经被强酸腐蚀了，硬盘很难恢复。"

"那你们分析玉汗人为什么要跟我们玩这个游戏？"E先生问。

"很费解，就算玉汗人探知了一些情报，他们也没有必要告诉我们呀？还传什么口信？"布劳恩习惯性地摇着头，说道。

"我想玉汗人做这些，是想跟我们谈判，交换一些他们想要的东西。"E先生说道。

"我是搞天文学理论研究的，政治和外交我不懂，但在天文和物理方面，就算玉汗人掌握了我们的一些秘密，他们的政府又能换回什么利益呢？"布劳恩思考着，接着说，"您看要不要向我国最高领导人执政官汇报一下，启动外交渠道接触一下玉汗人，探探他们的底牌。"

"我们向执政官汇报什么呢？说您女儿被绑架了，玉汗人知道木星合轩辕十四？关于T计划，执政官只关心特斯拉理论的研究和应用以及计划本身的绝对保密。在没有直接证据证明，玉汗国知道实验与特斯拉有关之前，还是先不去烦执政官比较好。"E先生又补充道，"至于玉汗人，我猜他们什么都不会承认。我们总不能说他们抛售了几吨黄金，就一定参与了绑架吧？玉汗人还会反呛我们，正是因为亮国制裁他们，才被迫卖黄金度日的。"

布劳恩用右手搓着左胳膊，心事重重地说道："可是我们也不能这么干等着呀？您知道吗，我对这一事件发生在现在这个时间点还是有一丝隐忧的。"

"您是说，今年也是木星与轩辕十四的相合之年？"E先生一惊，抬起头问道。

"嗯，您果然是懂业务的领导，这也是我急匆匆来见您的原因。今年是2039年，是2027年过12年之后的又一个相合年。"布劳恩教授说道。

"具体的天象日是哪天？"

"4 月 5 日。"布劳恩回答道。

"还有一个多月？"E 先生紧张起来。

"虽然这超出了我的职责范围，但我建议您成立一个调查小组，成员由反恐总局、调查局和海外情报局组成。我认为大卫·哈尔西是很合适的负责人人选。"布劳恩说。

"嗯，大卫确实很合适，只是我要先把他的保密级别提到一级，以便他更好地开展工作。不过，这超出我的权限，我今天就向执政官国安顾问报告。"

E 先生按住办公桌上的通话铃，对麦克风说道："通知大卫·哈尔西明天下午三点到我办公室。"

第二天下午，布劳恩教授准时坐到了 E 先生对面，大卫竟然迟到了。布劳恩不自然地看了一眼墙上的挂钟，大卫终于敲门而入。

"对不起，为了等证据实物清洗和分析报告我没赶上前一班飞机。非常抱歉！"大卫窘迫地说道。

E 先生大度地示意大卫坐下，指着侧面墙上的电子屏幕，说道："大卫，给我们看看证物的照片和你们的分析结论吧。"

大卫熟练地将笔记本电脑投屏在电子屏上，边讲边翻动着清晰的证物照片。

建强湾地图上面标注着火箭城和阿比西港、集装箱内外和环境的照片。从集装箱内部照片可以看到，箱体内部大部分已被烟火熏黑。烧毁的床垫特写、箱壁的夹层以及夹层中被强酸腐蚀的服务器硬盘和电路板照片，大卫停在这，解释说："这个装置可以说只是一个普通的电脑，是用亮国本土销售的达尔电脑改装的，被腐蚀了，硬软件均无法恢复。"大卫遗憾地说着，将图片转到了下一张。

节拍器，没有被火烧到，虽然锈迹斑斑，但保存完好。照片清晰地呈现了节拍器上的刻度盘，最小刻度是 30，然后是 60，最大刻度是470。

E 先生和布劳恩不约而同地站了起来，E 先生走向屏幕，似乎还想看得更清楚些。他急切地问道："这个节拍器的实物在哪？"

"因为只有达芙妮打电话用的手机和这个节拍器是完整的，体积也不大，所以我都带来了。"

说着，大卫从包中取出了封在透明证物袋里的节拍器。

布劳恩像欣赏一件艺术品一样仔细地端详着，对 E 先生点了一下头，略带惭愧地说："达芙妮第一次做笔录时，就提到过节拍器，可是我怎么也没想到竟是这个。"

E 先生对布劳恩没有任何责备的意思，转头走回到办公桌前，拿起一叠文件，对大卫说："大卫，经批准，我正式通知你成为 T 计划核心人员，并负责此次事件的调查工作，先把一级保密协议签了吧。"

大卫签完字，与 E 先生和布劳恩教授分别握手，说道："非常荣幸，我会尽快开始调查工作，在这之前，我能知道这个节拍器有什么特殊含义吗？"

布劳恩教授看着大卫，说道："节拍器的作用是给弹奏者一个速度提示，国际音乐艺术协会把乐器的弹奏速度规定为若干级，用 BPM 划分，意思是每分钟弹奏的次数。数值从 10 到 500，从超慢板到极快板。市场上销售的节拍器一般标注的最大刻度是 230，这是因为还没有BPM500 的曲子，就算被写出来，也很难通过钢琴演奏。所以，500 这个上限只是一个理论值。"布劳恩又开始讲课了，他接着说，"目前，所有钢琴曲中，《野蜂飞舞》的 BPM 是最大的，作曲家推荐速率也只有150BPM。当然，有些演奏者为了炫技，会弹得更快些。"

"那么这个节拍器的特别之处就在于，它的最大刻度是 470？"大卫猜测道。

"是的，470BPM 确实有着极为特殊的含义，也非常重要，之后，我会给你从头讲起。但真正重要的是……"布劳恩看向 E 先生，停顿了一下，E 先生点头表示许可。

"真正重要的是，这个节拍器是尼古拉·特斯拉于 1941 年亲手制作的！"教授说道。

聪明的大卫，立即猜到，问："尼古拉·特斯拉？超视野号做的实验与特斯拉的理论有关？"大卫得到肯定答案后，又忍不住提高了语速，"玉汗人用这个节拍器告诉我们，他们知道超视野号和尼古拉·特斯拉的秘密？"

02 保水剂

2038 年 12 月 23 日，玉汗国

马丹沮丧地瘫坐在椅子里，两眼空洞无神，不知他在想些什么。站在一旁的卡米拉显得手足无措地说道："马丹先生，真的太抱歉了，一盒鱼子酱给您带来这么大的麻烦。我回帆船城的时候也通过海关带过，从来都没事呀。真是太对不住您啦！"

"是我太倒霉了，不能怪你，卡米拉，你是好心，我知道。"马丹摊了摊手，接着说，"不管怎样，多亏有你们夫妻俩，谢谢你们，把我保释出来，要不我只能在拘留所里过夜了。"

巴希尔拍了拍马丹的肩膀，说道："保释您，是我们应该做的，您是我们最好的朋友，再说我们怎么会不管我们最重要的合作伙伴呢？"巴希尔接着说，"只是您的护照被扣留了，在开庭之前，您被要求不能离开玉汗国。非常遗憾！"

"真是遗憾，您不能回香磨城过圣诞节了，您跟家里人联系过了吧？"卡米拉说。

"是的，我刚才给我的哥哥阿方索打了电话，嘱咐他替我编个理由，我不想让妈妈为我担心。我哥哥对我在玉汗国感到非常震惊，坚持要到这儿来看我，说是要帮我请一个好律师。"

"什么时候来，他有玉汗国签证吗？"卡米拉似乎并不熟悉玉汗国的入境签证规定。

"我哥哥持有 F 国护照，到玉汗国是落地签的，只要交 50 美元就行。他说会赶最早的航班过来，否则，他无法安心过圣诞节。"马丹回答道。

晚上，阿方索带着高价聘请的律师辛贾尔来到了卡米拉的农场。卡米拉将客人引入客厅，马丹委屈地冲过去与阿方索拥抱。大家相互介绍后，巴希尔和卡米拉知趣地准备起身回避。马丹说："没什么要瞒着你们的，你们在这儿我心里踏实。"

主客落座，卡米拉忙着给客人上茶点和西瓜。律师取出录音机，征得马丹同意后，一边录音，一边仔仔细细地问明了情况。

"按照玉汗国法律，走私鱼子酱确实是触犯刑法的，按照您的情形，若被定罪，可判处 3 年以下有期徒刑，并处罚金。"辛贾尔律师说。

阿方索向前探了探身子说："能不能争取只罚款，不判刑呢？"

"我会努力的，对我们有利的是：第一，鱼子酱金额虽高，但数量很少，只有一小盒，显然是以自用为目的，不是以倒卖盈利为目的，这样在性质上就轻得多；第二，马丹先生是 F 国公民，又是初犯，玉汗国对 F 国是相对友好的。我们的目标就是争取罚款，驱逐出境。"

马丹似乎看到了希望，说："什么时候开庭，能不能尽快了解此事？"

"其实越晚开庭，对我们越有利，这毕竟是个小案件，也没有什么社会危害性，拖得越久，公诉人势在必得的劲头也就越弱了。"

阿方索和马丹兄弟听后，都松了一口气。巴希尔招呼客人吃西瓜，安慰马丹道，"您真是遇到好律师了，既来之，则安之。不管开不开庭，我们可以一起在玉汗国研究保水剂配方和工艺，还可以一起筹划我们的保水剂工厂的建设工作。"

送走律师，四人回座。阿方索看似无意地询问了马丹与夫妻二人的关系，以及他们合作开设保水剂工厂的情况。

巴希尔顺着阿方索的问题，介绍说，"玉汗国的矿业、纺织、制造和建筑业都被亮国制裁了，只有农业生产没被制裁。玉汗国的耕地面积有 1800 万公顷，其中一半以上是没有灌溉设施的旱田，产量较低。总体上来说，玉汗国是个干旱的国家，但其物产丰富，是农产品出口大国。石油被亮国和欧洲禁运后，农产品出口对玉汗国来说非常重要。"巴希尔接着说，"在玉汗国，以改善干旱为切入点的农业项目，应该是极好的生意。前面说过的已开发耕地主要集中在海马海和古波湾沿岸的平原，玉汗国是个可耕地面积非常大的国家，还有 3000 多万公顷可耕地没有被开发，主要的原因就是缺水。"

卡米拉补充说："我们说服了马丹所在的郁花国生物公司合资在玉汗国建厂生产保水剂以及液体肥料。高吸水率的保水剂主要用于藏红花和西瓜、古波甜瓜的轮作保水使用。目前，世界上 95% 的藏红花产自玉汗国，需求旺盛。同时，玉汗国是全球西瓜的第二大生产国和第一大出口国。"

阿方索似乎也被这个商业计划所感染，说道："你们的保水剂工厂年产规模有多大？"

卡米拉答道："计划年产 5 万吨燕麦淀粉保水剂。"

阿方索点头表示肯定地说道："我所在的公司是专门从事环境设备的，据我所知淀粉类产品生产和储存过程中最怕氧气，经常发生自燃甚至爆炸事故。如果你们需要调节空气的环境设备，可以与我联系。"

巴希尔附和着说："您真是内行！除了防事故之外，马丹正在帮我们研制 1 比 20 倍吸水率的保水剂，为了提高品质，我们计划采取无氧制备工艺，同样需要空气调节。早听马丹说起，您公司的环境控制设备正是我们需要的。"

天色已晚，阿方索起身准备离开，赶往酒店。马丹则执拗地邀请阿方索今晚与他同住。阿方索犹豫了一下，推脱不过，表示同意。众人互道晚安后，阿方索跟随马丹回到他的卧室。

阿方索看似毫无目的地环顾了一下马丹的房间，说道："马丹，你放心，我已经跟妈妈说过了，你这边工作忙，今年不回家陪她过圣诞节了。到时候，你别忘了给妈妈打个电话。"

"那当然！不过，真希望我们一家人能在一起过圣诞夜，你是明天一早的飞机，对吧？"马丹说道。

"你还有什么嘱咐？亲爱的弟弟，还有什么需要我做的吗？"阿方索问。

马丹迟疑了一下，欲言又止。马丹走到墙边的矮柜，拉开柜子上面黑色背包的拉链，将一个透明饭盒拿在手里，对阿方索说："我在郁花国公司的一个同事是海西国人，他叫提尼克，他出生在海马海沿岸，很多年没有回到过那儿了，他托我给他装了一盒海马海的空气。"

马丹似乎不好意思地耸了耸肩，接着说："这真是个怪异的要求，你能替我把这个饭盒带回 F 国交给他吗？他也在香磨城过圣诞。"

阿方索笑着说："是挺有意思的，放心，我一路都不会打开这个饭盒，免得放跑了他心爱的海马海的空气。"

马丹将提尼克的联系方式给了阿方索。

海关检查台，检查员在阿方索打开的手提箱中，检查了几乎每样生活用品，拿出其中的透明饭盒看了看，又将饭盒放回到原处。他抬头上下扫视着阿方索，停住目光，伸出右手朝出口方向挥动了一下，用英语说道："您可以走了，旅途愉快！"

 **巡洋舰**

2039 年 2 月，亮国火箭城

布劳恩教授把他的航天观测室临时改为了教室，他站在电子屏侧面，身后还推来了一块用于手写的大黑板。布劳恩的学生只有一位：大卫·哈尔西。

"大卫，特斯拉理论距今已有百年历史，所谓的 T 计划是 1953 年开始的，由艾尔执政官亲自领导。该计划以高度机密的特斯拉理论为基础，直至今天依然在进行之中。T 计划涉及天文学、电磁学、热力学、统一场多个学科以及航天、军事、通讯、电力、地震预测、减灾等多个领域。"布劳恩教授学究派十足地说道。

"我的任务是查清玉汗人的计划，时间紧迫，您能否简要、通俗地给我讲讲重点内容？"大卫谦逊地说道。

"嗯，我也觉得应该给你浓缩一下，节拍器是个重要线索，今天，我就先从节拍器的故事讲起吧。"布劳恩边放图片，边讲解，把大卫带回到九十多年以前。

1941年7月，亮国霓都

尼古拉·特斯拉在霓都人旅馆刚刚度过了85岁生日，他银发稀疏，消瘦而又苍老，多年超负荷工作使他的眼底浑浊、干涩。但他的目光依旧深邃犀利，仿佛可以穿过所有表象，直达事物的本源。

特斯拉有三个姐妹，都生活在干南国，其中一个妹妹的女儿——莫妮卡嫁给了一位姓塔尔的亮国军官。大战结束后，夫妻俩移居亮国萨州火箭城。莫妮卡·塔尔于1919年和1922年分别生下了两个男孩儿，哥哥叫弗兰克·塔尔，弟弟叫汤姆·塔尔。兄弟俩应该称特斯拉为舅公，但他们习惯称他为尼古拉爷爷。

午后，兄弟俩来到尼古拉爷爷的住处——霓都人旅馆3339号房间。汤姆一身学生装，斜挎着一个帆布书包。哥哥弗兰克穿着海军制服衬衫，颜色是几近灰白的浅蓝色，头上戴着白色的水手帽。

"亲爱的孩子们，快坐下。看看，快看看，我们的小弗兰克加入了光荣的亮国海军！"

特斯拉笑呵呵地拉着两个孙子的手说道。

"是的，我去年入伍，在火箭城号重巡洋舰上做水手，我是回国短期休假的。"

汤姆坐下后，打开书包，拿出了一件毛背心，递给特斯拉，说道："这是我姥姥亲手给您织的毛背心，说是给您的生日礼物，提醒您秋冬时多注意保暖。"

特斯拉展开背心，看到胸口处绣着一个大大的图案，那是一把干南国的传统乐器古斯勒琴。特斯拉说："我十几岁的时候，亲手做过三把古斯勒琴，送给我三个姐妹，后来，只有你们的姥姥收下学着弹，另外两把我带到了亮国。"

特斯拉说着，指了指墙角的一只旧皮箱，弗兰克心想，皮箱里面应该是那两把"古老"的古斯勒琴。

"我姥姥绣上这把琴的图案？有什么特殊意义吗？"汤姆问。

"古斯勒琴是一种单弦乐器，在干南国随处可见。但是我小时候喜欢胡思乱想，你姥姥却偏偏相信他这个哥哥。我给她琴时，煞有介事地告诉她，或许这根琴弦可以揭开整个宇宙的秘密。哈哈！"特斯拉开心地大笑着说道。

"我姥姥可能还真信了，您很难想象，她对您多么信任和崇拜，事实证明您确实是伟大的科学家呀！"弗兰克仰慕地看着特斯拉说道。

特斯拉苦涩地摇着头，像是自言自语："揭开宇宙的秘密还差得远呢，他们从1936年以后就不让我发表论文和公开演讲了。"

"为什么？他们是谁？他们怕什么？"汤姆愤愤地说。

"那您可以把您的理论都写出来，留给后世发表和研究呀！"弗兰克也跟着出主意。

"写出来也没有用，我活着，他们不会准许我的书面文字流传出去。我时日无多了，在我死后，想必他们会把所有的文字资料全部封存，永久保密！"特斯拉说着，突然一怔，像是受到了启发，目光落在那只装着两把古斯勒琴的旧皮箱。

孩子们沉默了。

特斯拉站起来，弯腰从床底下抽出一个大纸箱，放在兄弟俩面前的茶几上。特斯拉做了个鬼脸，像个孩子似的说道："可是他们忘了我不只是个科学家，我还是一个动手能力超强的工程师。"

两个孩子转忧为喜，特斯拉像变魔术似的，从箱子里拿出两个一模一样的全金属制成的节拍器，一人一个递给了他们。

节拍器的刻度从30至470，其中的30、60、240、245和470分别加粗加长，以示提醒。显然，这五个刻度与其他刻度不同，仿佛暗示其中蕴含着特殊的意义。

弗兰克小心地捧着节拍器观察，问道："您是说这个节拍器能够承载和表达您的理论？那我们怎么使用它？给谁看呢？"

"弗兰克，你别紧张，军舰上噪音大，浪涌使人晕眩很难入眠，你睡觉前可以将指针调到 60BPM，听上 10 分钟，每分钟 60 次的频率与人体深度睡眠的脑电波频率相同，有助于安眠。"特斯拉接着又说，"至于这个节拍器的秘密，你们不必研究，也未必能懂，留给有缘人吧！今后如果有研究者问起，你们就如实告诉他们。"

特斯拉提高音量，大声说："节拍器是尼古拉·特斯拉亲手制作的。特斯拉宣称：这些频率里蕴藏着地球、太阳乃至整个宇宙的密码！"

1942 年 3 月，棕橡国足凹海

又一颗炸弹在火箭城号重巡洋舰后甲板上轰然炸响，昨天海战中，已被炸哑的 8 英寸 203 毫米后主炮塔周围燃起了冲天大火。

观察哨跑上笕桥大喊着向鲁舰长报告："大洋国的奥西号巡洋舰被击沉了！就剩我们这一艘军舰了，扶升国至少有两艘巡洋舰、五艘驱逐舰正在追击我们。"

鲁舰长正了正军帽，大声发布命令："调头，航向 35，航速 24 节。"鲁舰长接着大喊："小伙子们，我们不打算回去了，迎着扶升国军舰，跟他们干！"

火箭城号上的各口径舰炮齐射，防空机枪喷着火舌平射，仅剩的几枚鱼雷也发向敌阵。扶升国军舰的炮弹倾泻而下，甲板多处中弹。突然，扶升国首次投入实战的新型鱼雷击中了火箭城号右舷，海水大量涌入，船身开始倾斜。

　　弗兰克·塔尔在甲板下方的配电机房抢修着失灵的消防电机，巨大的爆炸声不断在他耳边炸响。又有两发鱼雷击中了军舰，轮机舱进水，船体严重倾斜，鲁舰长被弹片击中牺牲，副舰长痛苦地宣布弃舰。然而，一切都太晚了，1600多名船员中，自舰长以下至少三分之二的官兵随舰沉没。

　　弗兰克·塔尔和他心爱的节拍器一起，静静地躺在了足凹海的浅滩水下。

　　大卫正听到关键处，发现教授停下来喝水，急忙问道："我们手里的这只节拍器是弗兰克的还是汤姆的？"

　　"你不是注意到了嘛，你找到的节拍器锈迹斑斑。"布劳恩教授提醒道。

　　"哦，原来是在海水中浸泡多年腐蚀的。"大卫豁然开朗，但马上又忧虑起来，说道："这怎么可能？玉汗人从足凹海底把它捞上来了？"

04 轮盘赌

2039 年新年，赌城洛堡

阿方索进入赌场大厅后，径直走向高额下注区。他扫视了一下开着的 4 张赌台，找了一张赌客不多也不少的台子，坐在了人少的一侧。他换了 2000 欧元的筹码，侧头瞄了一眼这张台子的限额牌，1 至 500 欧元。

洛堡赌场自带着老欧洲正统贵族的气质，无论是豪华装修中凸显的典雅，还是坚持 10 欧元入场费的规矩，都似乎在无声地昭示着，这里与暴发户赌场——沙漠城和牌坊城有着天壤之别。

这种区别也体现在赌具甚至是对赌客习惯的培养上。最经典的赌博不是掷色子，更不是玩扑克，而是像左轮手枪赌命一样的轮盘赌。洛堡与其他地区赌场的最大区别就是，轮盘赌的游戏台占比极高。

这里的轮盘赌也与吃相难看的暴发户赌场不同，很多其他地区赌场的轮盘赌除了"1"到"36"再加一个庄家通吃的绿色的"0"，又无良地"发明"了"00"，把原来的 37 个数码增加到 38 个，大大降低了赌客的赢率。而洛堡赌场则始终保持只有一个"0"，这使其受到赌客的欢迎。

阿方索坐的赌台就是轮盘赌，最小下注 1 欧元，指的是下在 1 赔 35 的具体数码上，若是下注在红黑、大小等边注上，则最少要 5 欧元。阿方索看似饶有兴趣，每次都下注 5 欧元在红区，有赢有输，时间也在不知不觉中过去。

棕色长发的红衣女子踩着高跟鞋，款款地朝着阿方索旁边的一张赌台走过去。红衣女子背对着阿方索的视线，观察着那张赌台的战况。可能是那张台子人太多了，没有空位，女子转过身来，走到阿方索身旁的座位，问道："先生，我可以坐在这儿么？"

阿方索像正常的男人见到美女表现出的样子，殷勤地请她坐下。作为职业特工，阿方索知道，在公共场所表现得越张扬，甚至大呼小叫的人，越不被潜在的对手怀疑。阿方索想着，开始了表演。毕竟，他作为大公司的 CEO 来到洛堡却不在赌场尽兴，那不是让人觉得很奇怪吗？

阿方索把注码提高到 10 欧元，但依然只在红黑的边注下注。女子每次在两三个数字格下注一两个欧元，无一得中。女子沮丧地问阿方索："先生，您怎么不下数字呀？ 1 赔 35 呢！"

阿方索神秘地笑笑说："我在等时机！"

对面赌台一位矮胖的赌客捧着一大把筹码，转身坐到了阿方索这张台子对面的座位上，用浓重的雄国口音的英语嘟囔着："看看这张台子的运气怎么样？"雄国赌客一边说，一边在多个数字上下注 100 到 300 欧元不等的筹码。

"10，黑色赢！"女轮盘手大声报出输赢，把木制小印章压在雄国人 200 欧元的筹码上。中了！女子大声尖叫道："7000 欧元！赢了 7000！"

雄国人欣喜若狂，将赢来的和原有的筹码分成了十七八份，每份 500 美元，分别压在看似挑选，实则撞大运的数字上。

头顶上的多个摄像头不易察觉地转到阿方索的赌桌，一个年龄稍大的轮盘手走过来换下他的同事。他拿起小白球，扫了一眼赌桌和筹码分布，职业地说道："请下注。"随即，将白球沿轮盘的凹槽奋力滑出，白球急速地逆时针旋转起来。

阿方索的身子像弹起来一样，将所有筹码熟练地分为 4 份，在"15""26""32"上分别下了 500 欧元，将剩下的 455 欧元下到了"3"上面。

"请停止下注！"声音过后，小球开始减速，越来越慢，掉到数字盘里，跳了两下，停在一个数字格中。

"26，黑色赢！"轮盘手将包括雄国人在内的所有未中筹码扫进桌洞下的筹码池，将 18000 欧元筹码推给阿方索。

红衣美女看得目瞪口呆，随即蹦起来大叫，并伸出双手拥抱看起来同样很激动的阿方索。她拍打着阿方索的后背，说道："亲爱的先生，您是我见过的最会赌的人，我看懂了，您刚才下的是'0'两边的 4 个数字！"

"是呀，我就是在等这个机会。好了，这种技巧只能用一次，我该回去休息了，再见！给我带来幸运的女士。"

阿方索在众人羡慕的目光中，换钱，离开赌场大厅。他先回到房间洗澡，换掉全身的衣服，此时，他换上的是具有防水功能的海钓服。

阿方索走上人工船坞的栈桥，登上一艘小艇，换乘到远处的游艇上。

游艇舱室的灯光很昏暗，沙姆隆二世没有起身，对刚进来的阿方索劈头问道："你已经把空气样本报告发给我了，我们也知道了玉汗国山洞的环境有多恶劣，为什么还要请求紧急见面？"

"我想当面问您一下，交通员为什么是马丹，而且他还被玉汗人扣住了！"阿方索答道。

　　沙姆隆二世叹了一口气，说道："哎，你和勒夫都是我的好学生，我给你们做教官的时候教过你们，要给自己发展的下线取代号，即使是对上级报告也要隐去下线的真名，勒夫就是这么做的！直到马丹出事了，我才知道。"

　　"还好，玉汗人是因为马丹走私鱼子酱才扣住他，问题应该不大。"阿方索反过来安慰着老板，接着说，"还有一个重要情况，需要您的判断，我不知道是我们运气好，还是玉汗人设的圈套？与马丹合作的夫妻俩说要投资建设高吸水率的保水剂工厂。"

　　沙姆隆二世狐疑地问道："保水剂？那又怎样？"

　　"保水剂生产是需要空气环境控制设备的，对方不仅提到了这个问题，还说要无氧制备。"阿方索接着又说，"您知道，所谓无氧制备，是需要密闭厂房的，要与外面的空气完全隔绝。"

　　阿方索看着沙姆隆二世，留给老板思考的时间。沙姆隆何等聪明，沉吟道："完全密闭的空间，需要空气环境控制设备。你是怀疑他们打着保水剂工厂的名义，实际上是为玉汗国采购山洞的环境设备？"

　　"是的，我觉得玉汗人的山洞环境撑不住了，急于买设备，他们接触马丹，很可能就是为了调出我这个F国环控设备专家。我的真实身份他们应该不知道，我们旅芝人可是他们的死对头呀。"阿方索说。

　　"嗯，我想他们也不知道你的身份，把那对夫妻的名字写给我，我查一下。"

　　阿方索在沙姆隆二世的本子上写下：巴希尔、卡米拉。

　　"还有什么要说的？"沙姆隆问道。

　　"也可能我想得太远了，如果他们真的从我公司为山洞买设备，我倒是想出了一个绝妙的技术方案，在他们不易察觉的情况下，炸毁整个山洞。"

阿方索正说得起劲儿，被沙姆隆打断："不要太急，我们还是先搞清他们的身份和意图吧，有情况随时联系。"

10分钟前，红衣女子坐在酒店房间的落地窗旁边，一只眼睛透过高倍单筒望远镜，看着阿方索走上船坞的栈桥。红衣女对着别在胸前的麦克风说道："该死，他换衣服了，粉末窃听器用不上了，启动第二方案吧。"

一艘电池动力的无人小潜艇，静悄悄地驶到游艇底部，将两个男人的旅芝语对话清晰地传给了300公里外的地海国，那里设有一个亮国海外情报局的监听站。

 **舒曼共振**

大战期间，亮国

火箭城号重巡洋舰被击沉的消息传回亮国，亮国朝野震动。整个东南亚几乎陷于扶升国之手，兵锋直指大洋国，战局对于盟军来说是至暗时刻。不仅如此，火箭城号是保罗执政官最喜欢的一艘战舰。从1934年至1939年，保罗执政官曾四次登舰视察和出访，最远的一次，航程超过一万两千海里。

保罗执政官在演讲中宣布："我们要感谢我们的敌人，是他们给了我们一个机会，使我们可以拥有另一艘火箭城号。如果有必要，我们将拥有另一艘火箭城号，直到我们把扶升国彻底打败！"

火箭城市民群情激奋，举行了纪念火箭城号巡洋舰的大游行，在集会现场，成千上万的年轻人报名参加海军。汤姆·塔尔与一千名火箭城子弟如愿加入了亮国海军。

1942年10月，一艘原定名为"艾丁堡号"的轻巡洋舰更名为"火箭城号"。

1943年，汤姆·塔尔带着特斯拉的节拍器，登上了与他哥哥战斗过的军舰同名的火箭城号巡洋舰。

1944 年 10 月的海战中，火箭城号被多条扶升国军队鱼雷击中，锅炉舱受损，舰体失去动力。两天后，又遭扶升国战机轰炸，船体多处中弹，海水大量涌入。12000 吨标准排水量的火箭城号短时间内，涌入的海水竟达到了 6000 吨，军舰的甲板几乎贴在了海面上。按照惯例，为了不拖累整个舰队的航速，上级应该下达弃舰命令，疏散船员后，将舰艇击沉。

但火箭城号舰长贝上校发电向上级第三舰队上将指挥官哀求：

"这是第二艘火箭城号了，若是又被扶升国击沉，我们怎么向火箭城民众交代，又怎么向保罗执政官交代？"

最终，海军上将破例准许派船拖曳，命令舰长不惜一切代价抢修，避免火箭城号沉没。奇迹发生了，火箭城号经过多次辗转和途中维修，跟跟跄跄地回到亮国本土。

汤姆·塔尔带着他心爱的节拍器于战后回到火箭城定居。

2039 年 2 月，亮国火箭城

大卫听完讲述，疑惑地问道："教授，节拍器安全回到了火箭城，那它现在在哪？节拍器跟特斯拉理论又有什么关联？"

"1936 年之后，确实像特斯拉认为的那样，亮国调查局没有放过特斯拉所写的每一片纸，但他们当时并不认为节拍器有任何学术价值。直到 1954 年，才发现了其中的秘密。"布劳恩在大卫的惊愕之中继续讲着节拍器的故事。

1889 年，特斯拉决定把试验场迁往高原开阔地区，以便做高频高压实验。到达后不久，他告诉记者：他正在做将讯号从亮洲送到香磨城的跨洋无线传输实验。特斯拉证明了泥土的导电性，并制造出人造闪电，同时，他发明了接收器观察闪电，研究地球大气电。

特斯拉的接收器和检波器非常复杂和巧妙，即使 100 多年后的今天，都不一定能做出比他效果更好的装置。他在自己实验和发现的基础之上，通过计算得出整个地球作为一个腔体，其共振频率大于 7.5 赫兹，接近 8 赫兹。人们并不知道特斯拉在后来的研究中，是否得出了准确的地球共振频率。

1952 年，物理学家舒曼（W.O.Schumann）在研究地球及其电离层系统时，也发现这个共振频率，证实电离层的空腔谐振频率在此范围之内，后来称之为舒曼共振。1954 年舒曼公开发表了研究成果及其计算公式，他给出的地球共振频率是 7.83 赫兹，即每秒震动 7.83 次。

地球共振是很奇妙的，在地球的任意地点打一口深井，比如几百米深，这是为了排除其他辐射源的干扰。而后，深井中接收到一个稳定的共振频率信号，频率是 7.83 赫兹，那是地球脉动的"声音"。

那么地球共振与特斯拉理论和节拍器有什么关联呢？ 1954 年 T 计划研究人员在特斯拉手稿中找到了"30、60、240、245、470BPM 是特殊的"等记述，他们突然想起：那个最大 BPM 是 470 的超常规的刻度；从而解开了这五个刻度的第一个谜团——470BPM。

大卫明白了，在黑板上边写边说："470BPM，每分钟 470 次，除以 60 秒，得到每秒 7.83 次，470BPM 就是地球共振频率 7.83 赫兹！"

布劳恩笑了，说道："你不研究天文和物理真是可惜了！"

教授接着说："当调查局发现节拍器很可能是一件重要的科学文物之后，以涉及国家机密的名义，从汤姆·塔尔手中将其收缴，存放在机密档案库里。"

大卫急忙追问："弟弟汤姆的节拍器收缴了，足凹海的那只又怎么会到玉汗人手中呢？"

"这个我也不知道，我知道的是，1995 年亮国航天局发射太阳与日光层观测台探测器，分析特斯拉理论的间接证据。2018 年，我负责实施的超视野号探测器项目，目的就是 T 计划对特斯拉理论的直接证据进行验证实验。"布劳恩接着说，"随着研究的深入，E 先生以及我们研究团队，越来越认识到节拍器刻度的重要性和启发性，为了避免足凹海的节拍器落入他人之手，被解密或者恶意利用，E 先生请求相关部门协助打捞。"

2026 年，亮国海军联合棕橡国海军在足凹海，举行了名为"合作海上准备和训练"的演习，该演习的一项重要任务就是确定火箭城号巡洋舰的沉船位置。

潜水员在棕橡国海军的协助下，于 2026 年 6 月在预计的火箭城号沉船的地点发现了一艘沉船。经研判，2026 年 8 月确认沉船就是火箭城号。

沉船已被非法打捞，船上小件物品，甚至炮弹壳和铆钉都几乎找不到了，节拍器早已不见踪影。

T 计划成员越发寝食难安，尤其是 2027 年 5 月，超视野号探测器即将到达冥王星，特斯拉理论实验达到高潮。经高层协调，亮国海军答应再做一次努力。

2027 年 10 月，亮国海军在棕橡国海军协助下，再次潜入足凹岛海底。这次不仅查探了火箭城号，就连不远处同期沉没的大洋国海军的奥西号也一并查探了。在沉船里的搜寻工作持续了整整 9 天，节拍器仍然没能找到。

大卫略带遗憾地看着布劳恩教授，问道："对啦，一共有 5 个 BPM 数值，'470'解开了，那剩下的 4 个又是什么意思呢？"

"根据目前的研究，240BPM，每分钟 240 次，即 4 赫兹与预测地震的频率有关，245BPM 说起来有些复杂，涉及到特斯拉的核心理论，但简单说，245BPM 与太阳半径和一个波长有关。今天已经讲得太多了，这个以后再讲。"教授回答道。

"那 30、60BPM 又是什么意思呢？"大卫追问。

"关于这两个频率的含义，研究组还没有定论，这也正是我这几天最为忧虑的。"教授表情凝重地说道。

大卫问："您是担心玉汗人会利用这两个频率做文章？"

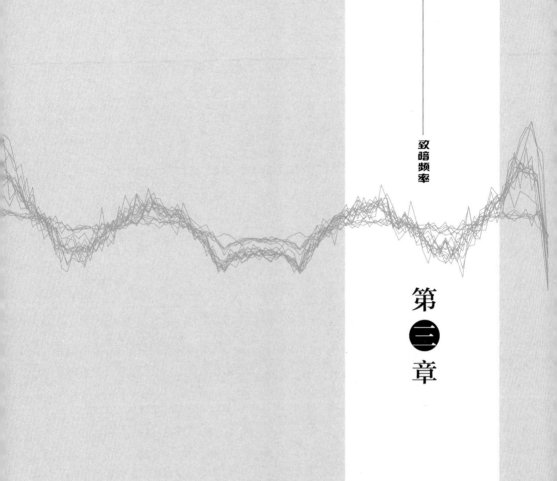

致暗频率

第三章

彗星

2025 年 9 月，玉汗国

苏赛·穆扎迪是玉汗国的顶尖物理学家。在玉汗国，与飞米武器相关的科研、军事以及国家安全工作与情报系统是一体的。所以，穆扎迪既是科研负责人，又在国防部和情报局担任要职。

穆扎迪有两个儿子，分别是布尔汗和巴希尔，但在公开信息甚至出生证明中都是查不到的。苏赛的工作保密要求高，他本人又是旅芝国猎杀的目标。因此，在两个孩子很小的时候就被送给别人领养。孩子们身世的秘密，只有哈米德等几个情报局的亲信知道。

巴希尔今年 17 岁，在帆船城读高中。布尔汗 22 岁，已从军校毕业，现在是哈米德手下的一名外勤特工。

哈米德领着布尔汗走进了情报局的会议室，苏赛起身拥抱儿子，在他的左右脸颊上各贴了一下。布尔汗没敢叫"爸爸"，只是紧紧地抱着苏赛还礼。

"布尔汗，这位是穆斯塔法教授，也是我们相关计划的首席科学家。"苏赛介绍道。

四人落座后进入正题，哈米德看着自己的爱徒首先开口，说道："今天把你叫到这来，是向你布置一个重要的机密任务，任务的细节只有你一个人知道，海军将派人配合你。"哈米德看了另外两位一眼，继续说道，"给你交代任务，本来不需要向你介绍背景。但我们商量后，还是觉得有必要跟你讲一下。让你能明白任务的重要性，也便于你完成任务后，更好地跟上后续的计划。"

穆斯塔法教授开始了介绍。

1936 年，尼古拉·特斯拉向亮国相关负责人提交了他的一篇名为《引力的动态原理》的论文。之后，特斯拉被要求从此不得公开他的理论。特斯拉死后，亮国调查局要求外国人财产保管办公室封存了他的所有物品，包括每一片纸。

特斯拉的相关研究被列为亮国最高机密，保密期限为 50 年。1993 年保密到期后，亮国政府决定继续保密。

有情报显示，从 1994 年开始，亮国对特斯拉理论从研究阶段转变为实验验证阶段。他们于 1995 年发射了太阳与日光层观测台探测器，研究太阳黑子和耀斑等太阳活动；于 2018 年发射了超视野号探测器，预计 2027 年到达冥王星直接验证特斯拉理论。

1952 年，亮国政府将特斯拉与学术无关的私人物品归还给了他的侄子，后者将这些物品运回干南国，在池安城建立了特斯拉博物馆。除精品用于展示外，大量老旧的生活用品被锁在一个仓库里。

2011 年 F 国轰炸干南国，池安城一片混乱，特斯拉部分遗物散失，其中有两把古斯勒琴。据说是特斯拉在很小的时候，做给他的三个姐妹每人一把。后来，只有一个妹妹学琴，留下自用了。另外两把没送出去的古斯勒琴被特斯拉带到了亮国，后又被当作私人用品锁在干南国。

我们搞到了其中一把琴，在古斯勒琴的背板暗格里找到了一张薄薄的蜡纸，上面有特斯拉亲手刻写的文字，那正是《引力的动态原理》。

布尔汗震惊不已，问道："特斯拉的论文说了些什么？又与我的任务有什么关系？"

哈米德接过话头说："特斯拉的论文晦涩难懂，很多细节和证明过程都被他一语带过了。为了获得更多信息，我们在亮国火箭城的特工了解到一个情况，特斯拉在85岁时曾亲手做过两只节拍器，分别送给了他妹妹的两个外孙。1954年，亮国调查局把特斯拉后人保存的一只节拍器，以涉及国家机密的名义收缴了。"哈米德接着说，"可见，节拍器不简单，一定暗藏着特斯拉理论的秘密。我们有机会取得另一只，因为它跟随火箭城号巡洋舰，沉睡在足凹海的浅滩里。"

"我的任务就是到足凹海把那个节拍器捞出来？"布尔汗终于明白了。

苏赛打断了喜形于色的儿子，说道："没那么简单！那片海域很浅，海水清澈，现在是潜水胜地，潜水爱好者日夜不断。另外还要提防棕橡国海岸巡逻队。这次行动要高度保密，必须选在整个海面空无一人的时候才行。"

哈米德补充道："为了在棕橡国不留下出入境记录，你乘坐海军的潜艇过去，要赶在一个风高浪急的日子到达，速战速决。"

"据我所知，潜艇航速慢，至少要将近20天才能到达，我们的天气预报有那么准吗？"布尔汗问道。

"真是个好问题，为了躲避各国的反潜机，你们去的时候，潜艇要绕路，航程需要30多天，天气预报确实无法精准。"苏赛肯定儿子的同时，示意教授给他讲解。

教授解释说，根据特斯拉的理论，黄道面上的星体位置与太阳黑子、耀斑的生成有对应关系。木星是太阳系最大的行星，对太阳活动的影响也最大。太阳黑子的平均周期约为 11.2 年，木星的公转周期是 11.86 年，可见木星的作用不容忽视。

木星等巨行星之间相互交错重合的时候，巨行星与贴近黄道面较大较近的恒星，比如与狮子座主星轩辕十四，相合的时候，太阳活动就会随之变强。

穆斯塔法教授展示了一张木星日心黄经坐标对应的日均太阳黑子沃夫数的分布图。1849 年至 2024 年，木星从近日点日心黄经 15 度左右起，至远日点 195 度左右止。这半圈，太阳黑子处于高发期，从平均值出发经历一个对称的向上凸起的弧形回到平均值。接下来，从远日点出发回到近日点的另外半圈，则对称地呈现正好相反的向下凹陷的弧形。

如果认为木星空间位置与太阳黑子无关，很难解释图示的对称性。最值得注意的是，太阳黑了沃大数日均最高点 136 对应木星日心黄经 149 度，那正是木星与轩辕十四交错相合的时间。

教授继续讲，太阳活动加剧时，给地球的能量增加，引发地震、台风、高温等灾害，太阳耀斑还会给地球通信、电力造成威胁。

更有意思的是，特斯拉预言：彗星穿越黄道面时，就像石头丢进水中，太阳活动会加强，地球则多发地震和台风。最近几次彗星的穿越事件和可能相关的地球灾害事件分别是：

阿兰德－罗兰彗星（C/1956 R1），1957 年 4 月 15 日穿越黄道面。3 月 9 日阿拉斯加发生 8.6 级地震，6 月 26 日四类飓风奥黛丽造成了大量人员伤亡和财产损失。

班尼特彗星（C/1969 Y1），1970 年 3 月 21 日穿越黄道面。5 月 31 日，秘鲁 8 级地震，伴有超级雪崩。当年飓风季超强，11 月波拉气旋造成恒河三角洲至少 50 万人死亡。

海尔－波普彗星（C/1995 O1），1996 年 2 月 28 日第一次穿越黄道面，

2 月 17 日，印尼比亚克岛发生 8.2 级地震。1997 年 5 月 6 日第二次穿过黄道面，而那一年正是强烈的圣婴年，即地球多发恶劣天气事件，比如，一个时速 205 公里的飓风整整持续 324 小时。

艾森彗星（C/2024 S1），将于今年 11 月 9 日穿越黄道面，28 日到达近日点。该彗星通过近日点时，距太阳表面仅 110 万公里，是近百年来距离太阳最近的彗星之一。所以，它的穿越效应会更明显，9 月 24 日，南亚地区已经发生了 7.8 级地震。早在 7 月太阳表面出现一个巨大的冕洞，这两天太阳的磁丝长达 30 万公里。预计 10 月底至 11 月初会爆发 X 级太阳耀斑，很可能会在 11 月 9 日前后出现超强台风。

布尔汗终于听懂了，2025 年 11 月 9 日足凹海附近会受台风影响，将是理想的打捞日。

 **动态以太**

2039 年 2 月，亮国火箭城

大卫领着海外情报局的詹森探员走进了布劳恩教授的办公室。

"我奉命向两位分享与玉汗国相关的简报。"年轻的詹森公事公办，恭恭敬敬地说道。

詹森提供了两则简报，同时，还贴心地进行了必要的解释。

其一，亮国对玉汗国的直接渗透很困难，海外情报局的一个办法是监控盟友旅芝国驻欧洲各主要城市的特工，由于工作量巨大，又不一定有收效，还要防止暴露，以免在盟友面前难堪。所以，标准程序的监控可以理解为只是留意而已。

去年圣诞节前，旅芝国驻香磨城的特工阿方索突然进入玉汗国，海外情报局立即提高了对他的监控等级。今年新年，在赌城洛堡，阿方索与其上司沙姆隆二世会面，海外情报局取得了录音。詹森将录音的翻译件放在大卫面前。

其二，有理由怀疑旅芝国的一名高级特工已被玉汗国情报局策反，这个叛徒向玉汗国提供了旅芝国和我们联手刺杀苏赛·穆扎迪的情报，还向玉汗国提供了旅芝国铜墙防空系统的参数表。我们认为旅芝国鼎天组织直到现在可能还蒙在鼓里。

詹森走后，布劳恩教授问大卫："录音里提到的出现在玉汗国夫妇查清楚了吗？"

大卫摊摊手说："还没有，但我感觉这对夫妻很可能是我们要找的人，我打算直接去问鼎天组织，与他们交换情报。"

"告诉他们叛徒的名字，换取他们把玉汗国情报分享给我们？你可真是个天才，隔行如隔山，看来我只能搞搞天文了。"布劳恩开着玩笑，大卫则是一脸得意地笑着。

教授收起笑容，又开始了今天的授课。教授问道："大卫，你一定很想知道特斯拉的论文《引力的动态原理》到底讲了些什么。那么，请你先思考一下，特斯拉的理论是完全荒谬的，还是太好、太正确，以至于亮国不打算与人分享？"

"首先，我可以排除理论是荒谬的这一点。他可是特斯拉呀！磁感应强度的国际单位制以他为名！做出如此多造福人类贡献的人，无论理论初听起来如何荒谬，我都宁愿相信他。再说，如果理论是荒谬的，那为什么不能公开？反正也没用，干吗要作为国家最高机密呀？"大卫分析着，接着说，"所以，我认为特斯拉的理论一定是正确而有用的，因为它太有价值了，才会像看着宝贝一样，被您这样的守护者，一代又一代地守护着。"

"你分析得很有道理，只是你可能没深想。亮国是以科技立国的，在科学的研究和技术的应用上，我们什么时候有这么好的耐性？从1936年算起，已经一百多年了，特斯拉理论并没有被开发和利用。否则，创造出的产品，哪怕是保密的武器也早应该看到端倪了，因为使用了你所说的太好、太有价值的特斯拉理论，那一定是划时代的、飞跃性的。"

大卫既觉得教授说的有道理，又想不明白，他一边摇头一边问："那是怎么回事呢？"

"因为特斯拉的理论听起来太荒谬，用起来太简单。如果特斯拉的理论是正确的，其应用门槛并不高，很多国家都能利用它。制作一个成本有限，难度不高的装置就可以获得取之不尽的清洁能源，只要愿意还可以衍生出多种武器。如果你是亮国执政官，你是不是要把它永远锁在柜子里，宁可自己不用也绝不能让别人利用呢？"布劳恩捅破了窗户纸，大卫豁然开朗。

教授走到黑板前面，切入正题。

真空中是什么都没有吗？物体里面的能量是哪儿来的？

特斯拉早期进行物理学研究的时间是 19 世纪末。当时，经典理论认为：电磁波也就是光，是通过一种宇宙中无处不在的介质"以太"传播的。引力也是在绝对空间里通过"看不见"的介质传播的，否则，无法解释超距作用。

1887 年，著名的迈克尔逊－莫雷实验，证明地球相对于以太的运动速度为零，相当于否定了以太的存在，牛顿经典体系遇到"第一朵乌云"。

20 世纪初，光的波粒二象性被确认，爱因斯坦运用相对性原理建立了"狭义相对论"，以太假定就被主流物理学界抛弃了。至于 20 世纪中叶之后场论认为真空不"空"，现代意义的以太"复活"，那是后话。

我们回到特斯拉的理论，特斯拉曾对广义相对论的支持者说："不承认以太的存在以及它必不可少的作用，想解释任何关于宇宙的现象都将是不可能的。"特斯拉认为任何物体都不含有能量，能量只存在于物体的空隙，宇宙中的力都来自能量，引力也不例外地源于能量而不是质量。1936 年，特斯拉将他的理论写成了一篇论文，叫做《引力的动态原理》。

论文的核心是特斯拉假设——宇宙中有一个超级能量波，它波速极快，远远超过电磁波（光波）的速度，瞬时地、各向同性地充斥在宇宙空间；它的波长极长，只能入射大直径物体比如恒星，对行星以及尺寸更小的物体，则绕射，几乎不发生反应。

由于它的频率极高，只在原子尺度以下与微观粒子产生谐振反应，宏观物体感受不到它的频率。除恒星和粒子以外的物体，对超级能量波的波长"视"之不见，对其频率"听"之不闻。

对此，特斯拉的解释是："如果你想知道宇宙的秘密，就用能量、频率与振动来思考。"

特斯拉把超级能量波简称为：超光波，也叫做"动态以太"。

"用能量、频率和振动来解释引力？那质量客观存在呀？即使是广义相对论把质量天然具有引力的观点，改为质量影响空间结构的场论，也没有否定质量在引力场中的作用呀？"大卫不解地问道。

教授并未急着争辩，只是按照大卫的思路继续讲解。

特斯拉认为所有质量体都可以用能量来表示，这在物理学和数学上显然是可行的，量子力学中的标准模型就是这么做的。当然，最典型的质量体是恒星（太阳），而最典型的引力场是太阳系。太阳既可以被描述为一个质量体，也可以被描述为一个发光发热的黑体。特斯拉相信恒星的质量和总光度（太阳的能量）存在确定性联系。

1910年，天文学家在研究恒星演化时，将恒星的质量和光度（绝对星等）相对于光谱类型或有效温度（颜色）绘制了一张图，就是著名的"赫罗图"。进而，天文学家发现90%的恒星的质量和光度具有对应性，光度越高的恒星质量也愈大。严格符合这一规律的恒星被定义为主序星。

特斯拉发现主序星质量和光度的对应性，并不完全是线性的，存在一个"倾斜度"。通俗地说如果给定某一主序星的光度，按照公式换算成质量，会出现偏差。比太阳光度小的恒星，实际质量比计算质量大，光度越小，计算误差越大。比太阳光度大的恒星则正好相反。

特斯拉认为，公式中显然缺少了一个变量，这个变量很可能与频率有关。恒星的质量不只是光度一个参数的函数，而是光度和恒星峰值辐射频率两个参数的函数。当特斯拉将恒星的峰值辐射频率引入恒星质光关系式后，神奇的事情发生了，导致计算偏差的"倾斜度"消失了！也可以说，恒星质量应该被能量和频率共同表示！

无独有偶，2018年11月，世界三大天文学核心期刊之一的《天文学和天体物理学》（Astronomy & Astrophysics，简称 A&A），刊登了一篇论文《使用有效温度修正项重审恒星质光关系》。

该论文中的恒星质光关系式的修正项是恒星表面温度的一个函数，由普朗克黑体辐射定律可知，恒星（黑体）的表面温度等价于峰值辐射频率，并可相互代换。

总结起来，该论文给出的数学公式用语言表达就是：

G型和K型主序星的质量可以用恒星的光度和峰值辐射频率计算和表示。

更有意思的是，与特斯拉理论风马牛不相及的另一个学说，也同样只用能量、频率和振动来描述大一统的物理规律。这个多维空间学说就是著名的：

弦理论。

03 海燕

2025 年 11 月，东印度洋

布尔汗乘坐的潜艇经过近 30 天的航行，横穿印度洋，来到了足凹岛外海 200 海里的计划驻停点，潜航深度 60 米。预定的收报时间已经到了，潜艇开始上浮至 20 米的潜望深度。布尔汗估计译电员正在记录，很快会将电文密封在信封中，交由他亲译。

给潜艇发报是军事通讯中最为困难的，因为潜艇在水下，高频的无线电波无法穿透海水。电磁波是沿直线传播的，遇到障碍物时，如果波长短于障碍物，电磁波一部分被反射，一部分入射障碍物，能量被吸收。

但当波长大于障碍物的结构尺寸时，比如水分子团，电磁波将能够绕过障碍物的结构，继续向前传播，这一现象就是光的绕射，也称衍射。

波长越长，频率越低的电磁波穿透性越强。甚低频（VLF）3 至 30 千赫兹，对应波长为 100 至 10 公里，是与潜艇通信的主要频段。该频段能够穿透 30 米左右的海水，潜艇可以在约定时间在潜望深度接收信号。

上世纪五六十年代，亮国和前雄联国作为二次打击力量的潜艇隐匿性要求极高，位置也飘忽不定，常年藏于海面以下几百米的大洋深处。甚低频穿透力就不够了，因此亮国和前雄联国开始竞相发展极低频（ELF）3 赫兹至 30 赫兹，对应波长为 1 万至 10 万公里。

这是一项极为复杂的技术，因为理论上，一个波长的电磁波被接收到，接收天线至少要大于半波长。而极低频的波长太长了，潜艇不具备配备那么长天线的可能。这时，聪明的工程师们想起了舒曼共振，利用地球的 4 万公里周长，把地球电离层作为接收天线的一部分，加上电子延长等多种复杂的技术和设备，终于克服了接收极低频信号的难题。

极低频通信的技术难题虽然得到了解决，但美中不足的是，频率越低的无线电波单位时间携带的信息越少，甚低频每分钟只能传送几个字节，极低频传输效率则更低。加上军用密码，为了加密需要，同一个词语的字节量远超民用发报。所以，海岸基地给潜艇发报时，惜字如金，一般只有一个词语，如"攻击""上浮""进港"等。

布尔汗焦急地等待着从玉汗国长波发射台发来的那个词语。按约定，穆斯塔法教授将紧盯足凹海的台风和海浪预报。如确有大浪，则默认的行动时间定为棕橡国时间 11 月 9 日凌晨 1 时，那么电文就应该是"行动"；若是 8 日或 10 日有大浪，电文就是相应日期；如果这三天均无大浪，为了确保行动保密，就取消计划返航，电文则是"返航"。

哈米德最后嘱咐布尔汗时特别提到，潜艇收报并不是百分百可靠。除非他收到的是"返航"或变更的具体日期，否则，其他任何短语的意思都是 11 月 9 日行动，随便发一个词语的另一个好处是，等于多了一重加密。

译电员终于敲响了布尔汗的舱门，布尔汗签收之后，送走译电员，锁好舱门，迫不及待地开始译电。电文果然很短，只有一个词："海燕"。

布尔汗急匆匆地走进指挥舱，对舰长说："计划不变，行动开始，拜托您了！"

艇长点了点头，大声宣布命令："下潜深度60，航向45，航速10节。"

5小时后，暗夜中，潜艇上浮充电，同时，释放了通信浮标，将接收频段调整至棕橡国之声电台的广播信号。监听员将广播内容整理后，形成简报，跑步送给布尔汗。布尔汗关注到其中的几条：

一、彗星艾森（C/2024 S1）将于11月9日穿越黄道面，亮度正在逐渐加强，于11月28日到达近日点。该彗星距离太阳之近，百年罕见，如果它不被太阳引力撕碎，从近日点转出后，将成为史上最明亮的彗星之一。世界各地的天文爱好者正在翘首以待。

二、10月29日，太阳爆发X级耀斑，是一周之内的第四次X级耀斑，这是极其罕见的。11月2日，太阳表面形成大的日冕洞，太阳风暴已经在4日起袭击地球。

三、11月4日热带风暴在西太平洋海面聚集，扶升国气象厅将其命名为"海燕"，随后升格为超强台风，11月7日晚达到强度巅峰，是1979年以来最强的台风。台风"海燕"已于11月8日晨，登陆椒岛国东大岛，造成巨大破坏和人员伤亡，预计伤亡人数会过万。受此台风影响，足凹岛近海11月9日将有10级以上大风和巨浪，停止海上活动，船只一律进港。

2025年11月9日，棕橡国时间凌晨零点，潜艇到达预定海域，不能靠得更近了，否则有被发现，甚至触礁的风险。

潜艇上浮到潜望高度，即使在20米的水下，依然能感到巨大的涌浪。布尔汗穿好潜水服，检查氧气瓶，与另外一个同伴一起钻进了狭小的潜航器的舱室。

1940年，地海国海军开始使用人操鱼雷攻击地B国海军。这种人操鱼雷其实是人工操作的水下布雷器。几次无功而返后，终于在1941

年 12 月，将 B 国海军的两艘主力战列舰炸沉在军港中。

扶升国海军随后取得了地海国的技术资料，将人操鱼雷彻头彻尾地改造成自杀式攻击武器，给亮国军队造成了重大损失和心理影响。

玉汗国的人操鱼雷是载人的微型水下工作平台，命名为"鲟鱼"。布尔汗乘坐的"鲟鱼"，从潜艇特制的装载容器中滑出，悄无声息地朝着预测的沉船地点驶去。

火箭城号重巡洋舰的沉没地点非常靠近足凹岛的陆地，海底浅滩平缓，距海面不足 20 米，洋流对其影响极小，几十年来位移也很小。布尔汗和同伴很快就找到了目标，操作员同伴将潜航器升至海面，布尔汗打开自己的安全舱顶盖。

狂风和巨浪瞬间将布尔汗的圆形舱室灌满了海水，布尔汗打开氧气罐阀门顺势向目标游去，潜航器一边下潜，一边紧紧地跟在他的身后。

布尔汗的目标是位于沉船甲板下第三层的水兵休息舱，残破的舰体里一片黑暗，即使在潜水头盔的强光照射下，视线依然模糊不清。

布尔汗顺着炸弹纵向撕裂的层层钢板游进游出，努力地寻找。万吨排水量的火箭城号对于布尔汗来说实在是太庞大了。时间一分一秒地流逝，布尔汗的体力明显下降，他又一次进入了残骸深处，完全无法分辨这是第几层以及什么区域，布尔汗在心中默念着："在哪呀？氧气不多了，快让我找到那个节拍器吧。"

布尔汗的头盔灯无意间扫过一个半米长的裂缝，下面的一个物体引起了他的注意，光束对准，仔细辨认，隐约看到那个物体上有金属刻度。终于找到你了！布尔汗感到身体里热流瞬间涌向头部，他冷静下来发现裂缝太窄了，他无法游过去。

布尔汗围着这个区域寻找，终于找到了一个 40 多厘米的孔洞，他试了试，绑着氧气瓶的臃肿的身体无法通过窄洞。

一定要完成任务！布尔汗做出了一个疯狂的举动，他将氧气瓶固定带解开，将其拴在旁边的柱子上。他从腰包中取出一个机械式水下呼吸器，将氧气头盔取下，嘴里咬住呼吸器，从小洞中游进去，一把抓住节拍器，将它放在腰包里，艰难地游回洞口。

咬在嘴里的呼吸器不是为如此大的水压条件设计的，布尔汗从洞口钻回来的一瞬间，身不由己地吸入了一大口海水，他拼命地抓住氧气面罩，用最后一点力气解开氧气瓶，拖着它朝海面上升。

潜艇的医生进行紧急抢救，粘液和血水不停地从布尔汗的口鼻中涌出。布尔汗艰难地睁开眼，指着腰腹部对舰长示意。

舰长说："我已将腰包锁进保险柜，放心吧。"布尔汗欣慰地笑了，渐渐没有了声息。

潜艇快速返航，途中，台风"海燕"渐渐平息了，它的能量已归于大海。但它坚信，继任者们将终有一天，会再次凝聚升腾，在海天之间，在辽阔的大洋之上，像海燕一样狂飙起舞。

11月28日，全世界的望远镜都未能观测到彗星艾森从近日点转回，成千上万的天文爱好者没能欣赏到"世纪彗星"的璀璨光芒。因为它，定格在11月27日，已经和太阳融为一体了。

 太阳黑子

2039 年 2 月，亮国火箭城

"您是说 240BPM，4 赫兹频率与地震预测有关吗？"大卫对布劳恩教授问道。

"是的，极低频技术是近几十年来的热点，在潜艇通讯，地震预测，地下探矿等领域都有较好的应用。"

布劳恩教授接着说："已知的几个大国，都建设了长波收发台网，在 4 赫兹至 80 赫兹频段监测地下自然源发出的电磁信号及其变化，用于地震预报。"

布莱恩教授继续他的讲解。

特斯拉认为，超光波或者叫"动态以太"，波长极长，只有恒星能被它入射，而行星及以下物体"尺寸"小于波长，所以就被绕射了。

这就像站在海边的礁石上观察，海浪滚滚而来，绕过水中插着的一根木桩，能量都打在了尺寸更大的礁石上，啪啪作响，水中的木桩却并没有被海浪打倒，甚至不受影响。这是因为它的截面直径远小于海浪的波长，被绕射了，所以它对海浪的巨大能量几乎没有反应。

正常人听到超光波假说的第一反应就是：我为什么感觉不到呢？因为"尺寸"太小的物体，相当于海水中的"木桩"，无法被海浪的波长入射。

太阳的直径足够大，如果真的有超光波，瞬时地从各个方向射向太阳，将其入射，并"点燃"。其中某一束超光波如果是从其他星体射来，比如由木星绕射而来的，那么这一束超光波与其他未经阻挡的波入射太阳的效果，或者说被太阳吸收的能量，应该是不同的。

太阳的表面并不是一个平坦的光球，光球表面的细部结构呈现出"米粒"状的斑点，暗区亮区交错。按照超光波的逻辑理解，那些暗区斑点是整个银河系恒星，乃至是整个宇宙星系阻挡超光波的投影。

由于恒星是相对不动的，当运动速度较快的行星等星体叠加阻挡在阴影上，就会使得太阳表面相应区域吸收的能量产生巨大的变化，引发磁场的运动，阴影部分降温就形成了太阳黑子，阴影边缘升温爆炸形成太阳耀斑。

太阳黑子是周期性生成和变化的，每个周期主要的黑子总是生成于太阳南北纬 30 度左右并逐渐向低纬度移动，至南北纬 15 度时，太阳黑子进入极大期。这就是著名的"蝴蝶图"。

太阳系的主要行星和卫星都集中在黄道面上运行，上百万颗小行星组成的小行星带相对于黄道面的轨道倾角几乎都小于 30 度，其中，约 90% 的小行星，轨道倾角小于 15 度。

在超光波的逻辑里，这很好解释，太阳系的主要行星和卫星都集中在黄道面上运行，而太阳相对于黄道的自转倾角只有 7.25 度，所以太阳黑子就集中生成在这些遮挡区域，太阳的两极地区几乎没有快速移动的遮挡物，没有形成黑子也就不奇怪了。

现有主流理论认为太阳黑子是由于内部的磁场运动不均衡而产生

的。如果太阳黑子完全是内部机制产生的，那么，黑子应该随机地出现在太阳表面的任意位置。

但现有理论很难解释：为什么太阳黑子总是集中在低纬度，尤其是在南北纬 15 度以内密集爆发，而在南北纬 60 度以上的区域内几乎没有太阳黑子。

"我希望我所说的遮挡物，没有误导你，太阳黑子说到底是太阳内部的能量反应，而不是所谓的影子，超光波理论并不否认太阳黑子是太阳内部磁场反应的结果，只是探讨产生反应的诱因。"布劳恩教授补充道。

还有一些证据支持超光波的"遮挡论"，比如，太阳黑子的大小，绝大多数黑子的直径从几百公里到几万公里，那正是小行星、卫星和行星的尺寸。最大的太阳黑子直径可达 20 万公里，不到两个木星的直径，那正是巨行星交错时的尺寸。

2000 年 6 月 22 日，木星与土星相合，在太阳表面产生大面积黑子，两颗巨行星日心黄经交错。7 月 14 日，太阳爆发 X5.7 级大耀斑。

2020 年 11 月 2 日，木星与土星再次相合。当日，亮国航天局观测到一个大黑子正在形成。3 日，确认是大的黑子群，编号为：AR2781。6 日，黑子正对地球时，照片非常清晰：一个较大的黑子群边缘模糊，很可能是木星和其卫星的投影；另一个稍小的黑子边缘清晰，呈完美圆形，很可能是土星投影。

特斯拉认为，以宇宙中的任意一点，比如以太阳为中心，超光波从四面八方射来，遇到银河系的恒星阻挡，在太阳上产生能量密度不同的明暗区域。同时，到达太阳系之后，又受到黄道面正负 30 度内大量存在的小行星阻挡，如果该阻挡相对减少的能量恰好重叠于暗区，则导致太阳表面该区域温度更低，形成太阳黑子现象。

在成片的暗区基础上，若遇到行星和卫星的叠加阻挡，则形成较大的黑子。太阳黑子的周期就是，以木星和周期共振的小行星的公转周期为基础的，与其他巨行星、近地行星、卫星甚至彗星共同形成的。太阳黑子平均 11.2 年的周期支持这一理论。

大卫说："超光波这个假设也太大胆了，听起来确实有点疯狂，一时难以接受。"

"现代科学的核心思想就是——"布劳恩教授略一停顿，接着说，"大胆假设，小心求证。可被证伪，能够预言！"

特斯拉曾经预言彗星穿越黄道面会导致太阳活动更加剧烈，已经被我们多年来的观测数据所证实。例如：

欧凯美顿彗星（C/2013 V5），2013 年 12 月 21 日穿入黄道面，12 月 20 日，太阳表面生成巨大的冕洞。21 日当天，新的太阳黑子 AR1934 和 M 级太阳耀斑产生。2014 年 10 月 16 日，彗星穿出黄道面，黑子群 AR2192 在 10 月 17 日转入可见日面，面积在 10 月 27 日最大，达到 2750 个太阳面积单位，是地球大小的数十倍，成为自 1990 年以来最大的太阳黑子。

彗星（C/2022 E3），2023 年 1 月 12 日到达近日点，黑子 AR3181、AR3182、AR3184 连续发生三次 X 级太阳耀斑爆炸。2 月 12 日穿越黄道面，黑子 AR3217 于 11 日爆发 X 级耀斑。恰逢 30 年一遇的土星冲轩辕十四，直径超过 6 公里的巨型彗星梅克贺兹一号（96P）于 1 月 31 日穿越黄道面并到达近日点（0.12 天文单位），这导致第一季度的太阳活动异常强烈，将预计的太阳活动极大年（2025）整整提前了两年多。

艾森彗星（C/2024 S1），2025 年 11 月 9 日穿越黄道面，同年 10 月 29 日，发生一周内第四次 X 级太阳耀斑。11 月 6 日，日面东侧的活动区 AR1890（S11E36）爆发了一个大 X 射线耀斑（X3.3 级）。11 月

9 日当天，大太阳黑子 AR1890 有一个"贝塔 – 伽马 – 德尔塔"磁场，为 X 级太阳耀斑提供能量。11 月 10 日，正如预测的那样，太阳黑子 AR1890 又释放了一次 X1 级耀斑。

一位天文学者最新研究成果显示，卫星的位置也与太阳活动相关，最佳案例是天王星卫星。天王星的独特之处在于其自转轴几乎"躺平"在轨道平面上，倾角高达 98 度，在它的冬至和夏至附近总有一个极点指向太阳。这使得天王星 27 颗已知卫星的轨道就像一个游戏飞盘，随着天王星的公转，从飞盘"竖着"呈一条线对着太阳逐渐横转过来，直到完全展开，整个圆盘互不遮挡地对着太阳。

"这是 18 颗轨道倾角几乎为零的天王星卫星的组合图。卫星轨道面与太阳和天王星中心连线夹角为零时，卫星有一半时间藏在天王星身后，即使到天王星前面，也会相互遮挡抵消影响，太阳黑子就少；夹角为 90 度时，轨道面完全垂直于太阳连线，每一颗卫星都无遮挡地对着太阳，太阳黑子就多。更不可能思议的是，以零点为中心，日均太阳黑子沃夫数在图的左右是完全对称的！这种对称和强相关性是现有理论无法解释的。按照现有理论，这张图上的点，应该呈现杂乱的随机分布。"教授接着说，"大卫，你看这张图，像不像一只蝙蝠，两端是高高支起的翅膀，中间是嘴，嘴的两侧是眼睛？"

枯燥的理论告一段落了，大卫轻松地附和道："像，真像！之前有一个著名的蝴蝶图，这张就叫蝙蝠图吧！"

05 迷药

2025 年 11 月，玉汗国

在冬日的碎雪和寒风中，布尔汗的遗体和他用性命换来的节拍器回到了玉汗国。

玉汗国的丧葬风俗是要将死者尽快埋葬，葬礼越快越好，一般是当天下葬，最迟不超过第二天，而布尔汗已经去世将近 20 天才下葬。更令人难受的是，为了保密和继续保护巴希尔，苏赛·穆扎迪夫妇无法参加儿子的葬礼。布尔汗被葬在了养父的家族墓地，只有哈米德心神恍惚地操持着葬礼。

葬礼的第五天，按照风俗，亲朋好友会去慰问死者家属。哈米德从办公楼的台阶跑下来，钻进了苏赛·穆扎迪的防弹汽车。

汽车沿着通往高原城西南郊的诺里村开去，村庄里有一个像兵营一样戒备森严的院子，那是苏赛和妻子贝亚·穆扎迪的乡间住所。

坐在车里的苏赛一言不发，哈米德按动电钮，升起雾化玻璃挡板，与前座的司机阻隔开。然后，哈米德一动不动地盯着座椅靠背，一言不发，像是被潜意识左右着，他的头不自觉地躲向苏赛的另一侧。

"哈米德，你是不是在想，要是不派布尔汗而派别人去就好了？是不是在想，要是叮嘱布尔汗遇到危险则放弃任务就好了？"苏赛的目光恢复了平常的震慑力，捕捉着哈米德躲躲闪闪的眼睛，说道。

哈米德长叹了一声，依旧什么话都没有说。

"节拍器怎么样？"苏赛转换了话题，问道。

"节拍器锈蚀很严重，但经过处理后刻度还是算清晰，已经交给穆斯塔法教授进行研究了。"哈米德平静地回答，继续说，"有五个刻度加长加粗了，比较特别，教授认为可能指的是五个频率，分别对应0.5、1、4、4.083、7.83赫兹。"

"穆斯塔法搞清这五个频率的意思了吗？"苏赛问。

"4赫兹频率对应的是地震活动监测，7.83赫兹是舒曼共振，也称作地球共振，其他三个频率含义不明，需要进一步研究。但教授如获至宝，他坚信节拍器对应的频率将成为我们最好的武器。"哈米德答道。

小院里，巴希尔和罗珊娜一左一右，坐在贝亚·穆扎迪身旁，巴希尔是昨天被古波湾中的快艇，从帆船城秘密接回来的。罗珊娜虽未能等到与布尔汗订婚，哈米德还是决定把她从香磨城的学校里接回来。

看见丈夫和哈米德走进屋子，贝亚刚刚擦干的眼睛又涌出了泪水，罗珊娜善解人意地依偎在贝亚身边，轻轻地抚摸着她的后背和肩膀。巴希尔站起来与爸爸拥抱，带着哭腔说道："布尔汗死了，他怎么会死了呢？"

苏赛紧紧地抱着小儿子，慢慢地松开手，用双手架在巴希尔的双肩上，说道："本来想以后再对你说，但是我与你哈米德叔叔商量，决定告诉你一些事情，希望你能像你哥哥一样的坚强和勇敢。"

贝亚虽然只是普通的家庭妇女，但她深知丈夫的工作性质和习惯，抹了一把眼泪站起来说："我给孩子们做饭去，你们有话慢慢说吧。"

罗珊娜懂事地跟着贝亚站起来，一起向外面走，苏赛叫住了罗珊娜，示意她坐下。同时给哈米德打了个手势，让他开始。

"你的哥哥布尔汗不是死了，他是为我们的事业牺牲了！他在面临生死考验时，不顾个人安危，勇敢地完成了艰巨而又重要的任务。"哈米德深情地看着巴希尔，接着说，"巴希尔，罗珊娜，你们俩从小就离开亲生父母，寄养在别人家。后来到了我的学校，有了我这个老馕爸，你们一定很疑惑，我们这些大人到底是做着什么神秘的事情？"

"我们的事业是严格保密的，是我们的敌人或者叫对手逼迫我们这样做的。世界上有的国家让我们玉汗国只能二选一，要么战略安全，要么发展经济，但不让我们兼得。"

哈米德抬起头看着两个爱徒，以目光询问着他们是否理解。

"您的意思是说，玉汗国拥有飞米武器就将被经济制裁，若想取消制裁必须放弃飞米武器，对吗？"巴希尔问道。

"是这样，为此我们正在与多国进行艰难的谈判，无论怎样选择对我们来说都是非常痛苦的，你哥哥用生命换来的一件东西，有可能为我们提供一个新的机会。"

苏赛补充道："我们的事业还要经历漫长的时间，我们相信你们俩会愿意像布尔汗那样与我们一起奋斗。"

"2024年F国总统推出斯汝雷计划，将香磨城周围处于斯汝雷高原的众多大学合并组成斯汝雷大学，计划明年招收第一批学生，但合并工作很复杂又屡遭抵制，我们估计第一期开学时间要等到2027年9月了。"哈米德说道。

"您是说要把我们送到斯汝雷大学学习，可是后年罗珊娜还不满16岁呀？"巴希尔不无遗憾地说道。

"后年我是不满16岁，可是我在墨金国的身份，卡米拉小姐，到那时就 18 岁了。"罗珊娜调皮地眨着眼睛说道。

"罗珊娜已经化名卡米拉在香磨城读高中了,巴希尔,我们决定把你也转学到香磨城去,以便你尽快熟练掌握法语。"哈米德说道。

2027 年 5 月,F 国首都,香磨城

"明天是你们俩第一次执行任务,我把任务的细节再给你们强调一次。"玉汗国情报局驻香磨城行动队的队长说道。

巴希尔、罗珊娜先期已按要求,主动接触珍妮弗·布劳恩,尽可能与其熟识,并获得好感。而行动的真正目标是亮国人,珍妮弗的堂妹达芙妮·布劳恩。

获悉姐妹俩明晚将会到阿波罗广场观看音乐焰火晚会,巴希尔和罗珊娜的任务是一路跟踪她们。到达阿波罗广场的预定区域后,由巴希尔负责吸引达芙妮的注意,尽可能将其逗笑。由罗珊娜负责在不引人怀疑的情境下,使用加密手机给达芙妮拍照,并将照片传送出去。之后,罗珊娜负责通过手机接收下一步指令。

如果指令是"取消",两人必须与姐妹俩自然地分开,放弃行动,就像什么事情也没有发生一样。如果罗珊娜收到的是"行动",则由罗珊娜发出暗号通知巴希尔,由其设法用事先准备好的特制的瓶装柠檬水,将达芙妮迷晕。

迷药是缓释的,达芙妮喝下柠檬水后,二人应自然地离开,外围行动组会将晕倒的达芙妮抬到事先伪装的假救护车上,实施绑架。

25 日晚,阿波罗广场,罗珊娜从手机上收到"取消"二字,看似不经意地碰了巴希尔一下,引起他的注意,同时,用手揉了一下自己的眼睛。这个信号的意思是取消行动。

但巴希尔像是没看到信号一样,转过身继续兴高采烈地在画纸上与

达芙妮以书写的方式对话。整个广场确实太吵了，音乐欢畅，焰火升腾。接近 40 度的体感温度，这是几十年来 F 国最热的夏天。

突然，巴希尔从背包中抽出一瓶柠檬水，拧开了可以当作杯子的瓶盖，将杯盖倒满水，递给达芙妮。同时，自己对着饮料瓶咕咚咕咚地喝了两口，示意达芙妮喝下她手中的水。柠檬水瓶是特制的，迷药预藏在杯盖中。

达芙妮举着水杯，点头向巴希尔的体贴表示感谢，正要喝下去，罗珊娜突然伸手将水杯打翻在地上，歇斯底里地对巴希尔大喊："见到漂亮女生，你就不理我了，这可是咱们俩第一次约会呀！"罗珊娜一边说着，一边愤愤地朝人群外跑去。巴希尔愣了一下，赶紧追着罗珊娜离开了姐妹俩的视线。

待到一对儿男女朋友走远之后，姐妹俩从吃惊中回过神来，忍不住笑出声。达芙妮像是在选美比赛中获胜了一样，摊开两手，得意地摇晃着身体，向堂姐做了一个调皮的鬼脸。

远处，瘦小的罗珊娜严肃地对巴希尔说："像你这样违抗命令，随意绑架一个亮国人，就能为你哥哥报仇？就叫勇敢吗？"

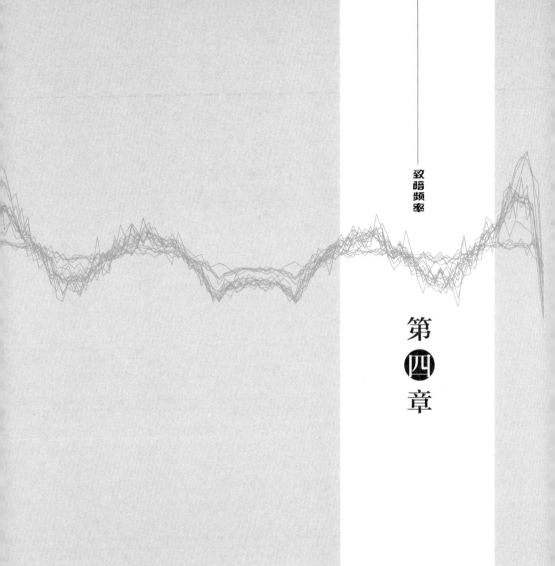

致暗频率

第四章

 **梅花 K**

2039 年 1 月，F 国首都，香磨城

勒夫的桥牌搭档是凯兹，两人都是旅芝国鼎天组织特工，也是沙姆隆二世的左膀右臂。勒夫是情报分析员出身，后转做外勤，分管各地的行动队。凯兹是个全能的技术鬼才，熟知计算机网络构建，信息通讯，炸药配比以及爆炸装置，不仅如此，凯兹还有着极为特殊的经历和身份。

大型正规的桥牌比赛，多以四人一队的复式形式进行。为了比赛的公平，采取单循环或双循环的赛制，分为开、闭室，每一轮次采取"瑞士移位制"。

朋友小聚，或是桥牌俱乐部中相对陌生的选手参加的小型比赛，由于凑四个人组队的难度较大，多采取两人一队的赛制，即双人赛。

双人赛比赛时，分为若干队坐南北方向和若干队坐东西方向，坐南北方向的两人不动，坐东西方向的两人每副牌按桌号依次轮转。每一轮次，比如 16 副牌，一个南北队伍分别与 16 个东西队伍各打一副。一轮结束后，16 个南北队伍各自比较每副牌特殊换算的得分，分出输赢。东西队伍无法与南北队伍比较，而只与自己的同方向比较。

　　勒夫与凯兹参加的这场桥牌双人赛，是公开赛，缴费即可报名，理论上队际之间的选手彼此并不认识。勒夫坐北，凯兹坐南，牌局进展顺利，多年的默契使两人的配合如行云流水。打到第七副牌，凯兹坐庄，通过挤牌，熟练地完成了三无将定约。

　　四位选手各自把牌摊在面前，礼节性地做了简要的复盘，然后各自将牌插入牌盒的对应位置。其他桌确实打得有些慢，勒夫和凯兹表情轻松地等待下一队东西轮转过来。

　　阿方索和他的搭档走过来坐在勒夫的桌上，四人彼此礼貌地点头致意。嘈杂的比赛大厅里的人们，完全看不出来阿方索与他的两个对手是多年熟识的朋友，更不会怀疑他们正准备接头。

　　四位选手从牌盒中各自按位置抽出属于自己的牌，这副牌是东西有局，南开叫。凯兹开叫，一红心，西叫加倍。勒夫整理好手中的牌，单张小黑桃，K小两张红心，AK小七张方块，A小三张梅花。勒夫与凯兹的叫牌体系是自然叫牌法加约定叫。

　　勒夫拿着十四点大牌，两个A，同伴竟然先开叫了。因为是无局对有局，同伴有可能采取牺牲叫的策略，只凭第一轮叫牌很难知道同伴的实力，无局对有局的一红心开叫牌力范围在六点以上、五张红心即可。

　　勒夫的牌力太强了，必须使用逼叫的叫品，此时叫二方块，出新花色，是逼叫的。但勒夫替同伴着想，自己有七张方块，同伴方块应该很短，若北不叫，同伴必须叫牌，只能叫两红心或三红心、三方块三个叫品，两红心和三方块都是示弱的，三红心表示同伴十点以上六张红心以上，但万一同伴有十三点以上，而红心只有五张，他也会跳叫三红心，勒夫叫到进局之后，有宕牌的风险。

　　从左手边东家的角度考虑，如果他的黑桃配合，加叫一黑桃，甚至是更高阶的黑桃，则凯兹之后的叫牌就更加困难。此时勒夫的两红心、三红心、四红心都是不逼叫的，所以都不能叫，勒夫从叫牌卡盒中取出了蓝色的两个 XX，放在叫牌盘中，他的叫品是再加倍。

东家果然加叫一黑桃，轮到凯兹了，他加叫两红心。勒夫分析同伴的叫品，同伴若是弱牌应该不叫，勒夫依然有叫牌的机会，所以同伴一定是十点以上的牌力，若同伴只有五张红心，即使红心点力够强，他也应在此轮选择过牌，待勒夫叫牌后再选择延迟示强加叫。

基于多年的信任，勒夫确信同伴在高花上红心点力较强，且有六张以上，黑桃较短无点力，红心的点力应该是 AQ 六张以上。那么他剩下的至少四点分布在低花，最坏的结果是单张方块 J 和 QJ 三四张梅花。即便如此，因西叫的加倍，梅花 K 应能被飞中。若不是这样，同伴有梅花 K 则在正常牌分布下很有机会可以达成小满贯。

在凯兹两红心之后，坐西的阿方索加叫两黑桃，又轮到勒夫了。通过东西两家的叫牌，勒夫更加确认，东西在红心上没有大牌，因为他们最多只有十六点牌力，又是有局的，所以他们的点力如果不集中在黑桃和低花上，被加倍后会输很多分。

勒夫通过分析已经得到了他想要的信息，看到了这副牌六红心或六方块，做成的概率都很大，双人赛积分规则与复式赛不同，六红心才是最高分。红心，联手已经找到了八张，且有 AKQ。这一轮叫牌，如果勒夫不直接叫小满贯，那么他的叫品必须是逼叫的，逼叫的叫品有四无将，问同伴的 A，勒夫已经知道了答案，同伴只有一个红心 A，若自己一问，同伴一答，对手就会明确知道两个低花 A 都在勒夫手上，所以不能问 A。

还有一个逼叫叫品是三方块，新花总是逼叫的，同伴的叫品一定是四红心，若凯兹认为手里的红心 AQ 很有价值，根据勒夫的两次强叫牌，也可能会叫四无将，反问勒夫的 A，这是勒夫极不愿看到的。

勒夫在阿方索的两黑桃叫品之后，石破天惊地直接叫到小满贯六红心。

阿方索首攻黑桃A，明手勒夫把牌摊开，当阿方索换攻梅花时，凯兹用K吃住，调两轮将停在明手，发现东还有J小两张红心，但因为他有AQ10六张红心，Q小两张方块，K小两张梅花和三张小黑桃。通过以方块飞将牌，将定约做成。

凯兹兑现方块，发现东跟出第二张方块时，因为此时明手保有梅花A作为回手的桥，他将牌摊在桌上宣布定约做成。阿方索和同伴也绅士地将牌摊开，勒夫拿起桌上的梅花K说道："这张牌很关键。否则明手就没有桥了。"对手表示赞同，只有阿方索明白勒夫的意思，K代表13点，梅花是第四花色，明天下午13时在第四区秘密地点见面。

第二天，阿方索一边给远道而来的战友倒咖啡，一边问："是老板派你们来的？"

"老板说上次你提到有一个制作爆炸装置炸毁玉汗国山洞的主意，他让我问问有进展吗？"勒夫喝了一口咖啡，接着说，"老板还说，你近几个月的旅行度假记录太频繁了，所以让我们到香磨城主动找你。"

"很有进展，玉汗国夫妇已经明确向我提出了环境设备的采购意向，以及具体数据指标要求，当然他们是以保水剂工厂的名义。"阿方索洋溢着神秘的笑容，接着说，"我以专家的身份向他们推荐了一种环境空气精准控制解决方案，即把封闭空间中的所有空气抽空，再按照环境需要的精确比例将不同的空气成分补回。特别是氧气，全部抽回到储存罐中，无人进入封闭空间时，环境无氧，有人进入前，按比例释放氧气。"

勒夫似乎没有完全听懂，说："做爆炸装置这种事情还是请凯兹帮你出主意吧。老板让我带他来，就是让他干这个的。"

凯兹微笑着对勒夫说:"看来不需要我了,阿方索先生已经告诉我们他的爆炸装置甚至炸药本身了。"

勒夫惊异地抬起头看着两个微笑着的同伴,问:"炸药?什么炸药?"

阿方索伸出右手迎着凯兹做了一个击掌动作,两人几乎同时欢快地喊出:"氧气!"

02　轩辕十四

2039 年 2 月，亮国火箭城

没人看得出，大卫·哈尔西今年已经 50 岁了。大卫曾经是金盛州大学橄榄球队的四分卫，爱好多种体育运动，常年坚持跑步和健身。他身体结实，面部五官却透着一丝清秀，戴着一副几近平光的仿玳瑁边眼镜，看起来有一种电影明星般的帅气，同时，又明显地表现出他是一位不失学养的绅士。

除了在布劳恩教授那样大神级的人物面前外，大卫是自信而果断的，是一位天生的领导。

"这些玉汗国简报的范围还不够，要扩大搜集范围，更要加强分析，把你们认为毫无关系的事件合理而大胆地串联起来。"

大卫在联席调查组会议上，语调平缓而又不容置疑地布置着工作。他侧过头，对着海外情报局的詹森说道："请联系鼎天组织的那个沙姆隆二世，请他本人或者是他的助手勒夫到火箭城来。"

"啊？您知道，我们有求于旅芝人的时候，总是我们去拉维港，他们不一定肯来呀。跟我们打交道时，旅芝人总是保有强烈的自尊心。"

詹森答道。

"我这边实在走不开，那你就跟他们说，我有一些情报只能在亮国当面对他们讲。沙姆隆二世是老特工，他一定能明白。"

"明白什么？"詹森一时没反应过来，问道。

"他们内部高层出了鼹鼠！"大卫解释道。

布劳恩教授把大卫接进观测室，笑着说："刚开过会吧，怎么心事重重的？到我这儿来找灵感了？"

"嗯，有价值的线索太少了。我有一个预感，就算旅芝人帮我们，我们也不一定能破解玉汗人的谜题。"大卫皱着眉头接着说：

"所以，教授，我还是想多了解一下所谓的木星合轩辕十四到底会对太阳和地球有什么影响？至少我能掌握与玉汗人一样多的信息。"

布劳恩教授点头表示认同，走到电子屏前，开始了讲解。

特斯拉认为，我们的宇宙像是"浸泡"在一个强大的能量场里，在宇宙中的任何一点，比如太阳为中心，"动态以太"即超光波都会均匀万向地射来。超光波穿过遥远星系而来，又被银河系中的上千亿颗恒星阻挡，在太阳表面形成了温度不同的明暗区，呈"米粒"状。

银道面与黄道面的夹角约为 60 度，即使考虑到太阳赤道与黄道面的 7.25 度的夹角，太阳高纬度和两极地区因为没有遮挡物，所以几乎不出现太阳黑子。

在数以千亿计的恒星之中，显然自身越大越亮的，距离太阳越近的，越贴近黄道面的恒星，越容易被黄道面上快速移动的行星、卫星、小行星叠加遮挡，使太阳相应表面温度进一步降低，从而形成太阳黑子。

轩辕十四又大又亮，几乎贴在黄道面上，是最容易与行星等星体形成遮挡关系的恒星，而木星又是太阳系中最大的行星。所以，木星与轩辕十四相合时，太阳黑子最多。

实际观测，符合上述预言，从 1849 年有较可信的太阳黑子数据至今，木星已经绕太阳公转了约 16 圈。使用这 190 年，近 7 万天的太阳黑子数据，按照木星在日心黄经 360 度的轨道上，每一经度对应的相应多个天数的黑子数取平均值，共得到 360 个日均黑子数。平均值是 84，最低值是 32，而日均太阳黑子数最高值 136 所对应的日心黄经是 149 度。

如预言的那样，轩辕十四的日心黄经正是 149 度。也就是说木星在公转轨道上运行，运行到轩辕十四与太阳连线时，太阳黑子最多。木星与轩辕十四交错时，引起的太阳黑子较大，引发的耀斑、日珥、冕洞抛射和太阳风也更强烈。同时，太阳活动加剧，给地球相应带来的地震、台风等自然灾害也更强烈，通讯受干扰和电网损坏程度也更大。

比如，相合年 1956 年 2 月 23 日，强烈的太阳耀斑干扰了地球的通讯，一艘在格陵兰海域的 B 国潜艇失联。科学家们第一次意识到，太阳耀斑对地球和人类的影响。同年，超强台风温黛是有记录以来排名第四的超级台风。也是破坏性最严重的台风之一。

比如，相合年 1979 年 9 月 7 日，太阳耀斑持续了整整 4 个小时，地面短波通讯就中断了 30 多分钟。10 月，台风泰培是有气象记录以来，中心气压最低的热带气旋，该记录至今未被打破。该台风是名副其实的"世纪台风"。

比如，相合年 2003 年 11 月 4 日，有记录以来最大的太阳耀斑爆发，顶峰数值爆表，迫使科学家只能估计耀斑的大小，初步估算是巨大的 X28 级，后修正为惊人的 X45 级。这个记录至今也未被打破。

比如，相合年 2015 年，从 3 月 12 日爆发 X2.2 级太阳耀斑之后，即使在黑子不多的日子，日冕洞也频繁出现，太阳风暴多发，可以说是名副其实的太阳风年。4 月 22 日，智利南部卡尔布科火山时隔 42 年再度猛烈喷发。4 月 25 日，尼泊尔发生 8.1 级地震，9 月 17 日智利西部海岸发生 8.3 级地震。

比如，相合年 2027 年，从 2 月起爆发多次 X 级太阳耀斑，3 月东北太平洋发生 8 级地震，5 月 25 日，强烈的太阳风导致地球磁暴。

不仅如此，将近 12 年一次的，木星与轩辕十四相合的 1956 年、1968 年、1979 年、1991 年、2003 年、2015 年、2027 年无一例外，都是各自约 11 年的太阳黑子周期最活跃的极大年或极大年的相邻年。包括我们正在经历的 2039 年也是如此！

大卫思考着，惊叹着，似有所悟地向布劳恩教授问道："超视野号的实验条件是当天要有太阳黑子？"

布劳恩教授笑了，回答道："你太聪明了，幸好你跟我是一个阵营的。确切地说我们需要超视野号到达冥王星那天，有足够强度的太阳风。"

"5 月 25 日那天太阳风来了吗？"大卫好奇地问。

"2027 年 5 月 20 日，在太阳表面出现的黑子 AR2381，是由并排的两个斑点组成的，我们认为，那正是木星和轩辕十四的投影，同时，日冕洞开始形成。5 月 21 日，AR2381 正对地球，开始朝地球刮起太阳风。太阳风于 23 日到达地球，其中的速度较快的高速带电粒子流，于 5 月 25 日到达处于地球身后的冥王星和超视野号！"教授略带骄傲地说。

大卫像是在听故事一样，惊叹道："所以，您在 2018 年 1 月超视野号发射时，就算准了 2027 年 5 月 25 日，冥王星附近会有太阳风？特斯拉的理论也太神了吧？"

"是的，我们选择相信特斯拉的理论，但我们毕竟是科学家，更相信可重复的实验和证据。"教授接着介绍。

虽然，已经多次验证了木星合轩辕十四会有强烈的太阳活动，会有黑子和日冕洞带来的太阳风。但是，太阳耀斑、太阳风对地球影响的研究和监测不过才几十年的时间，木星也才转了几圈，虽然每次都能验证。要是巧合怎么办？

为了增加验证次数和预言的可重复性，我们除了木星以外，也开始研究了地球。地球同样会运行到轩辕十四和太阳连线之间呀！木星的相合日，我们习惯上以地球年表示，而不是木星年，所以木星的相合日不是一个固定的日期。而地球的相合日则是固定的，因为黄道面就是地球的公转轨道面，每年的 2 月 19 日，地球都会准时与轩辕十四相合。

根据特斯拉的超光波理论，可以推论出一个预言：

地球每年 2 月 19 日与轩辕十四、太阳三点一线时，无论有无黑子出现（地球相对小，遮挡影响不一定够）。从 2 月 17 日至 2 月 19 日这三天必有太阳黑子、耀斑活动或者出现太阳冕洞，如果冕洞恰好对准地球，2 月 19 日至 2 月 21 日这三天必引起地磁强度增加，发生磁暴或是出现低纬度极光。

"我们从 2001 年一直观测到 2017 年，超视野号发射后，我们继续观测，除 2007 年以外，直到 2038 年的每一年都是正确的。"教授说道。

"那 2007 年 2 月 19 日前后，没有冕洞和太阳风吗？"大卫问。

教授像个小孩子似的做了个鬼脸，又装作很神秘地低声说："不是预言失效，是我们没有可靠的数据，因为那段时间，太阳与日光层观测台探测器停机检修！"

极 光

2039 年 2 月 21 日，集光国圣老城

通往山顶滑雪出发台的缆车轿厢非常宽敞，阿方索左手直握着并在一起的两根滑雪杖，空出来的右手自然地挥动着，配合他与最重要的两位客户交谈。阿方索对面坐着的是巴希尔和罗珊娜。

"哇！真是没想到，我年轻的朋友们，竟然能跟我这个滑了三十年雪的老家伙一起，选择难度级别最高的黑色滑道！"阿方索幽默地向夫妻俩示好。

"您也不老呀！听马丹先生说，您只比他大七岁，马丹先生也不过比我大十几岁而已。在世界五百强 CEO 中，您应该算是很年轻的了！"巴希尔掰着手指，奉承道。

"巴希尔，你又在讨论别人的年龄了，真没礼貌！"罗珊娜故作不满地瞪了巴希尔一眼，转向阿方索接着说，"论滑雪技术，跟您可能没法比，但我从小在 F 国长大，五岁就穿上雪板了。巴希尔虽然学得晚，不过他有运动天赋，在斯汝雷上大学期间，还考取了滑雪教练证呢。"

聊得愉快，滑得尽兴，两轮过后，三人存好雪板，换回便装，坐在

雪场会所大玻璃窗前的桌子旁，品着咖啡。在轻松随意的表象下，各自思考着如何不露痕迹地，搞定这场对双方来说都很重要的谈判。

集光国的森林覆盖率超过 70%，造纸工业曾经是集光国的支柱产业之一。纸、纸板和纸浆产量仅排在几个大国之后，居于世界前列。作为非常注重环保的北欧国家，20 世纪末，集光国以更可持续为目标，开始产业转型。

首先是从资源型产业为主向科技产业方向转变，其次是加大对造纸等传统产业的科技投入，使资源消耗型的产业能够实现友好循环发展。

传统的造纸厂不仅砍伐森林为原料，在生产过程中也是高耗能、高污染的。生产纸浆的废弃物是油脂含量极高的有机物浆泥，自然降解时间长，排放到水体，会产生大量藻类，破坏生态平衡。

昨天，阿方索带夫妻俩参观由他们公司提供设备的环保型现代造纸厂。工厂将每一小块儿木材废料甚至木屑全部回收，加工产成木基生物质柴油或乙醇。采用厌氧微生物法将纸浆生产排放物快速降解成甲烷、二氧化碳和无污染的泥块。或者，反过来，采用好氧微生物法，在反应池中注入大量氧气，好氧微生物就会把废物中的有机物全部吃掉，从而达到变废为宝的目的。

"阿方索先生，您带我们参观的造纸厂，真是让我们大开眼界，尤其是厌氧和好氧两种工艺，您的环境空气调节设备太棒了！"巴希尔首先进入正题。

"厌氧就是把氧气全部抽空，好氧就是大量注入氧气。前几天，我看了你们要求我公司提供设备的技术参数，我觉得虽然你们生产的是保水剂，但要求的设备跟造纸厂的几乎完全相同，所以，我就把你们邀请到集光国来了。"阿方索略带得意，又以目光询问客户的感受。

"我们评估了贵公司提供的技术方案，昨天又看到了设备实物，我们非常满意！"巴希尔说道。

"现在的问题就是价格和交货时间了，阿方索先生，希望您能再给些优惠，我们公司小，又是第一次投资这么大的工厂，恳请您关照！"卡米拉真诚地向阿方索提出请求。

"价格不是问题，我们董事会非常看好增长潜力极大的中东市场，我们的成功合作将成为一个很好的样板，明天我会安排给你们一个新的优惠报价。"阿方索显得很爽快，"因为你们的设备需定制的部分很少，3月初即可交货，我们负责交货到古波湾港口，你们自行运到玉汗国，我们的工程师会提供在线指导。"

三人以咖啡代酒，愉快地碰杯。

阿方索像是想起了什么，问道："对了，马丹怎么样，我每次与他通话，都说挺好的。他困在玉汗国，多亏有你们照顾。"

"看得出来，马丹先生很想家，也很想回郁花国。"罗珊娜答道。

"还好，马丹先生使用我们给他提供的优质燕麦和诺丽果酶，反复研究配比，已将他的技术方案提交给他在郁花国的同事了，估计这几天高吸水率的保水剂样品就会试产出来，寄给我们测试。"巴希尔补充道。

"我记得你们说要1比20倍的吸水率吧？能达到吗？"阿方索边说，边在心里想，有必要聊这个当幌子用的保水剂吗？

"我们也担心，据说郁花国生物公司的技术负责人是马丹先生的老师，严谨到保守，即使做到1比20倍，他也会稳妥地只标注1比15倍，而让我们这些用户自己测试出更高值。"巴希尔说。

"哎，真希望马丹先生的同事提尼克先生，从郁花国寄出的样品实际吸水率能达到1比20倍，否则，我们产出的产品真可能搞不定缺水的玉汗国高原。我们投这么多钱，买设备建工厂，没准儿要重新研究一下可行性了。"罗珊娜面带忧虑地说道。

阿方索心想，这有何难，提尼克也是我们的人。这夫妻俩演戏演全套，万一郁花国的保水剂不达标，他们以此为由，拖延设厂或者不买设备了，怎么办？回去以后，请沙姆隆老板找一下旅芝国的农业专家，一定要产出 1 比 20 倍的保水剂样品，让提尼克掉个包就行了。等到他们发现，所谓的诺丽果酶不管用时，山洞早就炸上天了！

北极地区的 2 月，天黑得早，巴希尔和罗珊娜回到了他们的小木屋旅馆。两人简单吃了点东西，爬上阁楼，并排坐在窗前。

罗珊娜指着东方天空中的两颗明亮的星星，说道："轩辕十四升起来了，木星就在它身旁！再过几个月，它们就完全重合在一起了！"

"嗯，那是我们真正开始行动的日子！"巴希尔转向罗珊娜，把手放在罗珊娜的手上，深情地说，"罗珊娜，今年冬至的曙光节，我们结婚吧！"

"还是等任务顺利结束再说吧。"罗珊娜抽回了手，说道。

"我知道，所以才说到年底嘛，你先答应我好不好？"巴希尔恳求着。

"那也不行，结婚这种大事要两边家长同意才行！"罗珊娜突然意识到说错了话。

巴希尔脸色变了，仰着脸转过身去。

罗珊娜轻轻地伸手拉住了巴希尔的手，温柔地把头靠在巴希尔宽阔的肩膀上。

天空中绿光一闪，又有粉光一闪，粉光和绿光结合在一起，如丝绸锦缎一般，弥漫到整个天际。

极光如约而至！她从太阳的冕洞中飞来，沿着太阳与轩辕十四的连线，朝地球飞来。地球磁场震颤着，沐浴在童话世界般的幻境之中。

2 月底，巴希尔和卡米拉收到了提尼克先生从"郁花国"寄来的 30

公斤 1 比 20 倍吸水率保水剂的样品。

3月初，在玉汗国的大山之中，存放着几万台离子加速器以及精炼重金属的山洞里，崭新的空气控制设备安装、调试完毕。四只两米高的氧气储藏罐，整齐地摆放在山洞深处，连接在罐子管道上的压力表，亮着绿灯。读数盘上的 F 国文字，写着：

"压力正常。"

鼹鼠

2039 年 2 月，旅芝国首都，拉维港

沙姆隆二世已经到了退休的年龄，但是按照旅芝国鼎天组织的传统，他可以待在家里，仍然以顾问身份直接管理和参与着几个重要计划，工作量和复杂程度一点儿也没有减少。

沙姆隆的小花园不大，没有树，墙角有几株从未开花的灌木，他无心去修剪。沙姆隆偏爱草本的月季花和蝴蝶花，把它们种在破瓦罐、木板箱，甚至切断的炮弹壳里。

在所有发达国家的首都中，旅芝国的拉维港是个寒酸破旧的另类。无论是政府还是普通居民，建房修房的意愿都不强。许多旅芝亿万富翁，在亮国或者其他发达国家的大城市中都有豪华的住所，但当他们回到拉维港居住时，他们对于住房的需求仅仅是遮风挡雨和有一张安稳的床。

1000 多年来，旅芝人一直在动荡中漂泊，在很多时候被排挤，甚至被追杀。无论在哪，旅芝人总是没有安全感，尤其是在毫无纵深的狭长的旅芝国国土之上。

勒夫走进小院，安静地站在沙姆隆二世的对面，看着老人用一把生锈的小勺翻动着花盆里的沙土。

沙姆隆二世没有停手，抬起头问道："亮国人又找你了？有什么新情况？"

"是的，之前向您报告过了，最近亮国人一直试图从我们这儿打听玉汗人的消息。"勒夫走上前，接过沙姆隆手里的花盆，小心地放在木架上，接着说，"您还记得大卫·哈尔西吧？这次海外情报局的人说，大卫有一个很重要的情报要告诉我们。"

"我知道大卫·哈尔西，他曾在亮国调查局工作，多次和海外情报局与我们一起合作。"沙姆隆说道。

"他不是亮国反恐总局的吗？"勒夫问道。

"2025年4月，康城马拉松比赛发生恐袭事件，反恐总局扩编，大卫·哈尔西才调过去，负责重大应急事件的处理。"沙姆隆朝客厅的门口走去，示意勒夫跟上，接着说，"海外情报局的人说大卫如何将请报给我们？是加密发送还是派人来当面告诉我们？"

"都不是，大卫说，情报太重要了，只能由您或者您信赖的助手亲自前往亮国，他将当面告知。"

沙姆隆二世收住了脚步，转过身来在院子里踱了几步，似乎完全不在意勒夫的存在，又走回木架前，重新拿起小勺翻动花土。

"怎么了？您觉得有什么不妥吗？"勒夫有些不知所措地问道。

沙姆隆二世缓缓地抬起头，像是自言自语地说道："到亮国去当面说？亮国？当面说？"

勒夫的脑子也急速地飞转着，他似乎也想明白了，试探着说道："要求到亮国当面说，意思是在我们这儿说可能泄密，他在暗示我们内部有问题。"

"亮国人的词典里只有利益和交换，他们想从我们这儿得到玉汗国的情报，又怕我们不给，才想出揭发我们内部的叛徒换取他们想要的情报的主意。"沙姆隆二世不住地摇头，接着说，"可是亮国人万万没想到，他们打算揭发所谓的鼹鼠，给我们出了一个大大的难题。"

勒夫似乎突然明白了，急切地说："亮国人一直在监控暗网，他们很可能知道一些凯兹的事情。"

"凯兹的双重身份，现在只有你我知道。即使亮国人误认为凯兹是叛徒，掌握了一些情报，我们也不希望把话挑明，因为那样会使凯兹和整个计划多一个暴露的风险。"沙姆隆二世放下小勺，掸了掸身上的土，接着说，"也可能是我神经过敏，如果大卫揭露的鼹鼠不是凯兹，而是一个我们尚未掌握的情报，那就再好不过了。但我们还是要防止大卫说出凯兹的名字。"

"您是说不希望听到大卫说出凯兹的名字，那我们该怎么回复亮国海外情报局的人？"勒夫问道。

"勒夫，你已经跟着我干了十多年了，最近的几个任务你都完成得很出色，今天这件棘手的事情就由你自己想办法决定吧。"沙姆隆二世拍了拍爱将的肩膀，又忠告道，"毕竟亮国是我们最重要的盟友，不能得罪，所以你的解决方案必须既按大卫的要求派人去亮国，又不能让大卫说出凯兹的名字。"

勒夫摸不着头脑，心想，老板，这是个无解的题啊！突然，他灵光一闪，兴奋地说："我明白了。"

旅芝国鼎天组织与亮国情报机构人员往来频繁，重要情报官员去亮国时，由于保密的需要，很少乘坐民用航班，而是先到地海国，在亮国空军基地搭乘军机中转。旅芝国鼎天组织的特使登上了飞往亮国的军机。

大卫·哈尔西从火箭城赶到热滩州空军基地等待旅芝国代表。在基地宽大的室内网球场打完一场双打比赛，大卫心情不错，在军官餐厅享用了一顿搭配丰富的标准餐，又特意额外点了一小份龙虾肉鹅肝酱。

大卫·哈尔西回到专门提供给他用于休息的活动板房中，打开他随身携带的加密笔记本电脑，找到情报简报文件夹，浏览着其中一份文件。

凯兹，1994年出生，旅芝国鼎天组织高级情报员，B国帝国大学理学博士。专长是计算机网络、信息通信等领域。2022年进入鼎天组织，跟随他的大学老师梅尔·鲁宾斯坦参与旅芝国防空系统"铜墙"的研发。2032年，由于凯兹工作严重失误，导致金捷斯组织发射的导弹突破防空系统落在拉维港，造成人员伤亡和财产损失。事后凯兹拒不认错，鲁宾斯坦将其踢出技术团队，发配到哈米德手下勒夫的行动队担任近乎闲职的技术顾问。

凯兹由于工作不顺，又有较多的闲暇时间，便在暗网上参与了多个论坛。有情报显示他已被玉汗国情报局招募，多次向玉汗国情报局出卖重要情报。包括2032年11月由亮国海外情报局和旅芝国鼎天组织合作，在玉汗国刺杀苏赛·穆扎迪的情报。更让人气愤的是，凯兹向玉汗人提供了由他亲自参与的旅芝国最高机密——铜墙防御系统的参数表。

Z42运输机应该快到了，大卫关上电脑，走到宽阔的跑道边，等候沙姆隆二世派来的情报官。他心想，当情报官听到凯兹这个名字的时候该有多么震惊。还是我们亮国人厉害吧？我们只是希望用对你们旅芝人来说，如此重要的情报换取一点点玉汗人的信息而已。

巨大的飞机呼啸着沿着远端的跑道滑行而来，停稳后，后置的机舱门徐徐放下。大卫·哈尔西抢前几步迎上去，走出机舱的人正是大卫认定的那个"鼹鼠"——凯兹。

"猪队友呀！"大卫心想。

05 参数表

2032 年春，长河国北部

凯兹沿着天然形成像战壕一般的半米深洼地，向前走了约 50 米，转过山坡，出现在眼前的是一块铺着水泥的小平台。平台靠近山体防护网下面的地方有一排木板屋，那是旅芝国鼎天组织设在长河国北部库斯塔高原的一个监听站，有时也充当对玉汗国进行地面渗透和行动的前哨站。

双舟国东南部的库斯塔人是旅芝国的死敌，而长河国北部的库斯塔人从流域战争到长河国战争，一直得到亮国人的支持。亮国从长河国撤军后，在长河国库斯塔地区依旧保持着强大的影响力，因此北部库斯塔地区几乎不听命于长河国中央政府。

亮国因为旅芝国是其重要的盟友，默许、纵容旅芝国在库斯塔地区的活动，库斯塔人更是给旅芝人提供方便，甚至请旅芝人当教官对其武装进行训练。

库斯塔地区的独特地理位置，让旅芝国鼎天组织如获至宝。首先，库斯塔高原多山，便于隐蔽。再有，库斯塔地区与玉汗国相邻，到高原城也不过 600 多公里。虽然不能在此处布设中程导弹，但是建立全频段的监听台得天独厚。监听台是有正规的机构编号的，但内部人习惯用它的昵称指代，它的昵称是"高音"。

高音基地的负责人是梅尔·鲁宾斯坦和娜塔莉·鲁宾斯坦夫妇，这是情报界是很少有的"夫妻店"。梅尔·鲁宾斯坦是旅芝人，他的爷爷是大屠杀幸存者。梅尔是个学霸，从大学到博士一直与娜塔莉同学，两人都是数学、计算机网络、信息通讯的专家。他们毕业后结婚，共同在大学中任教，培养出一批优秀的学生，凯兹就是其中的佼佼者。夫妻二人都是鼎天组织成员，负责旅芝国领空防御系统的设计和建设。

凯兹走进夫妻俩的客厅，也是高音基地的战情室。他把从拉维港发来的最新战报交给娜塔莉，同时报告说："经核实，昨夜金捷斯组织向拉维港发射的 17 枚火箭弹，我们成功拦截了其中的 15 枚，拦截率为 88%。政府机关、军事、电力和医院等几个核心区域的拦截率达到100%。"

"不错，看来铜墙的防御力完全达到了设计标准。"娜塔莉说。

"是呀，这几十年来，两位老师带领着我们做出了世界上最好的对空拦截防御系统，能参与铜墙计划，我非常荣幸。"凯兹并拢双脚，挺直身体，自豪地说道。

"好东西总是被人家惦记，咱们的情报和行动部门连续破获了几起玉汗人觊觎铜墙系统的阴谋。"梅尔略带忧虑地说道。

"您是说玉汗人一直想得到铜墙防空系统的参数表？"凯兹问道。

"凯兹，你知道，我们的铜墙防空系统是个复杂的系统工程，涉及空天、导弹、计算机、通信、载具等 17 个模组，又分为几百个模块，统算起来由上亿个参数交织成一个实虚结合的网络结构。"娜塔莉说道。

"我们做的是一个防御系统，从根本上说进攻不难，防御太难，铜墙系统设计工作如此，它的保密工作也是这样。"梅尔点出了他忧虑的核心，接着说，"不怕贼偷，就怕贼惦记。虽然我们已经成功挫败了几次玉汗人的偷窃行动，但是总是这样被动地等着玉汗人的渗透很难保证我们能够百分之百地保密。"

"可是铜墙防空系统不是静态的呀，我们一直在不断地优化和调整，就算玉汗人偷走了某一个版本的参数表，也不见得完全有用。"凯兹略带轻松地说道。

"是在不断优化，但是铜墙系统的底层逻辑和模组、模块的基础构架甚至是 99% 的参数几乎是不变的。我们只是修饰房子，在短期可预见的未来，都不会把这个房子推倒重建。"娜塔莉说。

"我知道了，我们尴尬的是，一方面，铜墙防空系统的基本逻辑和构架长期不会改变，任何一个版本的参数表都不能让玉汗人得到。另一方面，又很难防住玉汗人一次次来偷。"凯兹似有所悟又不知所以地说道。

"凯兹，你都 40 多岁了，怎么还没结婚呢？"梅尔问道。

凯兹一惊，很奇怪地看着娜塔莉，心想，这种问题不是应该师母问我吗？出于尊敬，他还是如实地向老师坦诚道："一直没碰到合适的人，您也知道我的心思都在工作上，先是十几年没日没夜地跟您们研发铜墙，去年又跟随您二位到这儿来建设长波接收台。我觉得一个人也挺好。"

"凯兹，你一直跟着我们从事技术工作，不像那些情报和行动人员，在一线战斗，经常身处险地。如果为了保护铜墙，把你推到危险之中，你会怪我吗？"梅尔直视着凯兹的眼睛，等待他的答案。

"铜墙系统就像您的孩子，我对待它就像爱护我的眼睛一样，我愿意为它做任何事情，能保护成千上万的旅芝人的安全，我觉得我这辈子都值了，您下命令吧。"凯兹坚定地说道。

梅尔看了娜塔莉一眼，略带犹豫地问凯兹："我们相信你的忠诚和勇敢，但如果被人说成是叛徒，你愿意吗？"

凯兹不自主地向后退了半步，无比震惊地看着夫妇俩。梅尔解释道："情报和行动部门的负责人沙姆隆二世和我们制定了一个计划，打算派一位既忠诚又熟悉铜墙防空系统的特工骗取玉汗人的信任，给他们一份假的铜墙系统参数表。"

聪明过人的凯兹完全听懂了，他又一次立正身体，举起右手敬了一个军礼，坚定地说："报告长官，我认为凯兹是执行这一计划最合适的人选。"

半个小时以后，鲁宾斯坦夫妇不大的客厅里，召开高音基地全体人员例会。

"我们刚刚收到了昨夜金捷斯组织袭击拉维港的调查报告，有两枚火箭弹突破了铜墙系统，其中一枚击中油罐车后造成三人死亡。"梅尔·鲁宾斯坦严肃而激愤地大声喊道，愤愤不平地接着说，"该事故是由于铜墙系统的一个系统漏洞造成的，经查，该漏洞是我们在座的一个自以为是的所谓技术专家粗心大意导致的。"梅尔刀子一样的眼光扫视着众人，停在了凯兹身上。

凯兹站起来，满脸通红地说："对不起，是我错了，以后我一定注意。"

"说对不起就行了吗？这不是玩游戏，是要死人的！你的错误不是一次两次了，我一直给你机会，这次我也保不住你了。"鲁宾斯坦劈头盖脸地正要继续发作。

一向斯文的凯兹突然做出了一个惊人的举动，他右腿向后把折叠椅弹到一米之外砰然倒地，他一边愤愤地离去，一边嘟囔着："总是把我当苦力使，出了事又让我背责任，答应我的升职和该有的荣誉一个也没有兑现，我也早看不惯你们了。"

权威从未遭到过挑战的鲁宾斯坦此刻阴沉着脸，空气凝固到让人窒息。

十天之后，拉维港鼎天组织总部行动队的办公区里多了一个不起眼的技术顾问。凯兹百无聊赖地打开人事部门给他的信封，上面写着对他的处理结果："工作严重失误，给予调岗降级处理。"

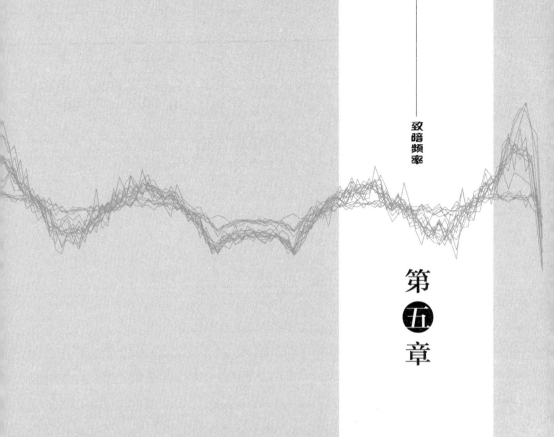

致暗频率

第五章

01 大老板

2039 年 1 月，亮国萨州

全球最大的能源公司，亮国亮福石油公司总部所在的晓午市，距火箭城市中心只有 30 英里，驾车沿北方公路南下，不过半个多小时车程。若是去南大城，也可以开车一路向北，只是比火箭城远要多了。亮福石油的大老板卡尔文·康顿去南大城不必坐两个小时的汽车，他有私人直升机。

卡尔文的助手比尔大声喊着，压住直升机隆隆的噪音向老板汇报："玉汗国石油公司的那个阿布德，想要约见您。您看，要不要见他？"

卡尔文抽出一支雪茄，看了看狭小的机舱，没有点燃，悻悻地在手里搓着，漫不经心地问道："阿布德？他还在火箭城？我们的合作停滞了快十年了，善后工作再多，也早该做完了吧？"

"他一直住在火箭城，看来他已经习惯了我们亮国的生活方式。"比尔又接着说，"他请求面见您，应该是有见面礼的，我判断是在玉汗国项目上，补偿我们损失的事情有转机了。"

"皮尔斯执政官退出玉汗国飞米武器限制协议后，我们跟玉汗人合作的总产值 510 亿美元的油气田项目，打了水漂，而玉汗国政府拒绝赔偿我们 10 亿美元的前期投入。"卡尔文愤愤地说着，"啪"的一声，把打火机点燃，他手中的雪茄凑近蓝色的火焰滋滋作响。

"我认为阿布德来跟您谈的正是这 10 亿美元的赔偿，反正钱是玉汗国政府的，继续做这么大的善后项目，他就更有理由待在亮国了。"比尔猜测道。

卡尔文赶来参加的筹款晚会在能容纳 200 位宾客的费舍尔餐厅举行，透过位于 24 层楼的餐厅落地窗，可以清晰地看到南大城五光十色的夜景。

约翰·斯皮思是个头脑清晰、能言善辩的大律师，后来转入政坛，出任过州检察长，又成功当选大众党籍人议院议员。他是大众党的名嘴，曾说过他每天起床的第一项工作就是给平权党的辛舍莱执政官挑毛病。2024 年，约翰成功当选萨州州长，连任三届，直到 2039 年 1 月才刚刚卸任。

今晚的筹款宴会，萨州大众党的大佬云集，有近十位议会两院议员。在参会的大众党支持者中，当然少不了像卡尔文·康顿这样的长期支持大众党的主要金主。晚会上，约翰将宣布参会者早已知道或者猜到的，但仍属重大新闻的消息——约翰·斯皮思将参加党内初选，若胜出，将代表大众党竞选 2040 年亮国执政官。

激昂而又幽默的精彩演讲结束后，约翰走下讲台，给靠前的几桌重要客人敬酒。约翰回到座位上，对他旁边坐着的卡尔文说道："卡尔文，我的老朋友，感谢您和您的亮福石油公司多年来对我的支持。怎么样？老伙计，是否愿意继续支持我走到七彩屋去？"

卡尔文伸出大手紧紧地与约翰握在一起，诚恳地说道："四年前您就应该参选了，我们萨州大众党出执政官，可是有传统的，更何况您的能力和影响力早已超出萨州辐射到整个亮国。对于您竞选执政官，我们一定尽全力支持。"

"我就知道，老伙计，你总是那么支持我，非常感谢！"

约翰兴高采烈地站起来，提高了嗓门以使全桌人都能听到，他以习惯的充满攻击性的语气说道："卡尔文跟我说，四年前我就应该出来选执政官，可是我们的平权党朋友们还没玩儿够呢！从上一位我们萨州的大众党执政官任期届满之后，平权党推出的执政官候选人一次又一次地刷新着亮国执政官的记录。"

"辛舍莱执政官成为第一位非裔亮国执政官，现任的史密斯执政官是在任时年龄最大的亮国执政官，露西·卫利险些成为亮国第一位女执政官，而这次无论我们大众党初选结果如何，平权党又来了，他们想把爱丽丝·昆兰副执政官变成亮国第一位民选女执政官。"

"平权党朋友们做的不好吗？他们做得很好，没有人敢说他们做得不好，亮国是个自由、民主、平等的国家嘛！"

"平权党玩儿够了吗？够自由够平等了吗？"约翰收住了笑容，紧走几步，又回到讲台上，拿起麦克风，指着布满会场的标语，对在场的人说道，"我的竞选口号是——回归亮国！"

锂谷的高科技公司老板们在富豪排行榜上蹿升的速度虽然很快，但财富除了给他们带来偶尔度假的自由和在办公室里穿休闲装的权利之外，他们在公司中的绝对权威和等级并未因财富而加强。

对于家族拥有财富超过百年的石油公司老板卡尔文·康顿来说，则完全不同。他一人独享的办公区在大楼的最高处，足足占用两层楼。专属电梯直通楼顶花园，一步台阶之上是色彩艳丽的直升机停机坪。

卡尔文·康顿常用的会客厅却很小，四壁被老橡木书架和木板包满，头顶上方的木质雕花吊灯已至少使用了几十年。卡尔文·康顿习惯坐在他的单人沙发上，沙发右手的皮质扶手，虽然刚刚保养过，细看上去，墨绿色的上等小牛皮依然有磨损的痕迹。

比尔将阿布德领进会客厅，卡尔文站起身来，阿布德迎上前去，迟疑了一下，似乎是不知该握手还是拥抱。卡尔文有着超常的洞察力，伸出双手拥抱阿布德，化解了这一尴尬。

"亲爱的阿布德先生，听比尔说，您已经爱上了火箭城。是有什么好消息带给我吗？"卡尔文问道。

"真高兴见到您，我是有一个好消息要跟您分享。我收到公司通知，由我司代贵司向我国政府提交的 10 亿美元求偿案可能将被重新审核。"阿布德答道。

卡尔文看了身旁的比尔一眼，比尔会意，替老板问："2031 年你们的政府不是驳回了我们的请求，拒绝进行任何赔偿吗？"

"非常遗憾，是有这事。时隔这么多年，政府又重启审核，我猜想是受到各方压力，同时也是为了通过这个案例释放出我国政府的善意。"

卡尔文·康顿将手里未点燃的雪茄烟放在鼻子下方轻轻转动着，自言自语地说道："是呀，这么多年了，才想起来释放善意，不会是暗含着什么条件吧？尤其是涉及政治的条件。2040 年的执政官大选已经开始了，在亮国，蓄意影响选举可是重罪。"

阿布德爽朗地笑了，说道："我们玉汗人不像亮国朋友那么会做生意，赔偿案虽然是由政府裁定，但是赔偿主体仍然是玉汗国立石油公司。既然是公司嘛，我们在日常经营中是远离政治的，当然，我们也诚恳地希望，您和贵公司也能远离政治。"

送走阿布德，比尔问："阿布德是什么意思？他真的有什么条件吗？"卡尔文悠然地把雪茄点燃，吸了一口，一边吐着烟圈儿，一边说，"玉汗人的条件是让我们不要给大众党捐款。"

绳子

2032 年春，玉汗国

苏赛·穆扎迪阴沉着脸，哈米德、巴希尔和罗珊娜都一言不发。

"旅芝国在库斯塔地区的这个监听站，早就在你们的视线中了，为什么才发现他们建了长波收发台？你们看看，他们都堵到我们家门口了！"苏赛指着地图，劈头盖脸地质问道。

哈米德瞟了一眼两位爱徒，很不自然地小声说："建一个长波台至少要两年的时间，但他们很狡猾，先修建了庞大的地下工程，最后才在地上铺设天线。而且他们把天线伪装得很好，要不是天线足够长，被罗珊娜从卫星图片中比对出来，我们到现在也未必能发现。"

巴希尔抢着说："我们的无人机已经很成熟了，把它炸了不就行了么？"

"长波收发台毕竟是建在长河国境内，旅芝国、长河国、亮国搅在一起，无人机攻击必然会引来报复，局面有可能不好收场。"罗珊娜分析说。

苏赛赞许地对罗珊娜点了点头，怒气似乎消了一些，又看向哈米德。

哈米德会意，耸着肩摊开双手，示意还是请由领导把关键点说出来吧。

苏赛肯定了罗珊娜既考虑行动，又考虑后果的严谨和理性，进一步指出："我们现在不能派无人机炸掉长波台。因为它刚建好，我们就去炸，等于告诉旅芝国，他们建长波台，监听我们的极低频频段是正确的，我们在乎的正是极低频。"

"另外，2034 年底，我们计划发射太空拖船，2035 年初，我们将进行实验，验证特斯拉理论，所以我们最早也要等到 2033 年 6 月以后再炸他们的长波台。确保炸完之后，旅芝人无法在我们实验之前再建一个新的。"

巴希尔第一次听说这样详细的计划时间表，兴奋地说："到时让我和罗珊娜负责执行吧，反正我们的农业公司也不忙。"

"情报显示，这个长波台是由鲁宾斯坦夫妇负责的，除了监听，他们也负责对我们的渗透行动。为了掩盖我们的真实目的，最好能让旅芝人认为我们是在报复，而不是为了炸长波台。"哈米德一边解释，一边像是预言道，"鲁宾斯坦的基地要是参与了对我们境内的某个重要目标的攻击，我们就顺势报复回去。"

苏赛回到正题，指示哈米德带着他的两个徒弟尽快去国立石油公司，在军方配合下，将亮国亮福石油公司遗留的长波收发台接管到情报局直接控制之下。

亮福石油作为全球最大的能源企业，当然不会缺席与每一个中东国家的油气合作。早在 1996 年，亮福石油与玉汗国国立石油成立合资公司，拿下了古波湾沿岸北部的汉奇思地区的油气探矿权。2020 年发现了价值约 510 亿美元的大油田。

2030 年，皮尔斯执政官宣布亮国退出玉汗国飞米武器限制协议，加大了对玉汗国的制裁力度，亮福公司被迫从玉汗国撤出，勘探设备和前期投入的设施都留在了玉汗国。

勘探设备中就包括一座极低频长波收发台，亮福公司当然不是用它给潜艇发报的，而是用它扫描地下 10 公里的地层，寻找石油和天然气。

理论上，发射波长在 1 万公里至 10 万公里的极低频，需要很长很长的天线。近年来随着技术不断改进，天线也可以比理论值短很多。即便如此，最短的天线长度也至少需要几十公里。

一般情况下，极低频台的天线长度为 22 至 45 公里。而旅芝国国土面积狭小，不支持大面积开挖，建设天线，所以他们才把长波台建在长河国的库斯塔地区。

巴希尔和罗珊娜不只是来参观亮福公司的长波台的，穆斯塔法教授早就在等他们了。虽然，巴希尔两人已经学习了一些特斯拉理论的内容，也通过太阳黑子、耀斑、太阳风等数据和观测建立了超光波思维，但他们毕竟是斯汝雷大学物理系的正统理论培养出来的，对于特斯拉几近荒谬的假说还是将信将疑的。

穆斯塔法教授好像看穿了两人的心思，问道："你们两个是不是希望找到超光波存在与否的直接证据？我们研究科学问题，只相信实验和证据，而且强调可重复性，还要排除巧合。"教授话锋一转，"你们猜猜特斯拉假设的超光波的频率快到什么程度？"

巴希尔笑了，说："这个问题我想过，太阳的峰值辐射频率是 10^{14} 量级，用加速的电子撞击金属靶会产生 X 射线，频率在 10^{16} 量级以上，伽马射线频率则更高。特斯拉一定认为撞击产生的频段与超光波的频率谐振，是产生高能射线以及原子核链式反应的诱因，而不是金属靶和电子天然拥有的所谓性质。"

"所以超光波的频率应该是 10^{16} 量级以上。"罗珊娜补充道。

教授频频点头，继续问道："那你们想过它的波长有多长么？"

"超光波的波长应该大于行星直径，小于恒星直径。几年前我做毕业论文时查过资料，已知最小恒星的直径约为 0.13 个太阳直径，约 18 万公里。也就是说，超光波的波长小于 18 万公里，才能入射每一颗恒星。"巴希尔说。

"木星的直径不到 14.5 万公里，已发现的系外行星，有很多直径大于木星，但它们几乎无一例外的距母星非常近，表面温度也特别高，很多超过 2000 开尔文，是非典型的行星。木星没有被'点燃'，所以，超光波的波长大于 14.5 万公里。"罗珊娜配合着巴希尔，又总结道，"我们认为超光波的波长范围是 14.5 万至 18 万公里。"

教授非常满意地表扬了两位勤于思考的学生，接着说："黄道面星体运动与太阳黑子的产生具有对应性，即使每一次观测都对，从严谨的科学角度，依然不能确凿地证明超光波的存在。但是太阳黑子的产生是现有理论可以解释的，即使在有些现象上解释得不够完美。"

"证明超光波存在的最好证据就是直接接收到它的完整波长，如果我们能造出一个 18 万公里直径的物体，这个物体就能被超光波完全入射，从而吸收和释放大量能量，如果释放的能量是现有理论所不能解释的，那将是超光波存在的铁证！"

巴希尔反应很快，说道："对呀！理论假说要能预言，并且是除了假说以外的所有理论都不能解释的预言。该预言一旦被证实，且多次可重复，那么这个假说就将被科学界接受。"

罗珊娜打断巴希尔的话，说出了她的疑问："18 万公里直径！地球的周长才 4 万公里，人类无论如何也造不出这么大体积的物体！"

教授笑着沉默不语，想给两人留出思考的时间，又实在忍不住，提醒道："你们是不是默认那个物体是个三维的球体？只要求长度！18 万公里长即可，二维的平面行不行？一维的线不能 18 万公里长吗？"

巴希尔叫道："我怎么没想到，超光波是万向的，任何一个物体只要在同一个平面上，有一个18万公里长的连续结构，就会被超光波入射。"

罗珊娜也明白了，说道："您是说我们可以拉一根18万公里长的绳子？"

教授终于开怀大笑，是的，18万公里长的绳子。

尼古拉·特斯拉的绳子！

03　温度异常

2039 年 2 月，亮国火箭城

大卫·哈尔西送走了凯兹，悻悻地回到火箭城。当然，以他随机应变的能力，不会让这个叛徒看出破绽。大卫煞有介事地告诉凯兹，海外情报局在莱切堡追踪到了十月兄弟会的一个重要人物。这个所谓的重要情报，是他刚刚从简报文件夹里，偶然一瞥记住的。凯兹却表现出极大的兴趣，热情地感谢亮国同行的慷慨帮助。

看来，从旅芝人那里获得玉汗国夫妇的情报有困难，总不好意思对旅芝人说"我们窃听了你们"吧。大卫考虑进一步深入了解一下特斯拉理论，以及 2027 年超视野号实验的细节。大卫有一个预感，破解玉汗人阴谋的钥匙就藏在超视野号实验之中。

大卫找到布劳恩教授，希望更多地了解与特斯拉理论有关的研究和实验。大卫相信，玉汗人掌握的理论资料一定比 T 计划研究人员少得多，布劳恩教授必定是对超光波理论理解最为深入的研究者。

"天文学总是给我们带来惊喜的同时，又使我们充满困惑。先给你讲一下我在科研中遇到的三个高温异常现象。"布劳恩教授对大卫的提问饶有兴致，侃侃而谈，展开说道，"第一个异常高温发生在太阳系边缘的日鞘。1977年亮国航天局分别发射了流浪者一号和流浪者二号探测器，探访巨行星并朝太阳系外飞去。"

"我们通过理论计算，太阳光球的辐射强度随距离平方逐渐递减，与迎面而来的星际辐射有一个临界带。处于这个临界带的高能粒子在空间的密度、磁场强度会有所增加，尤其是其温度会达到2万开尔文左右。"

"但当流浪者二号飞临这一临界带时，密度、磁场强度都远高于理论预期，粒子温度竟达到5万开尔文！"

"这说明什么呢，是算错了吗？"大卫问道。

"肯定没算错。空间中的这些高能粒子，它们的额外温度是哪来的？要知道，它们所处的环境温度只有3开尔文左右。"

"1995年亮国航天局发射的太阳及太阳大气探测卫星停在拉格朗日L1点上，与地球一起绕太阳公转，我们探测到日冕有异常高温。2010年亮国航天局发射了太阳动力学天文台，它可以更近距离地观测太阳的日冕层。"

"日冕层外侧的等离子体的温度不可思议的高！ 2018年发射的邦克太阳探测器更是直接飞进了日冕层，确认是存在异常高温。"教授说道。

"又发现了与理论计算不一致的高温？又是5万开尔文？"大卫好奇地问道。

"不是5万开尔文，是100万开尔文！要知道，日冕层是太阳表面光球层之外的几百万公里范围，而太阳表面的温度只有5772开尔文。"教授摊开两手，耸着肩说道。

"在空旷的户外，假设唯一的热源是火炉子，这个火炉子的几十米开外的地方比火炉子的外壁温度还高，并且是高了200倍！这明显违反热力学定律呀！"大卫形象地比喻道。

教授说道："是的，理论界目前还没给出一个令人信服的解释，现有理论正在寻找一个从太阳内部通过某个传导路径，持续地给日冕层加温的模型。"

"现有理论要解释这个不寻常的高温现象，只能从太阳内部找，因为现有理论不承认能量是从外部来的。可是，这解释起来有点难呀，毕竟太阳日冕层相较于遥远星际的观测更容易，几乎就在我们的眼皮底下。"大卫抿着嘴，思考着。

"事情并没有结束，2012 年有天文学家观测到第三个高温异常，发生在银河系边缘。"教授讲得更深入了，接着说，"银河系可见星盘的直径约为 10 万光年，其外围包裹着的热气体晕直径可达 90 万光年，你猜猜这些外围气体的温度有多高？远远高于组成它的任何一颗恒星，温度高达 100 万至 250 万开尔文！"

教授自己揭开了谜底，接着说，"不只是银河系，研究发现，几乎每个星系外层气体都有 100 万开尔文甚至更高的温度。"

大卫几乎惊掉了下巴，似乎突然明白了教授的用意，这正是超光波存在的证据，能量是从"外面"瞬时向内射来的，所以外层的粒子或气体的界面才会被加热得那么热。

教授似乎看穿了大卫的心思，阐述道："首先，在超光波思维下，这很好解释，直径大于超光波波长的物体会被入射。如果物体的密度稀疏，但宏观尺度上远远大于超光波波长，同样可以吸收大量超光波带来的能量，从而形成外侧温度远远高于内部表面温度的所谓异常。"

"其次，太阳被炙热的气体包裹，银河系以及其他星系都被更加炙热的气体包裹，那我们的宇宙呢？有没有可能被更加炙热的气体包裹？那加热这些更热气体的那个超级能量源，有没有可能发出的能量波，波速极快，波长极长，频率极快呢？"

"这么说，特斯拉的动态以太理论是正确的，您说的这三个异常温度不就是超光波存在的证据吗？"

大卫兴奋地说道。

"可以算作证据，至少比现有理论解释得更合理也更统一，但是不能算作超光波存在的确凿证据。除非我们能直接接收到超光波的能量，那才是任何理论都无法解释的铁证！"教授说道。

"我明白了，超视野号的实验目的就是直接接收超光波的能量。那需要制造一个超过超光波波长的物体呀。"大卫说完，似乎又恍然大悟：

"您之前说过，超视野号飞临冥王星的时候，拖着一条很长的碳纤维细丝，我一直以为是在开玩笑。也就是说，那根细丝的长度大于超光波的波长？"

教授笑而不语，脸上洋溢着满满的自豪感。

大卫紧追不舍地问："超光波的准确波长到底是多少呀？"

"170360 公里。"

 **四重奏**

2032 年夏，旅芝国首都，拉维港

"玉汗人特别狡猾，其情报局又人才济济，想骗过他们很不容易。"勒夫看了看频频点头的凯兹，转过身继续向沙姆隆二世汇报，"我和凯兹商量之后，结合他这个标准理工男的特点，制定了一个引诱玉汗人上钩的计划。"

"如果我们把凯兹派到国外，与他的特长和工作性质明显不符，很难不被怀疑。但在拉维港，若是面对面被策反，简直是天方夜谭。所以，我们希望引诱玉汗人通过互联网策反凯兹。"勒夫继续分析道，"凯兹是铜墙系统的核心设计师之一，我们相信他一定在玉汗人的名单之中。最近凯兹被处分，玉汗人也一定注意到了。"

"你们是想让玉汗人在暗网上，主动联系凯兹？"沙姆隆二世问道。

"是的，我是个程序员，也是一个科学爱好者，我匿名在暗网上活动，但有意让有心人可以破解并追踪到我家的 IP 地址。"凯兹胸有成竹地说道。

"我们计划让凯兹上一个程序员们做脑力体操的论坛。由凯兹主动发布烧脑的帖子，相信跟帖中一定会有玉汗国特工。"勒夫说道。

"嗯，然后你们在跟帖中选择聊天对象，再通过聊天找到目标？"

三人互望着，笑了。

所谓的"暗网"，不是指某一个具体的网站，而是对可匿名又很难追踪的网络的统称。通常资深玩家都是网络高手，甚至是黑客级别的骨灰级玩家。见不得光的黄赌毒、买凶买枪当然会首选暗网。但上暗网的也不全是坏人，很多工作压力大、"社恐"的程序员就很喜欢在其间发布一些烧脑的问题，等待高手破解。

勒夫看着凯兹熟练地敲击着键盘，定义他的住所 IP 地址为底层之后，做了层层加密处理。凯兹转来转去之后，终于打开了对话框，输入了他的网名："$\log(n)$ – 费马检验的四重奏"。

凯兹悠闲地从椅子上站起来，走到窗口开窗透气。勒夫一脸不解，问道："你怎么光输入名字，不出谜题呢？这怎么引人上钩呀？"

凯兹神秘地笑了，说："我的网名就是谜题，等着吧。"

玉汗国高原城

哈米德叫来了巴希尔和罗珊娜，布置了任务："旅芝国铜墙防御系统的核心设计者之一凯兹，因错被罚，很可能心存不满。情报中心发现他今天登录了一个暗网，你们通过匿名身份，跟他聊聊，试探一下。"

"铜墙系统核心设计者？旅芝人受再大的委屈，也不可能投靠我们吧？"巴希尔摇着头表示怀疑。

"我也觉得不可能，但是，旅芝国技术特工上暗网本身就不正常，我们可不是那么好骗的，边聊边分析吧。"罗珊娜点头赞同巴希尔的意见，接着对哈米德说，"老爸，把网址链接和他的网名、聊天记录给我们吧。"

"没有聊天记录，只有一个网名，log（n）–费马检验的四重奏。"哈米德忍不住笑着说道。

"有意思，巴希尔，这是你的强项，应该是一个关于数论的谜题吧？"罗珊娜对巴希尔眨了一下眼睛，充满期待地看着他。

巴希尔边思考，边给罗珊娜讲解。

费马是著名的业余数学家，他被全世界记住和熟悉，主要是因为看似简单的费马大定理，这困扰了数学界将近 300 年，直到 1995 年才被证明。而费马小定理虽然没有那么高的知名度，但其对于数论和密码学的贡献是毫不逊色的，可以说是研究素数的基础。

所有的素数都满足费马小定理，但反过来，满足费马小定理的整数不一定是素数，这些不是素数的整数被称为伪素数。

现代密码学离不开素数，密码编制者可以任意使用两个很大的已知素数 A 和 B，很容易得到乘积 C，发送密码的人只需发出 C，就是我们熟悉的所谓"公钥"。截获 C 的任何人想要知道 A 或 B，除非有密码本，否则，就需要用非常大的计算量，进行困难的整数分解。当 C 足够大时，就达到了保密的目的。

为了确保 A 和 B 是素数，素数判定问题就成为数论研究的一个紧迫的课题。使用计算机检验一个大整数 n 是否是素数，有很多种方法。无论哪一种方法的目标都是尽可能缩短检验时间。密码学中使用的整数 n 特别大，即使用计算机，计算次数也不能与 n 相关，最多只能与 $\log(n)$ 相关。

2002 年，三位印度数学家证明了在多项式时间 $\log^{12}(n)$ 之内，后来优化为 $\log^{7.5}(n)$，可以对任意整数 n 进行确定性的素性检验。该检验方法以三位数学家的姓氏首字母命名为 AKS 检验法。遗憾的是该检验方法消耗的计算机内存过大，无法上机实用。

目前，应用于军事、通讯、金融的密码，底层的素性检验程序使用的是概率检验法。比较流行的算法是基于米勒－拉宾检验的复合算法。由于费马伪素数数量太多了，不能仅使用费马小定理进行素性检验用于加密。

巴希尔的介绍让哈米德昏昏欲睡，他连忙收住话头，指着那个奇怪的网名说："作为数论研究，有些数学爱好者仍然利用费马检验，探寻整数的极为有趣的性质。比如我曾经看到过一个有意思的猜想。"巴希尔接着说，"对任意整数 n 从二进制到 $\log(n)$ 向下取整进位制进行费马检验，能够通过检验的伪素数除卡迈克尔数之外，必有 $n=(a+1)(2a+1)$ 的形式。"

"有爱好者在互联网发帖，公布了 2^{64} 以内的 47 个伪素数，均满足上述猜想。其中最小的 $n=242017633321201=11000401 \times 22000801$。"

"这 47 个数的两个因子都是素数吗？"罗珊娜好奇地问道。

"你说到关键了，按照猜想，$a+1$ 可以是素数也可以是合数。如果我没记错，其中 46 个数都只有两个素因子，只有一个 n 的 $a+1$ 是三因子合数，$2a+1$ 是个素数，这个 n 是由四个因子组成的合数。"

罗珊娜终于听明白了，问道："四重奏指的是四个素因子？对于小于 2^{64} 所有整数进行费马检验，进位制至 $\log(n)$，能通过检验的非卡迈克尔数的伪素数只有一个四因子合数。这个满足条件的最小的四因子合数到底是哪个数呀？"

巴希尔打开自己的电脑，从收藏夹中找到了包含 47 个数的表格，把那个唯一的四因子伪素数抄在了黑板上：$n=168562580058457201=103 \times 307 \times 9181 \times 580624801$

其中，$a+1=103 \times 307 \times 9181=290312401$。

"这就是 $\log(n)$－费马检验的四重奏！"巴希尔得意地说道。

哈米德赞许地看着巴希尔问道："你们给那个凯兹回复的内容就是这四个数字，对吧？"

巴希尔点头表示认可。罗珊娜若有所思地说道："回复这四个数字仅仅是解开了他出的谜题，为了使聊天进行下去，我们也需要起一个自带谜题的网名，考考他。"

"这个有意思。"巴希尔将网名输入栏空着，在下面输入了聊天内容：

"103，307，9181，580624801"

巴希尔将键盘推给了罗珊娜，顽皮地做了一个请的动作。罗珊娜想了想，在网名栏中输入：

"$O\left(\sqrt{n}\ln(n)\right)$ – 黎曼猜想的三和弦。"

05 第五修正案

2039 年 2 月，亮国

七彩屋南草坪，记者们已就位。面向记者的两个讲台各自对应着半展开的亮国国旗和 F 国国旗。两国元首的联合新闻发布会即将开始。

在所有盟友中，最让亮国头疼的就是 F 国，历史和文化的原因夹杂着 F 国民众多元的价值取向，裹挟着 F 国的政治家时常对亮国发出不和谐的声音。这反而使 F 国成为亮国对盟友政策的风向标。如果一位新当选的亮国执政官能够尽快成功访问 F 国，则表明他很好地团结了盟友。若是 F 国总统主动访问亮国，则会对在任的亮国执政官产生极为积极的影响。

通常情况下，F 国总统会选择合适的时间访问亮国。但会见已连任 7 年的史密斯执政官，尤其他是议会两院均已被大众党控制下的"跛脚执政官"，显然不是最好的时机。相反，F 国总统的成功到访将能拉抬平权党的选情，也能给高龄执政的史密斯执政官长达 60 年的政治生涯画上一个圆满的句号。

F 国范格威总统恰恰选中了这个看似无用、实则有利的时间点到访亮国。范格威总统希望以调停人身份推动陷入僵局的玉汗国飞米武器谈判，如果成功说服亮国重签玉汗国飞米武器限制性协议，能够明显提升他个人和 F 国的国际声望。

同样是平权党的辛舍莱执政官就是在他任期的第七年签署玉汗国飞米武器限制协议，并以此作为他的重要政治遗产。范格威总统相信，有很大可能说服史密斯执政官重签玉汗国飞米武器限制协议。

记者席中有人窃窃私语，几家嗅觉灵敏的大媒体记者推测着即将发布的重磅消息，此后他们将根据各自的立场发表猛烈批评，或是竭力支持。

史密斯执政官首先出现，他小步快走着，得体地请出范格威总统，两位元首站定在各自的讲台前。年轻的 F 国总统先发言，一通客套之后，他重点回顾了史密斯执政官与世界各国在全球气候问题上进行的合作和取得的进展，并极具暗示性地表明此次会谈取得了重大成果，将由德高望重的史密斯执政官当场宣布。

轮到史密斯执政官发言了，他微笑着看向大家，足足有一分钟，慢慢低下头，说道："我是个 AI 机器人，我是个 AI 机器人……"

现场的记者们先是以哄笑回应 85 岁老执政官的幽默，随后有人似乎感觉到有什么不对头。

突然，史密斯执政官离开讲台，向侧后方走了两步，清瘦蹒跚的老人像一片树叶一样瘫落在地毯上。现场一片混乱，安保和医护人员冲上来，主持人紧急宣布新闻发布会终止。

亮国副执政官爱丽丝·昆兰正在参加一个慈善活动。活动的主办方是亮国退伍军人家属基金会，下午的活动内容是退伍军人家属身份的女士们，现场绘制风格不同的家居装饰画，晚宴之后，将现场拍卖这些画作，为基金会筹款。

昆兰副执政官亲手绘制的画作加上她的亲笔签名，必定是拍卖会上的重头戏。爱丽丝非常认真，用多种颜色的水彩绘制着一幅抽象画。即使很小心，她沾满颜料的手还是蹭到了有些泛白的牛仔裤上。爱丽丝抬头去拿纸巾，瞥见两个身着制服的安保人员急匆匆地向她快步走来，其中一位在她耳边低语道："收到指令，立即保护您去七彩屋。"

史密斯执政官重病昏迷，不能视事。根据亮国宪法第五修正案，爱丽丝·昆兰副执政官，不对，是爱丽丝·昆兰执政官，坐在了七彩屋椭圆办公室的那张椅子上。第一位亮国女执政官摒退了杂乱的人群，独自坐着，久久地坐着，就像1941年12月的那位执政官一样。

爱丽丝·昆兰今年43岁，这位年轻有色裔女性兼顾了几乎被大众党撕裂的亮国社会的各类人群，补齐了史密斯执政官的所有短板。在史密斯执政官的力挺之下，爱丽丝已于上周宣布参加平权党内初选，角逐2040年亮国执政官。如今，爱丽丝·昆兰将以现任亮国执政官身份参选下届执政官。

E先生掌管T计划之后，按惯例，他本人不再有明显的党派倾向性，无论是平权党还是大众党执政，E先生只对执政官负责。每当有新执政官入主七彩屋，他都会向执政官介绍荒诞离奇的特斯拉理论以及T计划的进展。

"执政官女士，恭喜您成为第一位亮国女执政官，我受命向您报告T计划相关情况并从现在起接受您的直接指挥。"E先生恭敬而职业地报告。

"这是我第一次听说T计划，有关秘密武器吗？还是我们掌握了新能源？对了，这位是我刚刚任命的七彩屋办公厅主任，南希女士。我授权南希可以一起了解这个计划。"昆兰执政官说道。

"刚才在外面，我和南希女士已经相互认识了。"E先生礼貌地向南

希点头致意，接着说，"T 计划始于 1953 年，由艾尔执政官批准并直接
领导，该计划基于尼古拉·特斯拉的理论，1993 年之前计划的重点是
保密，1994 年之后是理论的验证和应用研究。"

E 先生尽可能简洁而又通俗地进行报告。他介绍了特斯拉的超光波
理论，根据这一理论，如果制造出一个 17 万多公里直径的装置，可获
得大量稳定的清洁能源。该装置有可能首先被武器化，所以亮国必须严
格保密，防止被敌对势力窃取和应用。2027 年 5 月，亮国航天局发射
的超视野号探测器已经取得了超光波存在的直接证据。但因超光波应用
的技术门槛较低，保密工作优先于应用，依然是 T 计划的主要任务。

E 先生耐心地回答了执政官和南希女士的问题，接着汇报："一周
之前，有人绑架了 T 计划航空航天负责人布劳恩教授的女儿，有证据
显示是玉汗人所为。"

"那我们对玉汗人采取行动了吗？"南希问道。

"没有，因为既能指向玉汗人、又无法坐实的证据反倒是他们自己
暗示给我们的。他们同时使我们确信的是玉汗国也掌握了特斯拉理论的
秘密。"E 先生做了一个无可奈何的表情，说道。

"我想你们一定已经成立了专门的调查小组吧，我要及时看到简
报。"昆兰执政官发出了命令。

"是的，执政官女士，这是现有的简报，我们的调查小组会及时向
您更新报告。"E 先生汇报完毕，离开了办公室。

此时，椭圆办公室里只剩下两位女士，南希以她曾任全球最大投资
银行副总裁多年养成的大局观，谨慎地提醒着多年好友："玉汗国问题
很复杂，也很重要，但不是您的当务之急。您现在最重要的是证明您有
能力做一个没有标签的好执政官。"

"嗯，玉汗人一直在找麻烦，这个我不是很担心，你说得对，我们

可以先把什么 T 计划和玉汗国的暗示放一放。"爱丽斯指着史密斯执政官和 F 国总统的谈话纪要，接着说，"我们对玉汗国的政策才是目前有些棘手的，这份会谈纪要的意思明显是要重启多瑙堡玉汗国飞米武器限制性谈判，我们怎么下这个台阶呢？"

"不用什么台阶，这是一份未公开的谈话记录，代表亮国的是史密斯执政官，不是您。"南希继续建议道，"您这一年多的剩余任期中，最重要的目标是在 2040 年胜选。平权党胜选的办法就是对内拼经济，就业、通胀、股市三大成绩单，对外不服软，但也不引发新的争端。"

"对内拼经济，对外不服软。"昆兰执政官若有所思地重复着。

亮国重新签属玉汗国飞米武器限制协议，显然没有任何好处和必要性。

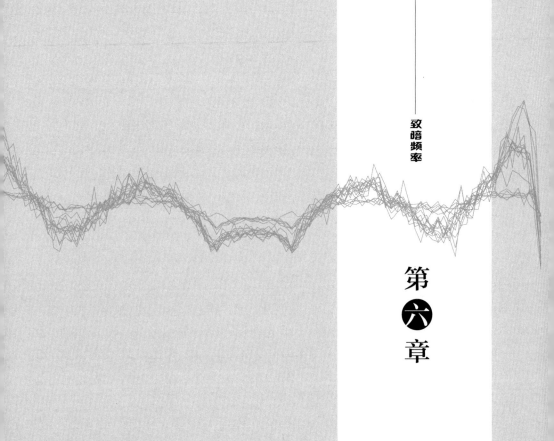

致暗频率

第六章

01 三和弦

2032 年夏，旅芝国首都，拉维港

凯兹和勒夫一起走进沙姆隆二世的办公室，凯兹将一份分析报告递给沙姆隆二世，说道："有回复了，有人在跟帖中正确破解了我的谜题。"

沙姆隆二世接过报告，没有打开，脱口而出："谁猜对了，就跟谁聊，这还写什么报告？"

"问题是答对的人不止一个，暗网中的大神太多了，两天之内竟然有七组人答对了，这份报告是技术部门对这七组人的分析结果。"勒夫无奈地耸耸肩，笑嘻嘻地说道。

"虽然有七组人答对，但有人给出的答案很完整，有人给的答案很简洁，比如有一个回复只有 103 这一个数字。"凯兹解释道。

"只给出部分答案，比如 103，能算答对吗？"沙姆隆二世问道。

"当然算答对，程序员和科学控崇尚简洁，有些人觉得只回复一个 103 比写出完整答案更酷。"凯兹答道。

勒夫指着分析报告，接过话头说："分析部门正是利用答案是否完整来区分是无聊的程序员还是专业组织，玉汗人是不可能回 103 的，因为他们担心被判定无效，无法引起凯兹的注意。"

"你的意思是说，给出完整答案的更可能是有组织的玉汗人？你不会告诉我完整答案也不止一组吧？"沙姆隆二世晃了晃手中的报告，问道。

"老板英明，确实不止一组，有三组完整答案。"勒夫一边恭维着领导，一边帮沙姆隆翻开报告，指着三条涂黄的标记答道。

沙姆隆二世顺着答案栏三条涂黄的标记找到对应的网名栏，发现其中一个网名被标记了红色。沙姆隆指着这个网名说道："$O(\sqrt{n}\ln(n))$ – 黎曼猜想的三和弦，凯兹，这是跟你打擂台呀！和你的网名对了个上下句，倒是挺工整的。"

勒夫得到了沙姆隆二世的肯定，干脆地说："我们一致认为，完整答案加上有对应性的网名，这个就是玉汗人。"

"玉汗人的网名字面上与我的相对应，更为对应的是我的网名是一道谜题，他们的这个奇怪的网名显然也是一道谜题，我正在思考如何破解它。"

大"O"符号，指的是用一个函数来描述另一个函数数量级的渐近上界。黎曼猜想是数学研究中最重要的猜想之一，如果该猜想被证明，会使整个数学乃至自然科学向前迈进一大步。对于普通人来说，别说试图证明，就是看懂介绍该猜想的科普书籍都非常困难。

黎曼猜想涉及数论、解析几何、复数多个数学分支，为了把复杂的问题简化，数学家们将黎曼猜想的证明简化为等价的以下强条件：

任意大整数 n 之前的素数个数与 n 的自然对数积分的差，大 O 于根号 n 和 n 的自然对数的乘积 $\pi(n) - \text{Li}(n) = O(\sqrt{n}\ln(n))$。

凯兹盯着那个特殊的网名苦苦地思考。黎曼猜想，大 O 于，很好理解，无非是对应 $\sqrt{n}$ 和 $\ln(n)$ 这两个函数。三和弦是什么意思？

勒夫走进凯兹的办公室，看着凯兹一脸愁容，笑呵呵地说道："怎么连午饭都不吃？咱们的大数学家也有被难住的时候。"

凯兹苦笑着摇头，说道："这种谜题其实就像一个保险箱，磨对了一把钥匙，也就打开了。关键是我不知道是用哪种钥匙。"

"走，咱们先吃饭，饭后我带你去见一位真正的大神。"

古安教授是鼎天组织最神秘的人物之一，很少有人知道他的存在，他本人也从不在鼎天组织办公区里出现，至于他研究的项目就更少有人知晓了。勒夫是古安教授和沙姆隆二世的联络人，经批准，勒夫带着凯兹来到了古安教授神秘的小楼之中。

教授一边听着凯兹的介绍，一边看着那个奇怪的网名，自言自语地说道："n 的平方根和 n 的自然对数？"

古安教授眼中亮光一闪，抬头问凯兹："你听说过特洛伊卫星吗？"

凯兹摇头表示疑惑，教授接着说："我看过一篇天文学论文讨论卫星的跨系共振现象，太阳系目前已发现的 269 颗行星卫星，其分布具有带状的规律性。"

描述一颗卫星的参数很多，比如半径、周期、密度、离心率、轨道倾角等。

在所有参数中，最重要的物理参数是卫星的半径，最重要的轨道参数是卫星到其母星的平均距离，称为半长轴。

有意思的是该论文将卫星半长轴与太阳半径比值令为 n，描述跨系共振参数使用的关于 n 的函数，就是 $\sqrt{n}$ 和 $\ln(n)$。269 颗卫星都有各自的值，$\ln(n)$ 被论文作者定义为轨道基数，从最小的 –4.3 到最大的 4.25。按照现有理论，这个数值与卫星自身的反照率和半径无关。

教授对凯兹说："奇怪的是，反照率大于 0.6 的卫星只有 9 颗，它们均在 –1.1 到 0 之间分布。"

教授举例解释道："这就像在一个共有 25 排的电影厅里，你发现只有穿白色衣服的人才能坐在第 9 排的'贵宾席'，而穿深色衣服的人，要么坐前面，要么坐后面。"教授接着说，"更有意思的是卫星半径排名前 10 的 10 颗卫星的 $\ln(n)$ 值都在 −1 至 1 之间。相当于坐到 9 至 10 排最佳位置的人，块头儿要足够大！"

论文又结合 $\sqrt{n}$ 和 $\ln(n)$，进一步得到描述跨系共振的新参数 $\sqrt{n}\ln(n) = m$。269 颗卫星的数值范围从 −0.74 到 35.6，看上去杂乱无章，不过其中 −0.6 至 3.7 区间非常特别。这里只有 20 颗卫星，却涵盖了全部 6 颗母行星的最大卫星（月球、火卫一、木卫三、土卫六、天卫三、海卫一）。而且半径排名前 12 位的卫星都在此区间，无一漏网。

这个"全明星"阵容里，唯一碍眼的是土卫七，半径排名第 21 位，不过，它也是相当大的，而且形状高度不规则，是太阳系中仅有的少数已知自转混乱的卫星之一，自转轴摆动很大，以至于它在空间中的方向是不可预测的。

不仅如此，排名第 14 位的土卫四和排名第 15 位的土卫三，各自带领两颗特洛伊卫星，构成稳定结构。

269 颗卫星中，在这个稳定区域的，只有半径排名前 12 的大卫星，火星最大卫星火卫一，特殊的土卫七和另外两组，3 颗一组共 6 颗特洛伊卫星。

"特洛伊卫星，它们的稳定结构又是什么意思？"凯兹问道。

"特洛伊卫星是相对小一点的卫星，跟主卫星使用同一个公转轨道，并分别位于主卫星前后 60 度的拉格朗日点上。土星的卫星中有两组特洛伊卫星，土卫三带领的是前方的土卫十三和后方的土卫十四，土卫四带领的是前方的土卫十二和后方的土卫三十四，它们像'手拉手'似的构成稳定结构。"

"打个比方，不知道是谁安排的，容纳 269 人的电影院里，位置最好的第 10 排，只有块头儿最大的前 12 名和两位左右各牵着一个小孩儿的母亲才能坐！"

"天文学中，两个以上星体的周期具有整数倍比值关系时，称为轨道共振，如 1 比 2 或者 3 比 5，等等。而三颗特洛伊卫星最为特别，它们是同轨的，共振比是 1 比 1 比 1，就像美妙的三和弦一样。"

听罢教授的讲解，凯兹像是挖到了宝贝，原来"三和弦"指的是根据与黎曼猜想有关的两个函数算出来的，处于稳定结构轨道区间的土星的两组各三颗特洛伊卫星。太阳系中竟然有两组浑然天成的"三和弦"，而且能通过与黎曼猜想有关的两个函数把它们挑出来。

凯兹找到相应的卫星编码，土星的卫星以 6 开头，后面跟的数字是卫星的序号。他轻敲键盘，给" $O(\sqrt{n}\ln(n))$ – 黎曼猜想的三和弦"回复了两组数字：

603、613、614；

604、612、634。

布局高手

2039 年 2 月，旅芝国首都，拉维港

大卫·哈尔西从海外情报局调用专机，迫不及待地飞往拉维港。就在今早，大卫嚼着燕麦片，又一次暗笑旅芝国鼎天组织同行愚蠢时，他突然明白了旅芝人的用意。

旅芝人很可能猜到大卫提供的是与"鼹鼠"有关的情报，如果大卫所说的"鼹鼠"不是凯兹，就由凯兹把情报带回去。如果是凯兹，旅芝人实则在制止大卫说出来。这一举动等于是告诉大卫，凯兹是双料间谍，是旅芝人安排的。

而另一方面，也说明旅芝人信任大卫，并暗示他要对除他以外的人保密。大卫想到这一层，决定亲赴拉维港，跟沙姆隆二世当面聊聊。

大卫一直有个顾虑，毕竟玉汗国有一对可疑夫妇的情报，是海外情报局窃听沙姆隆和阿方索对话得来的，不光彩呀！但是你们鼎天组织为了骗过玉汗人，不跟亮国同行打招呼，竟然把两方联合行动计划泄露给玉汗国，不是更过分吗？既然是半斤八两，那还客气什么？干脆直接跟旅芝人要他们掌握的玉汗国夫妇的情报。

拉维港的二月，海风湿润又很少下雨，气温适宜，即使到了傍晚也无需添加衣服。勒夫亲自开着一辆老式但宽敞的轿车，载着大卫去往沙姆隆二世的小院。

沙姆隆二世热情地将大卫迎进小院，天气极好，三人便在院中落座。沙姆隆首先开腔，坦诚而又平静地说道："大卫，你能一个人亲自到拉维港来见我，说明我们彼此信任，当然我也希望我们能体谅对方的困难和无奈。"

大卫也很平静，不时地对沙姆隆二世报以微笑，点头表示认同。一旁的勒夫听到沙姆隆说的"彼此信任"，他突然后知后觉地意识到，派凯兹去见大卫，除了堵住大卫的嘴以外，老谋深算的沙姆隆还有另外一层意思。于是，勒夫抢着说："直到现在我才明白，我的老板非常信任您，当然也会很愿意与您合作。"

轮到大卫表态了，他郑重地站起来，拦住也要跟着站起身的沙姆隆二世。弯下腰，伸手与坐着的沙姆隆握手，说道："非常感谢您的信任，我们最近的确遇到了一些麻烦事，玉汗人不停地给我们出难题，我现在领导一个小组，急需玉汗国相关的情报。"

沙姆隆二世没有作声，看了一眼勒夫，勒夫主动地接过话头，问道："我们在玉汗国的情报网经营了多年，掌握的相关情报还是比较全面的，不知您关心的是什么具体的人和事呢？"

交流的气氛如此融洽，勒夫的问题还是把大卫难住了。他的声音小到几乎听不见，说道："我想了解阿方索先生接触的那对玉汗国夫妇以及他们之间的合作内容和进展情况。"

空气有些凝固了，沙姆隆二世显得依旧很平静，他站起身回到屋里，取来双舟国香烟，抽出一支，搓弄几下之后，放在嘴边，点燃。他拿起烟盒，递给大卫，大卫礼貌地谢绝了。

无论是海外情报局还是反恐总局，作为亮国的特工，凭借着强大的卫星网络和技术支撑，总是信心满满的，优越感爆棚。

但面对沙姆隆二世这样的传奇老特工，大卫实在没有办法，毕竟无论是在情报界，还是在生意的谈判桌上，谁先出牌谁就输了。大卫终于无奈地翻开了他的底牌，说道："凯兹是您安排的双料间谍吧？我能看出您对我的信任，请相信我会保守这个秘密。"

勒夫没有惊讶，反而印证了他刚刚才体会到的这盘棋局的精妙，他在心底由衷地佩服大卫的洞察力，更赞叹沙姆隆二世这个走一步看十步的布局高手。

勒夫现在才明白为何阿方索和他一直追问老板，山洞的爆炸装置已就位，却不立即进行爆炸，而老板总是说等等亮国人的态度。勒夫意识到沙姆隆二世所说的亮国人，就包括眼前这位大卫·哈尔西。最妙的是老板竟然料到大卫会自己送上门，充当向亮国方面通报爆炸计划的信使。

沙姆隆二世吐出一口烟，咳嗽了几声，即使是在户外，浓烈的双舟国烟草的味道弥漫在小院里，仍然有些呛人。

沙姆隆说道："旅芝国是个小国，但我们拥有全世界最好的导弹防御系统，这是我们的敌人逼出来的。是我派凯兹迷惑玉汗人，现在你也知道了这个秘密，希望你能理解这件事对于我们整个旅芝国的重要性。"

轮到大卫沉默了，他看着沙姆隆二世，像是等着对方继续说下去。沙姆隆二世接着说："既然我们都已明确了各自的关切，过去的事情就都不提了，请勒夫给你说一下阿方索那边的情况吧。"

勒夫得到指示后，向大卫·哈尔西介绍了相关情况。玉汗国的精炼重金属和离子加速器存放在一个山洞中，使用导弹攻击无法将其摧毁。旅芝国得到情报，山洞的空气环境条件恶劣，水汽大，盐分高，离子加速器的核心部件已开始腐蚀。

阿方索取得并分析了山洞空气样本，确认了情报的真实性。在取得样本过程中，接触了一对墨金国夫妇，经查证，系玉汗国特工。他们谎称建设高吸水率的保水剂工厂需要从阿方索的公司进口环境控制设备。

阿方索将计就计，对设备的氧气罐动了手脚，成功骗过玉汗人，据情报显示，利用氧气为爆炸物的装置已在山洞中就位。现在，只要一声令下，A47I隐形战机投下的炸弹在山洞口爆炸，引起的震动将触发洞内的爆炸装置，进而炸毁整个山洞。

大卫和海外情报局共同分析过沙姆隆二世和阿方索的对话录音，他关注的重点都放在了玉汗国特工夫妇身上，并没有在意旅芝人炸一个什么玉汗国山洞。毕竟旅芝国对玉汗国各种军事设施的袭击早已稀松平常，大大小小，每年都有。

大卫万万没想到，旅芝人要炸毁玉汗国几乎全部的飞米武器设施。大卫实在忍不住，提高了嗓门打断道："炸毁玉汗国几乎全部的飞米武器设施，会把玉汗人逼疯的，其随后的报复行动，有可能不计后果，并且是我们难以承受的！"

沙姆隆二世没有回答，还以手势制止了勒夫本想进行的争辩，大卫稍微冷静下来，又一次打破了沉默，说道："您是我们特工界的老前辈，虽然您不是我的老板，但是我非常尊敬您，甚至相信您的判断力。不过，我的身份决定了我必须向我的上级报告，请您理解。"

沙姆隆二世平静地看着这位同样优秀的职业特工，而勒夫急切地问道："您要汇报什么，不会是凯兹的事吧？"

大卫·哈尔西比勒夫年长几岁，他友好地拍了拍勒夫的肩膀，说道："我汇报的内容是，你们正准备炸毁玉汗国的飞米武器设施。"

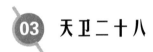

天卫二十八

2032 年夏

"特洛伊卫星都能猜对，旅芝人的聪明真是名不虚传呀！"巴希尔对罗珊娜做了个鬼脸，说道。

"我给他回了 4 个数字，他给我回了两组 6 个数字，算是打平了，看来可以继续跟他聊聊了。"

罗珊娜说着，在对话栏里给"log（n）- 费马检验的四重奏"留言："回答正确！厉害！服你啦！"

没有回复。

凯兹和勒夫盯着屏幕上来自"敌人"的赞美，陷入沉思。凯兹打破沉默，问道："你觉得该怎么回复？是继续进行猜谜游戏，还是引导对方进入正题？"

"不能太直接，但又要露出些破绽，让对方有机会抓住你。"勒夫答道。

凯兹说："先让他们煎熬几天吧，之后我会抛出诱饵。"

古波甜瓜是玉汗国特产，盛夏正是上市的季节。甜瓜的品种很多，主要分为绿色果肉和果肉黄中带红的两类。巴希尔知道罗珊娜喜欢个头更小的黄色甜瓜。罗珊娜接过盛着甜瓜块的盘子，眼睛离开屏幕，边吃边说："干特工这一行，匿名上暗网，是很不寻常的，他一定有目的，可怎么又没消息了呢？"

"我觉得凯兹这种人即使工作上受了委屈，看不到前途了，也不可能向我们出卖情报。"巴希尔说道。

"他要是出卖有价值的情报，我们就买，如果这一切是个骗局，更需要我们深入了解。"罗珊娜又拿起一块甜瓜，接着说，"巴希尔，这瓜真甜啊，还是黄里透红的果肉好吃。"

"来了！回复来了。"巴希尔把脸贴向屏幕，呼唤着罗珊娜。

屏幕上显示着一行字："厉害？猜谜游戏玩得再好又有什么用？反正也不能换钱花。"

巴希尔和罗珊娜欣喜地对视了一下，罗珊娜说："他想要钱？进展也太快了吧？"

哈米德听完汇报之后，几乎是毫不犹豫地对巴希尔和罗珊娜说："这个回复反而使问题简单化了，要么他是想卖情报，要么是圈套。你们设计一个诱饵，让他尝到甜头。"

入夜，罗珊娜按计划给"$\log(n)$-费马检验的四重奏"回复了一条信息："有奖谜题也有呀！如果你能有根据地预言一颗尚未发现的太阳系卫星，我的朋友愿意支付一枚比特币作为奖励。"

凯兹又一次找到古安教授，请求教授给予帮助，说道："我的专长是数学和计算机，预言卫星这种事对我来说太难了。"

古安教授笑了，耐心地给凯兹讲解。

1783年9月18日，伟大的数学家欧拉逝世，他临终前给出了刚发现不久的天王星轨道的计算要领。1821年，天王星轨道表出版，然而实际观测与轨道表有差异。有天文学家提出，天王星外侧轨道很可能还存在一颗尚未发现的巨行星。不久后，海王星被发现。由此，海王星被戏称为"计算出来的行星"。

到目前为止，还没有人通过计算预言尚未发现的卫星。古安教授对凯兹说："上次给你讲的太阳系卫星令人不可思议的带状分布规律，使人不得不相信，浑然一体的太阳系具有着某种神奇的对称性。"

"您是说，预言的卫星要从太阳系卫星的分布规律中去找？"凯兹似乎看到了希望。

古安教授点头称是，继续讲解。

太阳系有八大行星，除水星、金星之外，其余的六颗行星都有各自的卫星，形成了六个不同的引力场。但如果不考虑行星引力场的特殊性，而将已发现的 269 颗卫星一并进行比较，卫星的半径和半长轴，本应毫无关联的两个参数，却表现出惊人的规律性。

$\ln(n)$ 大于 1 的卫星都有着较大的轨道倾角和离心率。木卫四的 $\ln(n)$ 等于 1，它也成为一个分界线，即它是十大卫星中距母星最远的卫星。前面说过，半径排名前十的卫星都在 –1 至 1 之间，其中，–1 至 0 之间的所有卫星的半长轴累加和等于 5662045 公里，而 0 至 1 之间的所有卫星半长轴的累加和等于 5675994 公里，两者的比值为 1.002，非常接近和对称。

除了上述半长轴巧合之外，半径累加和也惊人地巧合。–1 至 0 之间的所有卫星半径累加和等于 10506 公里，除此之外，$\ln(n)$ 值小于等于 1 的其余所有卫星半径累加和为 10496 公里，两者比值为 1.001。

"你是完美主义者吗？如果是的话，10496 公里比 10506 公里少了 10 公里。"

"您是说，如果再能发现一颗半径约为 10 公里的卫星，整个太阳系的卫星就会有更完美的对称性。"凯兹完全听懂了，但又产生了新的疑问，"那要把这颗尚未发现的 10 公里半径的卫星预言为哪颗行星的卫星呢？"

人类最早发现的卫星当然是月球，因为地球是距离太阳第三远的行星，所以月球的代号是 301。伽利略发明天文望远镜之后，发现了更多的卫星，随着天文观测技术的进步，至今为止，已经发现了 269 颗卫星。由于地球和火星周围极易观测，可以排除还有较大半径未被发现的卫星。

近年来发射的巨行星探测器无一例外地都经过了木星，以引力弹弓效应来加快速度。卡西尼号土星探测器 20 年的超长服役期，使得木星、土星能发现的 $\ln(n)$ 小于 1 的卫星已经发现得差不多了。海王星的卫星目前只发现了 14 颗，除了大半径的海卫一之外，其他较小的卫星，半径也都超过了 10 公里。

天王星目前发现了 27 颗卫星，其中的小卫星平均半径在 10 公里左右。所以半径为 10 公里的卫星最有可能来自天王星。

1986 年，流浪者二号飞临天王星，拍摄了大量的照片。之后的几年里，天文学家们根据这些照片找到了天卫六至天卫十五这 10 颗内卫星。2003 年，在整理和分析这些照片后，竟然又在天王星较近的轨道上发现了一颗内卫星天卫二十五，它被戏称为"照片阴影里的卫星"。

如果近年不再发射经过天王星的探测器，可以再次使用技术手段分析之前的照片，很可能在天卫二十五临近轨道的那些"阴影"里，找到一颗新的半径更小些的卫星。而天卫二十五的半径为 15 公里左右。

"这么说，很可能在天卫二十五附近找到这颗被预言的卫星。"凯兹说道。

古安教授将天卫二十五的主要参数给了凯兹，说道："天王星已发现的卫星有 27 颗，如果新发现这颗被预言的卫星，它的编号将为天卫二十八。这也不过是个游戏，你不要太当真了，毕竟我们对太阳系的理解还远远不够。"

"我知道，这不是有人逼我嘛！我这就把预言的卫星数据发给他们。"

"log（n）- 费马检验的四重奏"发给"$O(\sqrt{n}\ln(n))$ - 黎曼猜想的三和弦"的信息是："尚未发现卫星的预言：天卫二十八，半径约 10 公里，半长轴约 7 万至 10 万公里，轨道周期约 0.56 至 0.96 天，轨道倾角小于 0.5 度，反照率小于 0.07。"

几天后，凯兹顺利取得了一枚价值近 1 万美元的比特币。

游戏持续地顺利地愉快地进行着，交易金额也越来越大。一转眼，几个月过去了，终于有一天，凯兹收到了这样一条信息："想玩一把大的吗？比如把你之前做过的参数表提供给我们？"

扭扭捏捏，讨价还价，反复周旋之后，交易最终达成，玉汗人获得了旅芝国铜墙导弹防御系统参数表。

 **热 信 号**

2039 年 2 月，亮国

七彩屋椭圆办公室，昆兰执政官翻看着南希递过来的简报，对 E 先生说："你的调查小组是怎么得到这个情报的？消息可靠吗？"

"是的，执政官女士，我们的调查目标本来是玉汗人，结果却意外得到了旅芝人正准备炸毁玉汗国几乎全部飞米武器设施的情报，是鼎天组织相关负责人亲口说的，应该可以确认。"

爱丽丝·昆兰执政官抬眼看了一下南希，似乎又意识到什么，先下了结论，坚定地说道："告诉旅芝人，我们坚决反对他们这么做。旅芝人给我们惹的麻烦还不够多吗？"

南希忍住了对执政官快速反应的赞许，看来，这些天她建议执政官要表现出坚定和果断的态度确实取得了效果，这对于仓促接班的亮国第一位年轻女执政官无疑是最重要的。南希顺着执政官的表态进一步进行了分析。

玉汗国苦心积攒的精炼重金属和几万台离子加速器是他们手中最重要的筹码，如果旅芝人贸然将其全部摧毁，必将引发难以预估的后果。

亮国在古波湾地区的军事设施和人员很可能遭致大规模的报复。

更让亮国为难的是，按惯例在古波湾外海巡弋的亮国航母战斗群，究竟是预先撤离还是佯装不知？照常执勤，抑或是将部署在太平洋的其他航母增派到古波湾地区，那将使亮国陷入灾难性的尴尬之中，而预先躲避就是示弱，并且暴露了对旅芝国默许的态度。如果增兵，万一玉汗国不计后果地攻击了亮国的航母，到那时亮国就不得不对玉汗国开战。

当着 E 先生的面，南希还有更重要的理由没有说出来，只要旅芝人炸毁了玉汗国飞米武器设施，亮国国会和选民一定会认为是平权党的昆兰执政官默许支持，甚至主动挑起的。若后续因为玉汗国的报复使事件升级，那就等于直接宣布爱丽丝·昆兰在 2040 年执政官大选中落败。

E 先生站起身，说道："执政官女士，我完全明白，我会立即让人转告旅芝人，同时与海外情报局配合，制止他们的行动。"

大卫·哈尔西得到指示后，第一时间通知旅芝人取消行动。大卫知道他的通知只是礼节性的，海外情报局、外交部都会以更官方的形式给旅芝人极大的压迫甚至喝阻。

困扰大卫·哈尔西的还有更重要的问题，他的任务是调查"小女孩儿"这个玉汗人的神秘口信。那对玉汗国特工夫妇与这个事情到底有没有关系？是自己的直觉错了吗？

从拉维港回来之前，勒夫已将巴希尔、卡米拉的相关材料交给了大卫。巴希尔夫妇掩护身份是墨金国公民，农业公司老板，在墨金国、玉汗国、双舟国南部甚至 F 国属地南狮门群岛都有农场。前不久，他们与郁花国的生物公司合作，研发生产农用保水剂。情报显示，巴希尔与真名叫罗珊娜的卡米拉均为孤儿，其父母身份不详。

保水剂？只是个为山洞采购空气环境设备的幌子，还是有什么未知的用途呢？如果只是个幌子，那玉汗人有必要在这么多地点都开设农业公司吗？即使是假戏真做，是不是有些演过头了呢？线索太少了，但作为优秀的职业特工，大卫依然相信自己的直觉。玉汗国夫妇很可能与"小女孩儿"事件有关，保水剂一定有特殊的用途！

大卫又找到布劳恩教授，教授听了大卫的苦恼和问题，忍不住笑了，说道："我是搞天文和天体物理的。保水剂？这你得问农业学家呀？"

大卫苦笑着，说道："那就把保水剂先放一放，您再给我讲讲特斯拉理论以及超视野号的实验吧，玉汗人已经非常明确地告诉我们，他们对付我们的手段与特斯拉理论有关。"

布劳恩教授讲起了 2027 年 5 月 25 日，超视野号探测器在冥王星附近进行的验证特斯拉超光波存在的实验。

为了在预定时间到达冥王星，超视野号发射速度达到 16.2 公里每秒，是发射速度最快的航天器。除发射速度快之外，还需要尽可能给航天器减重，飞船总重量不能超过半吨。航天器中携带了必备动力系统、各类成像系统和核燃料，留给超光波实验的仪器的空间和载重量少得可怜。

T 计划研究人员绞尽脑汁，设计出了一个可以利用最少的仪器设备得到可靠验证结果的实验方案。实验是这样的：根据特斯拉的理论，任何物体的直径大于超光波的波长，该物体将会被入射，吸收的能量会使物体表面异常发热。

实验人员将 18 万公里长的纳米级直径的碳纤维丝线，放置在探测器后部。接近到达冥王星时，一个超小型的动力装置弹射出舱，18 万公里外利用惯性与航天器保持同向同速，丝线拉直，系于小型动力装置和飞船两端。如果存在超光波，丝线的温度会升高到几百开尔文。

即便这样，另一个难题是，航天器内的设备无法直接测得丝线的表面温度，在丝线上安装传感器是不可行的。于是，科学家们让超视野号携带了两台专门的仪器：太阳风分析仪（SWAP）和高能粒子频谱仪（PEPSSI）。

冥王星大气中逃逸的中性原子，在太阳风的作用下会变成带电的高能粒子，通过两台仪器可以比较临近和远离丝线表面的高能粒子的差异推算出丝线表面的温度。如果丝线表面温度是几百开尔文就验证了超光波的存在，如果测得的仅仅是与环境一样的温度，即 3 开尔文左右，则超光波理论就是错的。

简单一点说，如果存在超光波，那么丝线就会发热，临近丝线的粒子就会比远离或者较正常的粒子有更强烈的异常的电磁反应。即，临近粒子正常，超光波不存在，临近粒子异常，超光波的存在就被直接证明了。

完成实验至关重要的一个条件是有足够强度的太阳风，因为超视野号探测器速度很快，到达冥王星也几乎是一掠而过。为了确保当时有足够强度的太阳风，T 计划研究人员提前 9 年多，把实验时间定在了 2027 年 5 月 25 日，也就是木星与轩辕十四相合的这一天。因为该天象的太阳活动受超光波遮挡关系影响最为强烈，太阳风强度增加的概率最高。

"后来的结果已经跟你说过了，5 月 25 日太阳风如期而至，我们也成功地测到了异常的热信号，直接验证特斯拉预言超光波的实验圆满成功。"布劳恩教授自豪地说道。

"我明白了，教授。不过，我好奇的是，如果在近地轨道上做这个实验，是不是可以用更直接的实验方法？"大卫问道。

"我早就说过，你不搞天文和物理研究真是屈才了！"布劳恩惊讶于大卫的悟性，接着说，"近地轨道实验条件就好多了，可以用两个航天器拉着更粗的微米级碳纤维丝，热信号功率会更大，热信号也可以在旁使用第三颗航天器或卫星直接测得。"教授沉吟了一下，又说道，"我们不能在近地轨道做这个实验是为了保守特斯拉的秘密，所以只好舍近求远到冥王星做实验。在近地轨道实验产生的极低频辐射很可能被他国的长波台发现。"

大卫思考着，又问道："热信号的功率有多大，在地面上的长波天线能接收到吗？"

布劳恩教授一贯严谨，想了一下，说道："在太空中测得的信号更准确，实验结果也更可靠。在地面上测量信号强度没有必要，无论是纳米级还是微米级的丝线，其长波辐射强度都极低，除了满足好奇心，在地面接收又有什么意义呢？"

有价值的情报

2032 年11月

哈米德眉眼宽阔，眉毛已经灰白了，眉眼之间的额头上有两道深深的纵向纹路。多年的工作压力，使得他总是一副紧绷着脸、皱着眉头的表情。哈米德又一次皱起了眉头，对巴希尔和罗珊娜说道："你们从那个凯兹手中买到了参数表，虽然历经几个月的时间，费了不少事，也花了很多钱，但我还是觉得太快太容易了。"

"我们已经按照您的指示，专门组建了一个技术团队，研究和判断参数表的真伪。"巴希尔说道。

"技术团队的初步结论是该参数表结构复杂完整，即使是假的，也需要多学科专家有组织地统一编制。可以肯定这不是凯兹的个人行为。"罗珊娜补充道。

"简单来说，要么是凯兹给了我们真的参数表，要么是鼎天组织精心编制了一份假的误导我们。"

"你们回想一下在聊天过程中的每一个细节，看是否能从中找到一些破绽。"哈米德提醒道。

罗珊娜提到一个细节，铜墙导弹防御系统是个多学科的复杂工程，其中侦测"敌方"导弹发射和飞行轨迹是最重要的一环。侦测方法也是复合式的，包括热感应、雷达回波等多种技术手段。据了解，目前各国的军事雷达，无论是主动式的还是被动式的，都不能做到全频段收发，雷达参数的频段则根据天线等接收装置的能力设定。

技术团队认为，由于技术难度低，铜墙系统对于高频频段覆盖性较好。虽然旅芝国在长河国库斯塔地区建立了极低频长波接收天线，但其很难做到全频段低频侦测，很可能会将极低频的某几个频率设置为接收参数。

"你们问过凯兹极低频接收频率是多少，是吗？"哈米德问道。

"是的，罗珊娜问过了，凯兹的回答更有趣，暗示最重要的极低频接收频率是 3.4 赫兹。"巴希尔说道。

"是暗示，我问凯兹这个问题时，他说他的网名对应答案的四个数字的前三个已经告诉我们了。"罗珊娜耸耸肩，笑呵呵地解释道。

"前三个数字是 103 、307、9181，费马小定理中的指数项是 P-1 的形式，前三个数字的该形式对应 102、306 和 9180。102 乘以 306 除以 9180 等于 3.4。所以我问极低频频率是 3.4 赫兹？"

"凯兹确认了这个频率，我们在后来由他提供的完整参数表中也得到了印证。"巴希尔说道。

"看来，在现有的信息中兜圈子很难判定参数表的真伪。"哈米德沉思良久，抬头接着说道，"你们给凯兹再发信，要求他提供一个与参数表无关的，但非常重要和可验证的情报给我们。"

旅芝国首都，拉维港

沙姆隆二世领着勒夫来到地图桌前，地图上长河国库斯塔地区旅芝国的高音基地插了一面蓝白色的小旗，从小旗向东延伸的纸板箭头直指玉汗国首都高原城。勒夫心想，屏幕上不是有电子地图吗？但他没有表现出来，认真地听老派的老板指示。

"11月7日，皮尔斯执政官败选了，这位还有一个多月任期的执政官又给我们出了一道难题。"沙姆隆二世说道。

"皮尔斯执政官的亮国第一政策确实对我们旅芝国不够友好，可以预见到，平权党上台后，亮国和旅芝国之间的蜜月期又要开始了。他能给我们出什么难题？"勒夫问道。

"皮尔斯执政官在任期间，退出了平权党执政官签署的玉汗国飞米武器限制性协议，对我们来说还算是好事，不过他现在让我们干的事情会彻底激怒玉汗人，也会彻底得罪一个月多后即将就任的史密斯执政官。"沙姆隆接着说道，"皮尔斯执政官败选后，几乎第一时间就派外交部长到访我们旅芝国，随行的海外情报局提出愿意与我们共同合作，刺杀玉汗国首席飞米武器科学家和国防工业主要负责人苏赛·穆扎迪。"

"这是好事啊，我们刺杀他的计划已经制定好几年了，一直是亮国人拦着，不让我们干。如今，亮国大众党想给平权党制造麻烦，与我们无关。"勒夫说道。

"可是你有没有想过，一旦刺杀成功，玉汗人会疯狂地报复我们以及亮国在中东的军事设施，导弹和无人机可能会铺天盖地地朝拉维港袭来。更别说断绝了平权党执政官与玉汗国恢复谈判的可能性，新执政官会迁怒我们的。"沙姆隆二世说道。

勒夫似乎领会了老板的意思，但他还是疑惑地看了看行动地图，问道："玉汗人空袭拉维港，相当于与我们开战，就算他们不敢，我们也不一定要赌。那我们到底是干还是不干啊？"

"刺杀玉汗国如此重要的人物，确实有些过界了，从大局着想，我们不能这么干。但不管怎么说，这一个多月，皮尔斯执政官还是亮国执政官，海外情报局方面我们也要应付一下。"沙姆隆二世像是早想好了主意。

"刺杀行动需要亮国的卫星提供协助，整个过程亮国人会一清二楚，干就是干，不干就是不干，老板，您说怎么应付呀？"勒夫疑惑地看着沙姆隆二世。

"我说的应付是指和亮国人一起制定周密的刺杀计划，由鲁宾斯坦的前哨基地负责对高原城的渗透和实施，亮国人的卫星提供协助。"沙姆隆二世眯起了眼睛，表情令人费解，接着说，"我们周密组织，认真执行，但是事情总有意外，万一刺杀目标临时改变了行程，导致刺杀失败，就与我们无关了。"

勒夫听懂了，但又冒出了一个新的疑问："我们的行动是高度保密的，模拟演练了很多次，穆扎迪的日程和路线也早安排了可靠的线人，他怎么会突然改变行程呢？"

战情会议室的呼叫铃响了，值班军官报告凯兹有紧急情况求见。

"玉汗人还是不相信我提供的导弹防御系统参数表，他们要求我再提供一个重要的可验证的情报。"凯兹一脸为难地报告说，"这回我可要露馅儿了，我们总不至于为了一个假参数表给他们提供有价值的真情报吧？"

勒夫却如释重负，像中了彩票一样兴奋，又恍然大悟，看向沙姆隆二世，问道："您不会早猜到了玉汗人会对凯兹提出这个要求吧？让凯兹把刺杀计划提前透露给玉汗人，真是一举两得的高招。佩服，佩服！您太厉害了！"

沙姆隆二世以点头回应了勒夫的恭维，向走上前来的凯兹简要地介绍了刺杀行动计划。

"苏赛·穆扎迪是玉汗国的首席飞米武器科学家、国防部高官，刺杀他的行动属于我们的核心机密，你准确提供这个情报，可使玉汗人确信你就是个叛徒，从而相信参数表的真实性。"沙姆隆二世接着说，"但你还是要注意，不要把情报说得太直白，真正的叛徒为了保护自己，即使在暗网上，用词也会很隐晦。"

凯兹一下子接收到如此大的信息量，开始有些发蒙，但作为极为理性的职业特工，他马上意识到这个"计划的计划"中有一个漏洞，他问道："如果玉汗人提前从我这儿得到情报，我们从长河国前哨基地派去执行刺杀行动的特工不就有危险了吗？他们很可能就是我原来的同事。"

"咱们老板的江湖名号叫'暗杀大师'，我们旅芝国鼎天组织在这次刺杀行动中又将创造历史，在现场开枪的不是真人特工，而是远程操控的 AI 机枪！"勒夫得意地说道。

凯兹松了一口气，在暗网上给他的玉汗国朋友留言："你们最重要的那个教授 27 日下午最好别出门。"

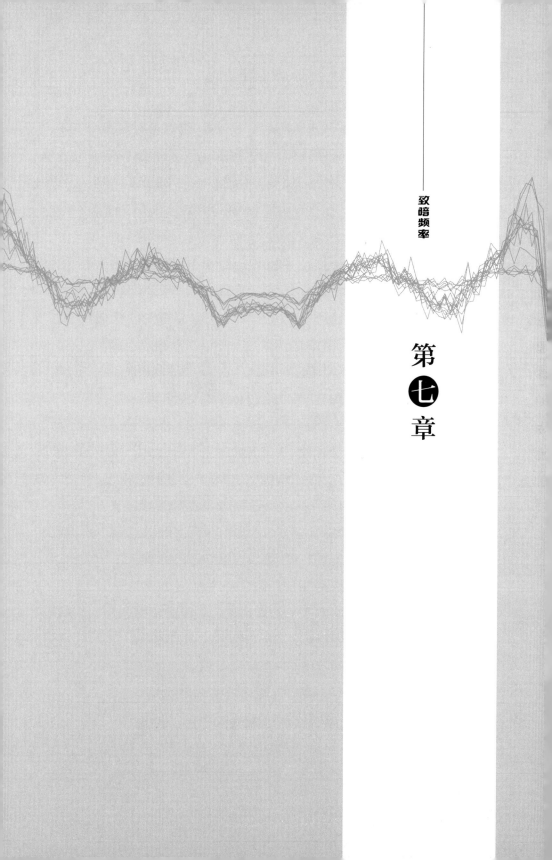

致暗频率

第七章

 **能 量 泡**

2039 年 2 月，亮国火箭城

大卫·哈尔西还是没能理出头绪，尽管布劳恩教授已经给他讲解了特斯拉的超光波理论和验证实验，他依然无法找到玉汗人所谓"小女孩儿"计划的线索。

但是在达芙妮·布劳恩绑架案中，玉汗人肆无忌惮地提供了与他们计划有关的多个信息。玉汗人得到过节拍器，似乎已掌握了特斯拉的理论，他们还暗示了木星合轩辕十四，这一重要天象即将在今年 4 月 5 日再次出现。还有一个多月，时间太紧了，不用什么直觉，大卫确信玉汗人不是开玩笑。亮国海军在足凹海的演习和打捞行动开始于 2026 年，在此之前，玉汗人就将节拍器捞走了，处心积虑十几年，再把它放在绑架现场，这不可能只是一个恶作剧。

大卫又一次约见了布劳恩教授，不抱什么希望地问道："有传言说，特斯拉当年除了提交《引力的动态原理》论文之外，还提出了一种武器方案。是吗？"

"特斯拉的武器方案只是一些概念图纸，其核心是利用高速旋转的磁场将大量的能量汇于一点。特斯拉甚至宣称高速磁场能改变引力的方向。"布劳恩教授摇着头，接着说，"这些所谓的武器无非是球形闪电、电磁炮、激光武器等，这类武器我们早就有了，玉汗人应该不会使用它们攻击亮国吧。"

"完全同意您的说法，这也是我苦恼的地方，玉汗人肯定会攻击我们，但又不能使用前面说的任何一种武器，因为它们在本质上与导弹没有差别。"大卫也摇着头，接着说，"只要玉汗人攻击亮国，无论使用何种武器，就等于跟我们宣战，对他们没有任何好处。"

"其实玉汗人已经明确告知我们，他们即将采取的行动很可能与超光波有关。而超光波如何直接武器化，确实需要深入研究。"布劳恩教授说道。

大卫·哈尔西频频点头，等着教授的进一步讲解。布劳恩教授从电脑中找到了一篇论文，论文的核心内容是太阳系卫星的带状分布规律。该论文以太阳半径为标准单位尺度，经计算，地球、火星、木星、土星、天王星和海王星6颗行星的269颗卫星，虽然源自6个不同的引力场，但按照统一的太阳半径标准单位，卫星各自的半长轴、半径等参数具有着带状分布的规律性。太阳半径这一标准尺度似乎决定着卫星的相关参数。

科学家发现，太阳系同时发生着两个可被数学描述的物理事件。

一、太阳的质量形成了太阳系引力场，行星在不同的轨道上环绕太阳运动，指向太阳的加速度随距离的平方递减。

二、太阳的能量（总光度）照耀着整个太阳系，形成了一个近似黑体的辐射场。单位面积辐射强度随距离的平方递减。

引力场属于力学范畴，辐射场属于光学、热力学范畴，按现有理论框架，这两个事件毫无关联。但有意思的是，引力场和辐射场都是随距离平方递减的。行星距日距离的平方乘以向心加速度可得到关于太阳质量的常量，即 $r^2 a = GM_\odot$；行星距日距离的平方乘以它接收到的辐射强度（太阳常数）可得到关于太阳光度的常量，即 $r^2 E = L_\odot/4\pi$。同一个太阳引力场或辐射场中，太阳的质量和光度都是常量，所以很容易得到加速度与辐射强度的线性关系 $a = 4\pi G \frac{M_\odot}{L_\odot} E = kE$。

物体所受到的引力等于它的质量乘以加速度，竟然也可以表示为质量乘以辐射强度再乘以一个常量，借用阿基米德描述水的浮力时的一句话，可以这样表述——物体所受到的引力取决于它排开能量的强度！

这就是特斯拉的《引力的动态原理》的核心观点，现有理论对于特斯拉的这种说法当然不认同。无论是经典的万有引力定律还是广义相对论中的引力场均认为，引力是由质量引起的，与能量辐射事件无关。

"特斯拉的引力原理着实吓了我一跳，但在验证了超光波之后，我又换了一个角度思考。"布劳恩教授自言自语地说着，"太阳系以太阳为中心，外围有行星、彗星和气体晕。那整个太阳系的大小是由质量引力决定的，还是由能量辐射决定的呢？"

现有理论认为，太阳系的大小取决于太阳的质量引力，引力的力程是无穷远的，只要没有其他临近恒星的干扰，太阳引力可以使太阳系的边界非常远。另一个因素是太阳周围直至净空中的物体总量，总量的多少有一定的规律性，但总体上是个偶然事件，换句话说，恒星系的大小没有必然的确定性边界。

但太阳的黑体辐射事件是有确定性边界的！太阳近似一个黑体，以太阳中心到任意距离为半径都可以画出一个光球。这个虚拟光球表面的总光度总是等于太阳总光度，光球表面的能量强度随距离平方递减，如果真空中的能量强度为零，那么太阳的光球半径也可以无穷远。

然而，观测证据表明，真空中的能量强度不是零，而是充斥着均匀的背景辐射，换算成黑体辐射的温度是 2.725 开尔文（约为零下 270 摄氏度）。所以，太阳辐射强度随距离递减到该温度所代表的辐射强度 E_{min} 时，对应的距离就是太阳有效辐射场的边界，即 $r_{max}^2 E_{min} = L_\odot/4\pi$。考虑彗星等非正圆轨道（偏心率 $e \neq 0$）有 $r_{max} = \pi^e \sqrt{\frac{L_\odot}{4\pi E_{min}}}$，取 $e=1$，解得太阳辐射最大有效距离约为 65530 天文单位，约为 1 光年，即直径约为 2 光年。与目前对于太阳系外层奥尔特云的观测一致。

也就是说太阳系引力场的边界与本来应该毫无关系的太阳辐射场边界完全一致。更形象地，太阳系外围的净空温度为 2.725 开尔文，就像能量海洋的"海平面"高度。

太阳辐射强度，中心高，外围低，有效辐射强度都高于"海平面"，就像倒扣在"海平面"上的一个大"能量泡"。该"能量泡"的边界就在与海平面的交接处。"海平面"的背景温度数值是已知的，"能量泡"的大小是可以精确计算的！

因为银河系的总光度也是已知的，除辐射强度递减到背景辐射强度的距离以外的所有参数都是已知的常量，所以，使用同样的公式可算得，银河系辐射温度递减到 2.725 开尔文时，对应的边界半径是约 5.5 万光年，直径为约 11 万光年，与观测相符。仙女座星系（M31）计算直径为约 13.6 万光年；室女座 A 星系（M87）计算直径约 15.6 万光年，均与观测相符。

于是有引力场边界定律：$r_{max} = \pi^e \sqrt{\frac{L}{4\pi E_{min}}}$

"教授，我都快睡着了，能量泡的比喻我倒是听懂了，您能不能把引力场边界定律讲得再通俗一些？"大卫说道。

"那我就把上面的数学公式用语言翻译一下，任何一个质量体都可以被描述成一个能量体，其引力场的大小，也可以说是它的影响力的大小与它占用的空间是什么关系呢？"

布劳恩教授自信地看着大卫，他相信用语言表达的引力场边界定律，大卫一定会认同，也一定能感受到这个定律的优美。

布劳恩教授大声地说道："无论你大如太阳、银河系，还是你小到原子、质子，抑或你是一个人，你都会遵循引力场边界定律：你有多大能量，你就有多大空间！"

02 AI 机枪

2032 年 11 月，玉汗国首都，高原城

刺杀苏赛·穆扎迪的行动计划早在两年前，就由沙姆隆二世和鲁宾斯坦共同制定了。由于玉汗国高原城附近空域防护严密，使用导弹或者自杀式无人机成功的可能性不大。

派出地面小组从长河国边境潜入玉汗国，用枪弹完成刺杀，看似冒险，但如果目标活动规律和路线情报准确，反而很可能奇袭成功。问题是执行现场射杀的特工，生还几率很小，在行动过程中，又容易被发现，增加失败的风险。

鲁宾斯坦提出了一个更大胆的计划，远程操控 AI 机枪完成刺杀。执行任务的特工提前安放好技术装备后，从容撤离，待目标出现后，通过卫星传送的数据和现场载具中的 AI 算法机枪开枪射击。

苏赛·穆扎迪主持玉汗国的国防工业和飞米武器研究，工作繁重而庞杂，他几乎没有假期。即使是重要节日，穆扎迪也很少休息。一年中难得有几天可以放下工作的时候，他总是和太太贝亚·穆扎迪回到高原城西南郊的小院里，身边的安保和工作人员将小院戏称为"别墅"。

让苏赛最不自在的是，他每次出门，安保部门如临大敌，要求他必须乘坐防弹车，还要前呼后拥地组成一个车队，目的地和行动路线上的每一个可疑目标都会预先查看。

11 月 27 日，对穆扎迪夫妇来说是个重要的日子，7 年前，他们的大儿子布尔汗为了打捞节拍器而牺牲了。遗体运回后，就是当年的这一天下葬的，所以 27 日是布尔汗的安息日。贝亚·穆扎迪因为无法参加儿子的葬礼，甚至每逢安息日也不能去墓地祭奠，他时常在背地里抹眼泪。

苏赛理解妻子的心情，按照风俗，第 7 个安息日是一定要祭扫的。但夫妻俩还是不能去墓地！苏赛决定放下工作，陪妻子去别墅。

哈米德匆匆来到苏赛的办公室，关上门，回身问道："我在安保出勤计划表里看到您和贝亚明天下午要去别墅，是吗？"哈米德得到肯定回答后，接着说，"那个旅芝国鼎天组织的凯兹给我们提供了一个情报，27 日也就是明天下午会刺杀我们的一个重要人物，经分析，指的是您。"

苏赛·穆扎迪抬起头平静地盯着哈米德，又低头看了一下哈米德递过来的情报原文，说道："最重要的教授应该是我，没错。你没有惊动安保部门吧？"

"没有，但我安排了可靠的人，已经对您经常走的行车路线展开了秘密搜索，发现了伪装很好的无人载具和机枪。我什么都没做，先向您来报告。"哈米德说道。

"我每次的行车路线是先上高速公路，然后从 7 号出口离开去别墅。他们是把机枪放置在下高速的小路上吧？"苏赛问道。哈米德点头支持了苏赛的判断，他打开电子地图，在小路上找到机枪的位置，指给苏赛看。

苏赛思考了一下，说："通往别墅还可以走这条从南边过来的小路，但要绕一下从 8 号出口下高速。你检查这条小路了吗？"

"检查了，这条小路上也布置了机枪，虽然您从来没有绕远走过这条路。看来旅芝人是想万无一失。"哈米德耸耸肩，摊开双手，说道，"他们设再多的机枪也没用，反正您明天不会去别墅。我现在要想的是怎么编一个合理的理由，使鼎天组织不会怀疑他们有内鬼。"

"我明天不会去别墅？"

苏赛·穆扎迪拖着长音，问哈米德，又一次长时间盯着哈米德的眼睛。

哈米德突然有一种不好的预感，他回了回神，不敢顺着这个念头想下去。苏赛·穆扎迪站起身走到办公室中央的地毯上，若有所思地缓慢绕圈踱步。哈米德也站起来，有些手足无措地站在侧面看着他。

苏赛·穆扎迪似乎是下了决心，他快步地走回办公桌坐下，从抽屉里取出两个空白的信封，拉开打印机的存纸盒，取出两张白纸，像是写了两封信。苏赛将两个信封分别合上，并未封口，交给了哈米德。

"您不能这么做，您的生命不只属于您自己，没有您，我们的飞米武器工业发展至少要停滞十年。"哈米德接过信封，不由自主地提高了音量，大声说道。

"你觉得我的儿子布尔汗死得值吗？'小女孩儿'计划成败的关键是什么？"苏赛也提高了声量，对哈米德喊道。

"您一直告诫我们，'小女孩儿'计划成败的关键有两个：一是我们用亮国人秘而不宣的特斯拉超光波教训亮国；二是我们向全世界证明玉汗国没有能力发展飞米武器，使亮国和欧洲失去制裁我们的理由。"哈米德一边回答，一边使劲地摇着头，接着说，"布尔汗的牺牲，我很难过，但那毕竟是意外。我不能眼看着您明知道会死，还要走上那条路啊！"

"我的死以及你们精心布局的山洞计划，都是玉汗国在客观上没有能力发展飞米武器的最好证明。否则，即使精炼重金属和设备没了，我这个重要研究力量还在，亮国人会说我们可以拥有新的原料设备，而我则可以继续领导研究。"苏赛又冷静地分析道，"还有一个好处，我毕竟是重要人物，他们如此卑劣地刺杀我，会被世界多数国家谴责。'小女孩儿'计划实施后，在取消对我们制裁的谈判中，玉汗国会获得更多的同情和支持。"

哈米德无言以对。苏赛用命令的口吻对哈米德严肃地说道："让你的人和安保人员一起检查行车路线，别让安保人员发现机枪。走 8 号出口，你负责善后，与旅芝人周旋，我负责保证贝亚的安全。"

11 月 27 日下午，三辆防弹车组成的车队沿高速公路向别墅驶去，苏赛·穆扎迪夫妇坐在中间那辆车的后排。车队从 8 号出口下高速，右转掉头向北，没人注意到隐藏在路标指示牌下方的一个微型摄像头，趁着车辆减速，正在对每一位乘客进行人脸识别。

车队拐上小路，前面的开路车按惯例加速，脱离车队，先行驶向别墅，对其周围进行最后的安全检查。在不远的这段路程中，苏赛夫妇的座驾开在最前面。

"啪"的一声，车的防弹挡风玻璃被一个快速物体击中，形成了一个小小的白点。司机下意识地停下车，苏赛伸出有力的臂膀揽过贝亚的身体，深情地亲吻了她一下，叮嘱道："你千万不要下车。"

苏赛·穆扎迪和警卫几乎同时打开了各自的车门，走到车外查看。苏赛一下车，就尽可能地向汽车的尾部快速走去，使自己的身体背对着贝亚，尽可能地躲在她的视线盲区。

150 米外，隐藏在一辆破旧的小货车上的 AI 机枪，"嗒嗒嗒"地射过来 15 发子弹，有 3 颗击中了苏赛·穆扎迪的后背。

下雪了，雪花随着微风满天飞舞，哈米德和罗珊娜站在户外的长廊里。罗珊娜红肿着眼睛不停地抽泣，哈米德微抬着头，像是在天空的雪花中寻找着什么。

"怎么会这样？不是把情报给您了吗？变换路线有用吗？不去别墅不就行了吗？"罗珊娜痛苦地抱怨着她的老馕爸。

哈米德轻轻地拍了拍罗珊娜的肩膀，说道："他临走前，命令我，从这一刻起，'小女孩儿'计划进入实施阶段，由你和巴希尔具体执行。你将比巴希尔肩负更重要的使命，你现在可以哭，但执行计划的时候，要像布尔汗和他的父亲一样勇敢。"

罗珊娜震惊地睁大眼睛，但瞬间就明白了，不禁又一次泪流满面，扑到了哈米德怀里。

哈米德轻轻抚摸着女孩儿的头巾，说道："巴希尔的爸爸早就把你当成他的儿媳妇了，他对你寄予了很高的希望，他还说，你是我们玉汗国的阿纳希塔女神！有些话在行动前不能告诉巴希尔，他太容易冲动，你明白吗？"

哈米德拿出了两个信封，递给罗珊娜，说道："这是他留给你们俩的信，巴希尔的这封，你先看一下，由我暂时保管，完成任务后再给他。"

两封信都没写收信人，也没有一句写给收信人的话，只是两首诗。从诗的内容可以分辨出，给巴希尔的是一首诗：

我驰骋在想象的天地，
编织如此多的魔术游戏。
成熟长大的人啊，有朝一日，
定能领会这深藏心底的秘密。

苏赛·穆扎迪提到的阿纳希塔是古波神话中掌管江河的女神，阿纳希塔冷静、智慧而又坚强。《阿邦·耶什特》诗集是专门赞美她的，给罗珊娜的诗就是其中的一首：

阿纳希塔头戴八角形金冠，
精制的扣环凸出在顶端，
巨大如船的彩车上系着的条条丝带，
释放的光芒穿过瞬间的黑暗。

03 相乘的意义

2039年2月，亮国火箭城

布劳恩教授比大卫·哈尔西年长10多岁，但在情报分析方面，显然大卫经验更丰富。4月5日，危机日益临近，除了玉汗人示威性的暗示，几乎没有其他线索了，整个调查工作陷入了僵局。

大卫反而没有那么急迫了，多年的经验告诉他，时间越临近，更多的新线索会自己冒出来，而他现在能做的是再次梳理可能遗漏的信息。他和布劳恩教授一页一页地仔细查看着绑架事件的档案，两人不约而同地停在了节拍器的放大照片上。

"我觉得节拍器上的5个刻度对应的频率是问题的关键，您能再给我讲讲吗？"大卫凝视着那5个刻度，分别是：30、60、240、245、470。

"大卫，我也替你着急，你关心这几个频率中的什么问题呢？"布劳恩教授不无忧虑地问道。

"之前您告诉我，特斯拉计算出的超光波波长是170360公里，他是怎么算出来的？是否使用了这些频率？"大卫问道。

布劳恩教授点头表示肯定。

　　自然界中的所有物体，大到太阳，小到糖豆，甚至是人体本身，每时每刻都在以电磁波的形式向外辐射能量。从频率和波长的角度描述辐射，任何自然物体的辐射，波长范围从 0 到无穷，相应地，频率范围也从 0 到无穷，专业名词叫全波段和全频段。但由于物体表面温度不同，其全波段和全频段辐射中，有一个峰值频率和一个峰值波长。

　　使用峰值频率和峰值波长更便于描述和指代一个辐射事件。物理学家威廉·维恩在研究黑体辐射问题时，通过实验发现峰值频率和峰值波长都与黑体表面温度有关，他给出的公式就是著名的维恩位移定律。

　　峰值波长与黑体表面温度的乘积是一个常量，即 $\lambda_{max} T=b=0.00289777$ m·K。该定律也可以表示为频率形式，即 $f_{max}/T=5.879 \times 10^{10}$ Hz·K^{-1}。

　　对于同一个黑体，按照维恩位移定律，计算出的峰值频率和峰值波长，不能直接相乘，其乘积不遵循波长乘以频率等于光速的公式，因为它们不属于同一个波。

　　尼古拉·特斯拉在思考超光波的波长时，估计的上限是已观测到的最小恒星直径，约为 18 万千米，下限大于木星直径，即约 14.5 万千米，但确切的数值到底是多少呢？

　　到 1936 年，也就是特斯拉写出相关论文的那一年，物理学家们对电磁波的研究已经非常深入了。但特斯拉认为我们对超光波的性质还一无所知，超光波本身是全频段辐射还是像背景辐射一样，只有一个单一的频率呢？它入射恒星时，会不会有反射，该反射的频率除了 10 的 16 次方赫兹以上量级的频率之外，有没有可能使物体自身的电磁波辐射，响应超光波的单位波长而产生一个极低频辐射呢？

　　有记录表明，特斯拉对极低频表现出很大的兴趣，他曾经在霓都的一间咖啡馆的泥地面上，挖了一个 1 米深的泥坑，用一个他自制的铁棒状极低频发射器向地下发射极低频波。特斯拉身边的记者见证并记录了这个实验，实验导致霓都产生了 3 级以上地震！

维恩位移定律本来是个经验公式，后来普朗克引入光粒子假设，提出并证明了普朗克黑体辐射定律。因维恩位移定律是普朗克定律的一个特例，也就同时被证明了。普朗克假设，光具有粒子性，每个光子的能量都相同，被定义为 h，称为普朗克常量。

特斯拉思考，普朗克常量为什么是常量，光子中的能量是哪来的，这成了现代物理学不能深问的问题。而恰恰是以这个假设和实际测量的结果验证了维恩位移定律的两个相应常量，这两个常量为什么不能相乘？相乘的物理意义是什么？它们的乘积当然也是个常量，整个逻辑的起点是否与超光波的波长有关呢？

于是特斯拉突破常规，硬是将维恩位移定律这两个常数相乘了。即 5.879×10^{10} Hz · K^{-1} × 0.00289777 m · K=170360 km · Hz。

如果超光波具有这样一个性质，即它在入射恒星时，一个完整波长会对应恒星除全频段辐射电磁波之外，还对应着一个 1 赫兹频率的电磁辐射，则超光波的波长为 170360 公里。

在一篇研究行星卫星跨系共振的天文学论文中提到，不知道是什么力量决定的，太阳系中已发现的 269 颗卫星的半长轴呈带状分布，中间"位置最好"的一段距离被直径前十大卫星占据了。

既然大卫星会占据"好位置"，那太阳系中质量和直径最大的卫星是木卫三，它的半长轴是 1070400 公里，它会不会占据"最好位置"呢？如果木卫三稳定轨道的"最优"距离不是偶然的，而是超光波决定的，那么木卫三的半长轴是否可能正好等于以超光波波长为半径的圆周长，即 1070400 km/2π=170359.5 km。以此算出的超光波波长竟然也是 170360 公里。

更为巧合的是，任何一束光，在真空中的速度是 299792458 米，这束光的波长比上射出它的峰值波长，乘以对应的频率比上峰值频率，即光速除以 170360km·Hz 是一个常数，等于 1.7597585。

木卫四的轨道基数等于 1，是太阳系卫星的最重要分界线，它的半长轴也与超光波波长有关。木卫四的半长轴为 1882700 公里，是与 2π 倍的超光波波长 170360 公里相吻合的木卫三的半长轴的 1.758875 倍，与 1.759758 的比值是 0.9995。

按照超光波理论，可以说，超光波的波长决定了木卫三的半长轴，木卫三的半长轴又决定了木卫四的轨道位置，太阳系卫星分布的不可思议的对称性，难道不是巧合，而是由超光波决定的？

大卫又一次听得云里雾里，问道："教授，您前面说的这些与节拍器的刻度有什么关系啊？"

布劳恩教授示意大卫别着急，继续介绍超光波波长与节拍器刻度对应频率的关系。

特斯拉研究地球共振频率问题比同行至少早几十年，如果存在超光波，它在绕射地球时，对地球的撞击，会与地球上各种物体的电磁辐射产生谐振。

多重谐振会导致一个与光速除以地球周长相关的共振频率。光速除以地球的周长（约 4 万公里），得到的共振频率应该是 7.5 赫兹，但是实际测出的共振频率是 7.83 赫兹，对应节拍器中的 470BPM。

特斯拉认为地球实测出的共振频率是超光波撞击地球和入射太阳各自谐振产生的共振。地球的谐振是 7.5 赫兹，若太阳有一个 8.166 赫兹的谐振，取平均值，其形成的共振就是实测到的地球共振，7.83 赫兹。

如果超光波入射太阳时，确实存在一个性质，即每一单位波长对应一单位赫兹频率，则太阳直径约 139.14 万公里除以 8.166 赫兹，就得到超光波的单位波长 170340 公里。该算法与维恩位移定律算法的结果非常接近，所以特斯拉得出结论：超光波的波长约为 170360 公里。

按太阳直径计算的 8.166 赫兹在地球上被接收时，会被 7.83 赫兹的地球共振干扰。按太阳半径计算则频率为 4.083 赫兹，可以不被干扰地接收到。每秒 4.083 次，每分钟 245 次，也就是 245BPM。

"根据 245BPM 和 470BPM 竟然能够计算出超光波的波长，特斯拉难道是外星人吗？"大卫赞叹道。

"特斯拉计算超光波入射太阳时使用太阳直径，绕射地球时使用地球周长，半周长是半径的 π 倍，直径是半径的 2 倍，由此有 π-2 这个数值关系。"教授接着说，"太阳系最大卫星木卫三的半长轴是 2π 倍的超光波波长，太阳系第二大卫星土卫六的半长轴是 1221967 公里，是木卫三半长轴的 1.141598 倍。π-2 与该倍数的比值是 0.999995。"

"哇！太阳系半径最大的三颗卫星，木卫三、土卫六和木卫四的半长轴都能用 π、光速和超光波波长表示？"大卫震惊于这个不可思议的现象，毕竟木卫三和土卫六分属不同的引力场呀！难道所有太阳系的卫星是一个整体，受统一的超光波影响形成跨系共振？

"现在就剩下 30BPM 和 60BPM 对应的两个频率了。"大卫接着说。

"我已经有了一个思路，但现在还不敢完全确定。"布劳恩教授说道，"30 和 60BPM 对应的是 0.5 赫兹和 1 赫兹两个频率，按照特斯拉的猜想，超光波的一个完整波长使太阳发出对应的 1 赫兹频率的辐射，一个完整波长中的波峰部分还会对应 0.5 赫兹的频率。"

大卫问道："特斯拉特别标注 0.5 赫兹和 1 赫兹，还会有什么其他的特殊含义吗？"

教授抬起头，食指轻轻敲击自己的上唇，若有所思地说："这两个频率和超光波的联系也就这么多了，至少目前我看不出它们对玉汗人的计划有什么用处。"

04 指挥家

2033年6月，玉汗国首都，高原城

今天一大早，哈米德叫来了巴希尔和罗珊娜，他说："巴希尔，还记得你父亲交给我们的任务吗？今年6月以后，让我们找个理由，炸掉旅芝国堵在我们家门口的长波收发台。"

"我怎么敢忘，那个基地的负责人鲁宾斯坦就是暗杀我父亲的指挥者，我请求用无人机把他们炸个稀巴烂。"巴希尔愤愤地说道。

"旅芝人会认为我们的目的是炸死他们的人，报复刺杀事件，不会怀疑我们真正的目的是炸毁长波台。"罗珊娜补充说。

哈米德明确了行动时间，巴希尔领受任务，涨红着脸，疾步出门去联系空军无人机。哈米德把罗珊娜留下来，问道："你刚才说炸长波台比炸人重要，那你认为炸死几个仇人和确认铜墙参数表真伪哪个更重要？"

罗珊娜马上就明白了老馕爸的意图。问道："您还是怀疑凯兹有诈，给我们的参数表是假的？上次他可是准确提供了刺杀的情报呀。"

哈米德笑了笑，说："你们说服他太快也太容易了，即使他提供了

刺杀的情报，但旅芝国鼎天组织还是非常狡猾的。你再试探他一次，如果他是假的，这次一定会暴露。"

"我明白，据情报凯兹是鲁宾斯坦夫妇最得意的学生，如果他是假的，他不可能眼睁睁看着我们把他的老师和师母炸死！"罗珊娜说着，打开了电脑，通过暗网给凯兹发信息："感谢您上次的提醒，虽然您没帮上忙，但好在指挥家明天晚上也要谢幕了。"

6月24日，旅芝国首都，拉维港

凯兹冲进了沙姆隆二世的办公室，急切地说道："您看看这个，我怀疑指挥家暗示的是指挥刺杀行动的鲁宾斯坦？"

沙姆隆二世看完留言，叹了口气，说："不用怀疑，不只是因为鲁宾斯坦指挥了刺杀行动，他在我们几个老家伙中的外号就是指挥家！玉汗人怎么什么都知道？"

"那立即通知他们撤离呀！我的身份就算会被怀疑，那又怎样呢？我们不能放任玉汗人把基地的人员都炸死呀！"凯兹忍不住激动起来。

沙姆隆二世理解情绪激动的凯兹，缓缓地说道："不管有什么巧合的理由，只要鲁宾斯坦夫妇离开了基地，多疑的玉汗人就会判定你是假的。"沙姆隆二世制止了还要争辩的凯兹，接着说，"我能答应你的，就是我不做决定，我们让信使带信给鲁宾斯坦，由他自己决定吧。"

6月25日，长河国库斯塔地区

梅尔·鲁宾斯坦与沙姆隆二世之间的密信，密码本由娜塔莉·鲁宾斯坦掌管并亲译。娜塔莉译出的原文内容是："玉汗人故意告诉凯兹，他们将在6月25日晚，清除指挥家。"

娜塔莉一惊，说道："梅尔，指挥家是指你吧，玉汗人今晚会袭击我们的基地？"

梅尔·鲁宾斯坦肯定地点点头，说道："我们的基地让玉汗人如芒在背，他们炸毁基地的同时，也能顺便除掉我这个刺杀行动的指挥者。"

"那玉汗人为什么要告诉凯兹呢？"娜塔莉脱口而出，又马上明白了，接着说，"他们一定认为探明防御系统参数表的真伪比杀死你我更重要！这是在测试凯兹，这招好狠毒哇。"

"干情报的人从来不相信巧合，无论是我刚好有事返回拉维港，还是我突发奇想外出欣赏风景，只要我没死，玉汗人就再也不会相信凯兹了。"梅尔说着，把娜塔莉拉到自己的怀里，低吟道，"沙姆隆派来的信使还在等回信，你跟他一起回拉维港吧。"

娜塔莉明白了丈夫的意思，但还是希望自己理解错了，她问道："那你呢？跟我一起回拉维港吧？"

梅尔没有说话，右手轻轻抚摸着娜塔莉的头发。

娜塔莉知道，凯兹的这次卧底行动是鼎天组织最成功的一次，玉汗人若相信参数表是真的，用错误的参数攻击旅芝国，防御系统必能成功拦截，从而挽救成千上万旅芝人的生命。即便如此，娜塔莉还是做着最后的努力，她从梅尔的怀里挣脱出来，哀求似地说道："即使玉汗人知道了参数表是假的，我们可以再找机会呀，我不能看着你死！"

梅尔·鲁宾斯坦走到房间的一角，打开了保险柜，取出一个薄薄的本子，他双手捧着递给妻子，说道："亲爱的，我们的纪律是不能写日记的，我写的只是一些诗句，都是关于你和咱们儿子的。我是用只有咱们俩能看懂的密码写的，现在是交给你的时候了。"

娜塔莉接过本子，对丈夫说："请信使带给沙姆隆二世吧，请他在合适的时候转给咱们的儿子。"

梅尔坚决地说:"只能给你看,永远也别让儿子看到。咱们不是说好了吗?让我们的儿子远离我们的这种生活。别让儿子知道他的父母经历过什么,答应我,好吗?"

"好的,亲爱的,我们对儿子最大的爱就是不再打扰他。"

娜塔莉·鲁宾斯坦一手攥着本子,另一只手从烟盒里抽出一支烟,递给梅尔,又拿打火机亲手为他点烟。娜塔莉把日记本快速地翻看一遍,像是都读懂了似的。突然,娜塔莉用打火机把本子点燃了,小心地放在烟灰缸里。

娜塔莉眼中闪着泪花,说道:"亲爱的梅尔,你写给我的话,不用看,我都知道!能永远和你在一起真好,你知道吗?我是这个世界上最幸福的女人!"

梅尔一怔,瞬间明白了妻子的决定,也感受到了妻子的决绝。他伸手去抱妻子,娜塔莉迎上来,与丈夫拥吻在一起。她抽出身体,温柔地推开丈夫,走向厨房,平静地说:"今天的晚餐,我亲自给你做。"

梅尔从他的老式唱片机旁边的盒子里,取出了一张黑胶碟片。这张黑胶是他多年前特意请人灌制的,不知听了多少遍。碟片中只有两首曲子,一首是歌剧《茶花女》中的咏叹调——《普罗旺斯的陆地和海洋》,另一首是肖斯塔科维奇的《F大调第二圆舞曲》。

梅尔·鲁宾斯坦找来一个大号文件袋,小心翼翼地把黑胶碟片封好,将文件袋交给等候在门外的沙姆隆派来的信使。

娜塔莉今晚做的是梅尔百吃不厌的萨奇,这是一种家常而又美味的旅芝国餐食,可以当作主食和正餐食用。在面饼里塞满炸茄子和切成薄片的煮鸡蛋,在馅料上面抹一层沙拉酱,而真正的灵魂是软糯咸香的鹰嘴豆泥。

娜塔莉像是一个真正的旅芝主妇一样,戴着背带式的围裙,把萨奇端上餐桌，呼唤梅尔吃饭。娜塔莉看着丈夫吃下第一口萨奇，满怀歉意地说道："真抱歉，你最喜欢的鹰嘴豆泥就剩这么一点了，味道可能没那么浓郁。"

娜塔莉说着，忍着，泪水还是不自觉地流了下来。梅尔心疼地看着妻子，又吃了一大口，有意岔开了话题，说道："你知道我的外号为什么叫指挥家吗？因为我爷爷的爷爷是一位著名的钢琴演奏家，他曾以指挥家身份，成功演绎了柴可夫斯基的那首旷世名曲——《降 b 小调第一钢琴协奏曲》。"

说着，鲁宾斯坦打开唱机，播放那首著名的协奏曲。突然，值班雷达电子屏发出嗡鸣声，提示 3.4 赫兹的强烈干扰。

"看，快看！玉汗人上当了！，他们在攻击我们的时候，先按照凯兹给的假参数 3.4 赫兹发出干扰信号。要是将来他们袭击拉维港时也这样做，就会毫无用处，因为真正的防御系统是全频段覆盖的，只干扰 3.4 赫兹是没用的。"梅尔欣慰地说道。

"是，我们成功了！梅尔，来抱紧我，他们的无人机也应该快到了。"娜塔莉说着，走向了丈夫。梅尔揽过妻子，一只手打开了唱机旁的公放开关。整个基地的户外警报系统奏响着铿锵有力的钢琴声。

梅尔双手搭在娜塔莉的肩头，他小心地将妻子的围裙摘下来，叠好，放在一边。梅尔深深地吻着妻子，在她耳边说："沙姆隆会把唱片交给咱们的儿子，放心吧！"

三架自杀式无人机从东北方向俯冲而来，长波收发台被炸毁，鲁宾斯坦夫妇以及一名值班员被当场炸死。而基地的其他人员误把钢琴曲当作警报，只有几个轻伤，全部幸免于难。

拉维港，沙姆隆二世播放着唱片，一旁的凯兹难以抑制地咬着牙，问道："我的老师留下遗言了吗？"

　　"这就是指挥家鲁宾斯坦的遗言！"沙姆隆二世用手指着唱机，说道，"1957年，肖斯塔科维奇写下这首曲子，送给刚从音乐学院毕业的儿子。后世评论家说《F大调第二圆舞曲》，是一个父亲写给儿子的信！"

05 太空拖船

2039年2月，亮国火箭城

达芙妮·布劳恩今年27岁，金发碧眼，身材高挑，在金盛州理工大学攻读她的第二个博士学位，专业是天文学和天体物理学。绑架事件已经过去一个多星期了，达芙妮一直在家中休养，今天是周末，达芙妮的父亲布劳恩教授邀请大卫·哈尔西到家中做客。

为了感谢大卫叔叔提供的帮助，达芙妮亲手准备了丰富的烧烤大餐。三人在院中落座，布劳恩教授和大卫都少见地穿着宽松的圆领衫，不时地站起来翻动烤炉上的腌牛排和猪肉香肠。

冰啤酒是不可少的，虽不算是开怀畅饮，三人也是喝得尽兴。达芙妮仿佛完全抹去了令人恐惧的记忆，身心都回到了她熟悉的美好世界。

"达芙妮，看到你现在的样子，我真的很欣慰。"大卫举起啤酒罐，示意与达芙妮干杯，喝了一大口之后，接着问，"我听你父亲说，你又读了一个天文学博士，毕业了吗？"

"是天文学博士，还没毕业，正在写博士论文，论文方向是我父亲建议的。"达芙妮也喝了一口啤酒，礼貌地回答，接着说，"我的博士论文题目是《太空工业化的发展和规则》。"

　　大卫对天文学有一定的知识储备，也很了解金盛州理工大学和亮国航天局的紧密合作关系。不过，对"太空工业化"这个名词，是第一次听说。大卫对这个新名词很有兴趣。布劳恩教授注意到了大卫的关注，帮达芙妮给大卫做了介绍。

　　"太空工业化"确实是个新名词，也是个新领域。随着人类科技取得的巨大飞跃，在太空中就地取材，进行工业化生产和建造，已经不再是梦想。目前，卫星、飞船等人造设施都是在地面制造组装的，这些人造物体受制于发射火箭的载荷。如果要建造空间站或者月球基地等大型设施，就要分多次发射火箭运载，成本极为高昂。

　　太空工业化的前景很美好，但困难也非常多。首要的困难就是如何在太空中得到大量的水。有了水，就能分解出氢气，从而获得充足的燃料，还能分解出氧气，保证人员可长时间驻留，所以科学家们把水称为"太空工业的石油"。

　　在太空中取水，有两个办法：一个办法是在月球、火星甚至是木星的卫星建立基地，将探明的冰液化，并收集起来；另一个办法是发射一个特殊的太空飞船，捕获含冰量高的近地小行星，进行取水，这类飞船的学术名称叫"轨道机动飞行器"，俗称"太空拖船"。

　　捕获小行星取水，目前主要应用于组成成分等纯理论研究，若将小行星中的水取出后，拖送到指定的空间站或工作平台，则需要太空拖船具有更出色的机动性能。如果真的能实现，那太空拖船就成了名副其实的"太空油轮"。

　　"太空拖船？这个有意思，亮国航天局有这方面的计划吗？"大卫·哈尔西问道。

　　"亮国航天局早就有这方面的计划了，我现在就参与其中，博士毕业后，如果有幸正式加入项目组，那可就太好了。"达芙妮·布劳恩一边回答，一边露出憧憬和兴奋的表情，接着说，"不过，即使我有幸参与了太空拖船的发射，遗憾的是亮国并不是第一个发射这种飞船的国家。"

大卫急切地问道："亮国不是第一个？别的国家会抢先发射太空拖船吗？"

达芙妮呵呵一笑，说道："不是别的国家会发射，而是已经发射了！您猜猜，是哪个国家？"

大卫饶有兴趣地扳着手指，数出几个航天大国，达芙妮·布劳恩得意地摇着头，逐一否定。在一旁惬意地享受美食和好天气的布劳恩教授，突然像被重击了一下，以破坏和谐轻松气氛的语气，几乎是大声地喊着说："玉汗国！"

达芙妮·布劳恩吓了一跳，说出答案的要不是她的父亲，作为出题者，她一定会愠怒于旁人抢先公布答案。

大卫·哈尔西和布劳恩教授一样，思绪已经完全脱离了现场的气氛和达芙妮的谜题本身。大卫朝着布劳恩教授的方向看去，等待教授的解释。

"2034年10月，玉汗国航天局发射了一艘太空拖船，命名为瑟曼号。我并没有意识到与咱们现在面临的问题可能有关。"

布劳恩教授说着，站起身，大卫也会意地起身离席。达芙妮·布劳恩略知大卫的工作性质，识趣地开始收拾餐具，说道："大卫叔叔，谢谢您来看我，与您聊天，我的心情好多了。您跟我父亲去书房接着聊吧，这里交给我收拾。"

在布劳恩教授的书房里，大卫问道："各国都没有发射太空拖船，而玉汗人竟然是在5年前就率先发射了，亮国航天局和亮国军方关注过这个飞船的动向吗？"

"我们确实关注了，亮国航天局的关注重点是这个太空拖船的科研价值和技术创新性，结论是玉汗国拖船，从技术角度，难度不大，暂未发现有什么突破性的科研价值。"布劳恩教授掩饰不住不屑的神情，接着说，"倒是太空司令部对玉汗国拖船更为关注，他们担心亮国的人造卫星会被捕获，当然那相当于玉汗国对亮国宣战，几年来，玉汗人也没有任何实质性的动作。"

教授又说道："顺便说一句，玉汗人把这艘太空拖船命名为瑟曼号。据我所知，瑟曼王朝是古波一个强盛的朝代。"

大卫·哈尔西听了布劳恩教授的介绍，没有像刚才那样，一听到玉汗国的名字就那么神经过敏了。大卫也完全能够理解布劳恩教授前几天没有把这件事告诉给他的原因。

玉汗人发射了一艘太空拖船，好几年也没有弄出什么动静，在布劳恩教授看来，当然不会认为玉汗国的太空拖船，与达芙妮的绑架案和所谓的"小女孩儿"计划有什么关联。

大卫虽然说不明白，也想不明白，太空拖船和他的调查任务之间的联系，但他还是不愿意放弃作为职业特工习惯性的谨慎和敏感。达芙妮和布劳恩教授给大卫介绍的新理念，太空工业化，尤其是水是太空工业的石油，在他的脑子里转来转去。水，石油，太空拖船？大卫突然没头没脑地问布劳恩教授："从小行星中取水，我说的是水，您觉得这和保水剂有关系吗？"

"保水剂？你太有想象力了，凭我现有的知识，我认为保水剂和太空拖船没有关系。"布劳恩教授不假思索地答道。

两人又一次陷入了沉默，布劳恩教授注意到大卫眉头紧锁，安慰道："你不是跟我说，调查走进死胡同的时候，新线索就会自己冒出来吗？

离 4 月 5 号还有一个多月，时间还够。"

书房的门被敲响了，很急促，达芙妮·布劳恩在隔音性能极好的门外喊着什么。布劳恩教授皱了皱眉，家人们都知道他的规矩，他与客人在书房谈事情的时候，不喜欢被打扰。布劳恩教授走到门边，有一丝不耐烦地把门打开。

"快来，快来看电视。"达芙妮兴奋地连拉带拽地把两人推到客厅的电视机前。

电视机中播放的是最新报道："今天，亮国东部时间 16 时，玉汗国航天局发射了大型运载火箭，成功地将两艘太空拖船送入预定轨道，拖船分别命名为：瑟珊号和瑟非号。"

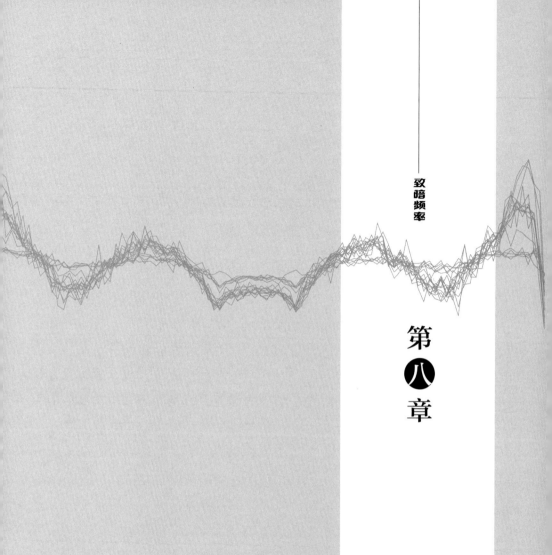

致暗频率

第八章

01 瑟曼号

2034 年 10 月，玉汗国

玉汗国的多次航天发射任务都是在贝索尔发射场完成的，贝索尔发射场位于高原城东偏南 200 多公里的关姆北地区。随着火箭的发射口径越来越大，发射密度越来越高，对发射场的规模和数量要求也随之增加。

近年来，整个航天中心的范围不断扩展，贝索尔发射场成了其中的一个组成部分，而不再是全部。所以，现在玉汗国航天中心的正式名称是——关姆北航空航天中心。

10 月 4 日，瑟曼号太空拖船发射现场。指挥大厅的正面是巨大的主屏幕，两侧是多个子系统监视器的小屏幕。与屏幕相对的是 8 排阶梯式的现场工作人员的工位。

穆斯塔法教授有条不紊地指挥着各岗位工程师，逐一听取各项报告。

"火箭姿态，正常。"

"电路点火装置，正常。"

"监控系统，正常。"

"人员疏散完毕，报告指挥长，发射准备就绪。"

指挥长就是穆斯塔法教授，他抬头看向二层贵宾层那巨大的玻璃幕墙，朝着站在窗口的哈米德挥了挥手，点头示意准备就绪。

哈米德回身拿起桌上的平板电脑大小的控制器，递给身旁的巴希尔，说道："巴希尔，指挥部特批，打破惯例，由你亲手操作发射程序。"

巴希尔没有心理准备，他本以为，自己所在的位置只是贵宾观摩区。他郑重地接过控制器，等待哈米德给他下最后的指令。

哈米德拍了拍巴希尔的肩头，说道："要是你父亲还在，我们会请他来按这个发射键，现在，就由你替他完成这个多年的心愿吧。"

巴希尔郑重地捧着控制器，走到罗珊娜身边，让她也能清晰地看到屏幕。

屏幕上显示的"启动发射"按钮，是绿色的，一下、一下有规律地闪动着，巴希尔用手指轻触了那个按钮。

发射大厅的扬声器里发出了清晰洪亮的声音："发射程序已启动，5、4、3、2、1……"

巴希尔听到"1"之后，按下了发射键。

玉汗国自主研制的祖那荣三级火箭腾空而起，拖着稳定的白色轨迹消失在天空深处。人类历史上第一个轨道机动飞行器，瑟曼号太空拖船发射成功。

穆斯塔法教授与现场工作人员互相祝贺之后，来到了贵宾厅与哈米德等人会合。教授握着巴希尔的手，问道："你和罗珊娜准备好了吗？设备在双舟国的农场安全吧？"

巴希尔和罗珊娜还都沉浸在兴奋之中，巴希尔说："放心吧，教授，我们都准备好了，我们随时听您安排，去双舟国接管拖船。"

穆斯塔法教授告诉巴希尔和罗珊娜，瑟曼号太空拖船入轨后，在一个合适的时间点，将由他们接管。因为在近地轨道做验证特斯拉理论的实验有被他人发现的可能，玉汗国官方不能直接参与，也不能在玉汗国境内操控太空拖船。

巴希尔和罗珊娜将在双舟国的农场，以黑客身份"劫持"太空拖船，完成实验任务。

哈米德嘱咐道："你们俩这次的任务虽说是实验性质的一场实战演习，但是，无论你们在双舟国遇到什么情况，我们都不会出手帮助你们，全靠你们自己了。"

穆斯塔法又进一步地说明了实验的计划时间点。在苏赛·穆扎迪领导下，2029 年开始太空拖船的建造计划，教授结合工期，计算出实验最佳时间是 2035 年 2 月 19 日。当日，地球合轩辕十四，并且木星、海王星和谷神星与太阳连成一线。该天象出现验证超光波存在以及"小女孩儿"计划所需的太阳耀斑和太阳风的可能性很大。

行星交错会导致超光波遮挡关系的变化，太阳活动也会因此加剧。另外，2034 年 3 月，5 万年周期的彗星 C/2034 E3 被观测到。彗星到达近日点的时间是 2035 年 1 月 12 日，穿越黄道面的时间是 2 月 12 日。

"考虑木星合海王星作为背景，叠加此彗星的影响，剧烈的太阳活动会被提前到 1 月 12 日？"罗珊娜问道。

"是的，认为太阳活动只是由太阳内部磁场活动产生的科学家们，预测的太阳活动极大年是 2037 年，他们想不到的是极大年会被提前整整两年。"教授无奈地搓了搓手，接着说，"无巧不成书，还有一颗短周期彗星梅克贺兹一号（96P），也将于 1 月 31 日穿越黄道面并到达近日点。"

"好家伙！这么热闹，这些星体对超光波的遮挡会使太阳活动异常加剧，2035 年 1 月至 7 月，太阳辐射加剧，地球会持续高温？"巴希尔问道。

"是的，2035 年上半年，太阳黑子数将会飙升，地球上将持续高温并伴有地震、台风、山火等自然灾害。"

教授继续说："你们接管卫星的时间是 1 月 12 日，我们预言那天前后，会有太阳耀斑。做完超光波验证试验后，你们在 2 月 2 日至 6 日完成'小女孩儿'计划的实战演练。"

哈米德接过话头，提醒巴希尔和罗珊娜独立操控太空拖船的注意事项。利用太空拖船进行超光波实验，按照特斯拉的理论，18 万公里长的"绳子"除了自身发热之外，还会发出极低频的辐射。玉汗国的长波台将接收并测定信号的强度，"绳子"展开和收起的时机必须精准。既要让自己人收到，又要避免时间过长，被其他人侦测到。

"我们已经炸毁了旅芝国的长波台，在地球同一条经线带上已经没有极低频长波台了，只要我们做实验的速度足够快，就是安全的。至少亮国的甚低频长波台会被地球挡住，无法接收到可识别强度的信号。"罗珊娜说道。

"是的，但你们要注意，操控拖船时，不会像我们现在这样有中继卫星和地面转接设备，一天之中，只有当拖船在你们头顶时才能有效操控。"教授补充道。

教授低声和哈米德说了些什么，哈米德点头表示同意。穆斯塔法教授问巴希尔和罗珊娜："今天可以告诉你们真正的实战演练内容了。"

"您多次给我们讲特斯拉理论，以及超光波的'绳子'实验，我和巴希尔一直在猜为什么不用卫星做这个实验，而一定要等我们自主研制出的太空拖船？"罗珊娜不解地问道。

"这才是'小女孩儿'计划的核心机密！你们想想，太空拖船的独特功能是什么？"教授提醒着。

"太空拖船具有机动性，可以捕获人造卫星，还可以改变人造卫星的轨道。"巴希尔说道。

"除了人造卫星，太空拖船还可以捕获什么？"哈米德也跟着启发两人。

罗珊娜恍然大悟，高喊着："太空拖船还可以捕获近地小行星！"

 **甚低频**

2035 年 1 月，F 国首都，香磨城

F 国安全总局是 F 国的主要情报机构，相当于亮国的海外情报局。卡妮娜·迪奈是总局网络通信部门的主管，对接军方的军事卫星和与潜艇联络的长波台。

卡妮娜·迪奈的年龄是绝对的禁忌，她在总局被称为"迪奈小姐"至少已有 20 年了。迪奈小姐是典型的 F 国平权主义的现代白领，工作和休假、健身都是不遗余力的。她身材保持得很好，肤色是健康的小麦色，衣着干练，无论什么工作场合，裙套装总是标配。

下午 3 点，迪奈小姐的两位老朋友如约匆匆赶到香磨城，斯汝雷大学的路易教授和卢中市长波台的威尔福中校。

负责与潜艇通信的甚低频长波台设在 F 国中部的卢中市。长波电台天线系统由 13 个拉索天线桅杆组成，中心天线桅杆高度为世界之最，达到 357 米；内圈 6 个天线桅杆 310 米；外圈 6 个天线桅杆也有 270 米。

F 国有 4 艘主力潜艇，使用极低频通信当然是最为理想的，但是极低频长波台需要数百平方公里深埋地下的天线网和几十公里的地上天线设施，维护成本极高，真正开战时又极易被敌方摧毁。即使是亮国这样财大气粗的国家，其仅有的极低频长波台，也于 2004 年关闭了。

公开情报显示，除了雄国和陀国，亮国、F 国和其他几个大国与潜艇的通讯，都是以甚低频长波台完成的。即使是甚低频台，技术要求也非常高，而且故障频发。技术专家威尔福中校负责日常维护和修理工作，忙得不可开交。

威尔福中校盛赞迪奈小姐办公室的咖啡和暖心的小松饼之后，进入了主题，说道："迪奈小姐，您知道我们的长波台一直是边使用边调试的，昨天，我们在调频演习中意外收到了一个 3000 赫兹的奇怪信号。"

"威尔福，你在电话中已经告诉我了，给我和路易教授说一下细节吧。"迪奈小姐说道。

"信号源已经排除来自地面，而是来自太空，如果信号源是自然天体，那就属于我们天文科学研究的范畴了。"路易教授说。

"肯定来自太空，但是信号源应该是在近地轨道，信号持续了几分钟，我们判断，应该来自人造天体。"威尔福中校喝了一口咖啡，接着说，"但又不像人造卫星通信用的无线电波。这个信号的功率比无线电波大得多，而且奇怪的是在整个甚低频频段都能接收到。"

"什么叫甚低频全频段都能接收到？只有自然源辐射才可能有这样的效果呀，近地轨道只有人造卫星，不可能有自然源呀。"路易教授不解地问道。

"这也正是我不理解的地方，我收到的波，似乎是全波段的，而且频率越低，辐射强度越强，说明这个辐射波的峰值频率低于甚低频频段，很可能是极低频。而我的天线能接收到的频率最低极限就是 3000 赫兹。"威尔福中校解释道。

路易教授认为，近地轨道不可能存在辐射功率这么强的自然源。而任何一国的卫星，其无线电联系频率都是固定的频率，没有必要，也做不到全波段收发无线电波。

迪奈小姐似乎明白了威尔福向她报告这件事的原因，问道："威尔福，你是担心这是某国正在做我们未知的某种实验，并且你高度怀疑这种实验与军事武器有关？"

威尔福像是遇到了知己，不住地点头认可迪奈小姐的判断。路易教授并不认同，他还是纠结于自然源问题，他说道："近地轨道在我们头顶上方几百到几千公里，那里非常寒冷，只有 3 开尔文左右的环境温度。能发出如此强度辐射的自然物体除非是个大火球，但那样的话，全世界的望远镜都会看到。"教授接着说，"就算是高热物体，没有被观测者看到，它的峰值频率也不可能是极低频。我想不出低频如何能武器化！"

这可说到迪奈小姐这个情报专家的专业了，她神秘地一笑，说道："我亲爱的教授，低频武器还真有，不只有，前雄联国就曾使用过。"

上世纪曾经有一桩悬案，被称为"宁斯克信号"。据说上世纪 60 年代，在香磨城的一个学术会议上，前雄联国科学家提出微波以及波长更长的辐射会对人体，尤其是血液循环和心脑系统造成伤害。在场的亮国学术权威给予了坚决的否定，表示所谓低频辐射会对人体构成伤害是无稽之谈。

前雄联国科学家的理论被权威否定后，却得到了情报机构 BHB 的重视。后者在亮国驻宁斯克大使馆 100 米外的一幢大楼屋顶，架设高功率的微波发射天线，定向对大使馆发射微波。

微波是指频率为 300 兆赫兹至 300 吉赫兹的电磁波，是无线电波中一个有限频带的简称，即波长为 1 米到 1 毫米的电磁波，是分米波、厘米波、毫米波的统称。

现代的微波武器是以极高的强度照射目标，干扰或损坏目标设备的电子元器件，使其失效。另外，高功率微波武器还能破坏无人机的通信链路，使其机载探测设备及数据传输和处理受到影响，甚至失灵导致坠毁。

微波武器种类型号很多，在以电子战为核心的现代军事装备中，微波武器早已变成了一种不可或缺的标配的常规武器。

有证据显示，当年前雄联国除了微波以外，还向亮国大使馆发射了频率更低的辐射波。多年之后，长期在大使馆工作的人员出现心悸、头痛、恶心等症状。1975年，一位长居于此的亮国大使罹患白血病去世。2019年发表的调查报告显示，1976年以前驻宁斯克使馆工作的亮国官员，癌症发病率远高于驻东欧其他使馆的同事。

"显然，威尔福接收到的甚低频信号不是微波，超长波长的辐射是否也能武器化是一个需要研究的问题。"迪奈小姐进行了总结，接着说，"但现在更重要的是，在排除近地轨道自然源后，我们需要知道那是什么性质的辐射，是哪个国家发射的何种人造航天器？"

威尔福中校完全同意迪奈小姐的意见，但他又困惑地对路易教授说道："您的意思是您既不相信辐射来自高能的自然源，也不相信来自已知的航天器？"

教授无奈地点头，表示认可。迪奈小姐询问还有没有其他线索，教授受到提醒，似是而非地说："玉汗国几个月前发射了一个新型航天器，叫做轨道机动飞行器，不知道跟这个是不是有关系？"

"我注意到了，您说的是俗称的太空拖船！"威尔福中校似乎看到了希望，建议道，"我们搞不清状况，要不要把这个奇怪信号通报给亮国方面？共享情报，或许对搞清真相更有帮助。"

迪奈小姐耸耸肩，说道："向亮国通报？他们何时对我们这么做过？"

 **阿纳希塔**

2034 年 12 月，双舟国

亚尼亚高原横贯双舟国和玉汗国西北部，双舟国境内高原的西北方向是墨海，而玉汗国境内高原的东北方向是海马海。海马海的形状像一只大大的海马，包裹在玉汗国一侧的高原之中，还有一个形状更像海马的咸水湖，叫做"乌米湖"，有人昵称这个玉汗国最大的咸水湖为"小海马"。

双舟国最大的咸水湖也在亚尼亚高原，叫做"简湖"。简湖的形状像一只奔跑的骆驼，如果给这只骆驼胸前挂一只驼铃，驼铃位置的城市就是与湖泊同名的简城。简城位于双舟国东部，距玉汗国边境只有 100公里。

巴希尔和罗珊娜的农场就在简城北郊、简湖湖畔。名义上的小夫妻买下农场经营权的时候，需要一个不被怀疑的理由。在双舟国种西瓜不是最好的理由，因为双舟国是杏之国，杏和杏仁产量占全球的七分之一。

夫妻俩保留了农场的大片杏树林，宣称他们计划开设保水剂工厂。除了制作杏干，他们还要将双舟国优质杏仁中萃取的生物酶添加在燕麦淀粉中，测试是否可以作为生产保水剂的催化剂。

今天是冬至，也是玉汗国传统的曙光节，巴希尔和罗珊娜受命回到简城农场，为 1 月份接管太空拖船完成实验做准备。冬至夜过后就是罗珊娜的 22 岁生日。

罗珊娜已长成标准的古波美女，黑亮的头发裹着黑色的头巾，修长又浓密的眉毛几乎连在一起，小鹿似的深褐色眼眸似有星子落入，清晰纯净的眼白透出健康和纯真。

巴希尔像是一个称职的好丈夫，里里外外忙了一下午，把客厅、厨房的各种电器设备测试检修了一遍。罗珊娜则忙着给两人准备节日的晚餐。

双舟国和玉汗国一样，小麦产量很高，两国也都是以面食为主。但双舟国人独爱面包，全国 85% 的面粉被做成各种美味的面包。

罗珊娜今晚要烤一大盘瓦克面包，入乡随俗，这种面包在双舟国最为常见，家家户户都喜欢。罗珊娜改良的瓦克面包，是巴希尔的最爱，配上阿拾面条浓汤，简直是人间美味！

罗珊娜将高筋面粉、盐、双舟国特产的酸酵母倒进浅盘里，加入橄榄油、蜂蜜顺时针搅拌，然后慢慢地一边加水，一边揉面。把面团揉至光滑而充满弹性，拍成椭圆的大面团，放回盘里盖上保鲜膜，醒面。一小时后，面团发酵至两倍大，把发酵好的面团取出完全排净空气，将面团分割成每个 200 克左右的小面团。加入农场自产的杏干，美味的关键是加入玉汗国波古城的葡萄干，排入烤盘经过第二次发酵后再开始烘烤。

甜杏仁、白萝卜炖小羊肉、阿拾面条浓汤和一大盘外脆里韧的瓦克面包，巴希尔太佩服罗珊娜的厨艺了。他一边大快朵颐，一边赞美着："罗珊娜，你真是个厨艺高手！这面条浓汤做出了西敏妈妈的味道。"

　　罗珊娜得意地笑着，撕下一小条面包，蘸着面条浓汤小口地品嚼着，说道："每次西敏妈妈给我们做浓汤的时候，都是我给她打下手，手艺嘛，早就被我偷学来了。"

　　巴希尔像是想起了什么，突然问道："罗珊娜，你这几天做梦了吗？昨天，我做了一个奇怪的梦，我骑着一只骆驼在沙漠中奔跑。"

　　"只有骆驼？你没在梦里遇到大美女吧？"罗珊娜调侃着。

　　"还真遇到了大美女，她的车驾在远处高高的河岸上，手持巴尔萨姆枝条，戴着四角形金耳环。"巴希尔继续叙述着他的梦，"我心想，这是遇到传说中掌管江河的阿纳希塔女神了。女神头上戴着八角形的金冠，她的头发特别长，发丝后面还系着多彩的丝带。"

　　罗珊娜止住了对巴希尔的嘲笑，问道："你读过《阿邦·耶什特》中的一首诗吗？"罗珊娜说着，背诵了巴希尔父亲苏赛·穆扎迪留给她的那首诗：

阿纳希塔头戴八角形金冠，
精制的扣环凸出在顶端，
巨大如船的彩车上系着的条条丝带，
释放的光芒穿过瞬间的黑暗。

　　"我当然读过这首诗，而且我觉得我梦见的就是这首诗中描绘的阿纳希塔女神。"巴希尔答道，继续给罗珊娜讲述他的梦境。

　　巴希尔骑着骆驼来到女神的车驾前，女神把手中的巴尔萨姆枝条弯成一个圆环戴在他的头上。女神双手高举伸向天空，一扬头，长发飘飘，丝丝彩带化成一道彩虹。女神的身形与彩虹融为一体，渐渐远去的过程中，巴希尔听到了女神的声音："巴希尔，快走，你快走。"

梦就到这里了，巴希尔像刚从梦中惊醒一样，对罗珊娜说："我今天在组装太空拖船控制器的时候，一直在回想这个梦，我突然意识到女神戴的八角形金冠和太空拖船的形状是一样的。"

"太空拖船不是一个近似的立方体吗？哪来的八角形？"罗珊娜问道。

"太空拖船算是个立方体，但它分上下两层，当它拖拉人造卫星时，上面的一层就是一个绞盘，能转动，转动到45度角的时候，从上面俯瞰，拖船就成了八角形。"

晚餐过后，两人在餐桌上重新摆放上各种干果，手巧的巴希尔把一个西瓜镂空雕刻出吉祥的图案，绿白的瓜皮中露出太阳般火红的果肉。离冬至夜零点的到来还有一段时间，两人坐在桌前，虔诚地祈祷，度过这一年之中最漫长的夜晚。

玉汗国的曙光节，也就是古波冬至夜，除了祈盼光明之神重生之外，还是一个敬老的节日。家中的小辈依次给老人行礼，敬上干果和茶点，祝愿老人家们健康平安。而现在这个冬至夜的客厅里只有他们两人，巴希尔问道："咱们有纪律，有些话我一直没敢问你，你见过你的亲生父母吗？他们是做什么的？"

罗珊娜惊讶地抬起头来，想了想，回答道："当然见过，只是你知道，这种见面被要求严格保密，我父母都是很普通的玉汗人，不像你父亲那么有名望。"罗珊娜回答着，又后悔做了这个比较，她将椅子挪了挪，尽可能地靠近了巴希尔。

巴希尔一听到说起自己的父亲，神情中又带出了哀伤，他站起来向桌外退后几步，回身对着西瓜雕塑，两手交叉放于胸前，默默地行礼和祈祷。罗珊娜也站起来，跟着做。他们心中默念的名字是苏赛·穆扎迪和布尔汗。

巴希尔轻声祈祷："爸爸、哥哥，唤醒光明之神密特拉，漫漫长夜将尽，你们带领我们重生吧。"

罗珊娜牵起巴希尔的手，把他领回座位，坐定，自己站在他的对面，大声背诵：

每当我遮住太阳的身躯，
他光芒闪耀，如此绚丽。

于是，成千上万的人，
见证了我的心意。
兴高采烈地指点着，
阴影的美丽。

我们的命运真的是，
与那本源的光融为一体？

昏倒

2039 年 2 月，旅芝国首都，拉维港

沙姆隆二世的老年病与大多数同龄人不同，他没有"三高"，却患有严重的低血压和低血糖。这是个遗传病，沙姆隆二世的父亲，老沙姆隆当年在亮南洲抓捕逃犯的时候，就突发过低血糖综合征。当时，他过于激动，眼前一片漆黑，险些晕倒，后来有惊无险，在同伴的合力帮助下，完成了任务。

今天，临近晚饭时间，勒夫风风火火地来到沙姆隆二世的小院，说总理紧急召见他，车在外面等着。

沙姆隆二世不紧不慢地穿上外套，跟着勒夫向小院外的汽车走去。勒夫打开后车门，小心地把老人安顿在后座上，关好车门，开车直奔总理府。

勒夫侧头对沙姆隆二世说："我猜总理找您是因为亮国人阻止我们炸山洞的事，前两天，大卫·哈尔西已经转达了亮国的立场，估计是又有亮国高层再次施压。"

勒夫在总理府外等候沙姆隆二世，将近一个小时之后，沙姆隆二世回到车上。勒夫驾车原路返回，他当然认为应该把老板送回小院，开过两个街区，沙姆隆突然说："右拐，去古安教授的小楼。"

勒夫连忙急转，又不解地问道："您还没吃晚饭呢，明天再去找古安教授，不行吗？"

沙姆隆二世没有理睬勒夫，闭目养神。车行至一个红灯前，勒夫停住车，沙姆隆睁开眼睛，看了看外面的夜色，对勒夫说："你以为我们的总理是亮国高层的传声筒吗？"

勒夫一震，又一下子兴奋起来，脑子飞转，迅速地将总理府和古安教授的小楼联系在一起，问道："亮国人不让我们干，我们也要想办法，所以您去找古安教授？"

沙姆隆二世告诉勒夫，他不用回避与古安教授的讨论。这是勒夫除了做交通员和其他任务之外，第一次有机会了解古安教授神秘的研究工作。

沙姆隆二世向古安教授简要介绍了山洞计划和亮国方面的态度，传达了总理的指示。由沙姆隆二世负责组建一个小组，研判亮国和玉汗国的相关情报，尽快形成一个后续行动建议的报告，核心组员就是古安教授和勒夫。

古安教授简要地向勒夫介绍了他的研究工作。旅芝科学家一直对尼古拉·特斯拉的理论很感兴趣。由于亮国保密封存了特斯拉理论的绝大部分论文和资料。从上世纪五六十年代开始，旅芝国鼎天组织受命在全球范围内收集相关信息。

2011 年，F 国轰炸干南国，鼎天组织特工从池安城抢回了一把少年特斯拉制作的古斯勒琴，在琴的背板中发现了特斯拉晚年亲手刻制的蜡纸，里面的内容就是《引力的动态原理》。

沙姆隆二世缓缓地说道："这几年我一直在想，玉汗国被国际大家庭制裁是不是很难受？如果我是玉汗人，我会怎么办呢？"

勒夫从来没有这样想过问题，说道："如果我是玉汗人，确实是很难受。发展飞米武器受到经济制裁，放弃飞米武器，既无法得到他们所谓的安全，又无法对被洗过脑的国民交代。但是发展飞米武器的路上走得越远，制裁就越重，这像是一个解不开的死结。"

古安教授从沙姆隆二世一进门，就猜到了他的用意，教授对沙姆隆二世说道："亮国方面的态度是很明确的，分析玉汗国的动向是我们的工作重点。您来找我，难道是您有玉汗国可能掌握特斯拉理论的情报？"

"是的，当年在池安城执行任务的特工曾声称，还有一把古斯勒琴被别人抢走了，那个人好像是玉汗国的特工，身份至今未能确认。"沙姆隆二世按了按自己的太阳穴，回应着教授，接着说，"教授，您还记得 2035 年 F 国安全总局转给我们的那个情报吗？"

勒夫了解 2035 年的这个事情的前半段。当时，F 国内部发生骚乱，养老金改革和警察枪杀非裔少年事件交织在一起。愤怒的人们成群结队走上街头，从抗议示威演变为暴力骚乱，持枪袭警事件时有发生。一些恐怖分子混入人群，使用制式武器袭击警察和政府机构。

F 国安全总局经调查得知，军用制式武器是从地海国偷运至 F 国境内的，位于地海国北部的恐怖分子藏有大量武器弹药，而他们又没有固定的据点，F 国和地海国两国政府无可奈何。F 国总局的卡妮娜·迪奈请沙姆隆二世帮忙。沙姆隆启用鼎天组织渗透进恐怖分子的情报网，勒夫奉命带人潜入地海国，将恐怖分子和他们的武器弹药一并摧毁。

"为了感谢我们的帮助，F 国的迪奈小姐给了您一个情报，说近地轨道上有一个可疑信号源，F 国人怀疑与玉汗国的太空拖船有关。"古安教授又补充了一个勒夫不知道的新情况。

"您一定注意到了吧？昨天玉汗国又发射了两艘太空拖船，分别叫瑟珊号和瑟非号。"

沙姆隆二世已经看过关于玉汗国发射新太空拖船的简报，他坐回到椅子上，习惯地抽出一支双舟国香烟，点燃深吸了几口。他示意另外两位都坐下，听他讲一个令人匪夷所思的想法。

沙姆隆二世在多年情报工作中养成了一个习惯，每当他精心策划和组织看似天衣无缝的计划时，他总是换位到对手的角度思考。精炼重金属和几万台离子加速器是玉汗国最重要的战略资产，即使山洞空气环境有问题，玉汗人自己真的没有能力制造出可用的环境设备吗？

玉汗人先是找到马丹，又用他调出阿方索，有没有可能，是他们一步一步地诱使旅芝国鼎天组织"帮助"他们炸毁自己无法自毁的飞米武器设施呢？他们不能自毁，是因为事关玉汗国在国际社会的脸面，也事关国内舆论甚至是政权稳定。

"所以我有一个大胆的假设，玉汗人正准备用太空拖船和特斯拉理论结合出一种未知的攻击形式，施加给亮国，逼亮国回到谈判桌，同时诱使我们炸毁他们的飞米武器设施。"沙姆隆二世总结道。

"您是说从一开始，玉汗人就知道阿方索是鼎天组织特工？他们利用马丹和阿方索炸掉他们自己的飞米武器设施，作为亮国解除经济制裁的一个必要条件？"

勒夫了解老板的思考习惯，也钦服于他的判断力。不过，这次听了沙姆隆二世的假设，他简直不敢相信自己的耳朵。古安教授没有勒夫那么惊讶，他在思考着沙姆隆提到的未知攻击形式有哪些可能性。

沙姆隆二世像是看透了教授的心思，为了给教授提供更多资讯，他拨通了凯兹的电话，说道："我给过你一个 F 国给我们的情报副本，编号是 2035-F-01，你帮我立即送到古安教授这儿来，顺便给我带点吃的。"

　　半小时后，凯兹来了。在此期间，教授和勒夫沿着沙姆隆二世的新想法画出一个分析导图，继续往后推演。

　　凯兹从包中拿出文件，递给老板，又拿出了一个装着小松饼的透明塑料饭盒。

　　沙姆隆二世看到饭盒的一瞬间，拿文件的手突然僵直，眼前一黑，整个身体瘫软在地上。

　　医院病床前，沙姆隆二世的头顶上吊着葡萄糖输液瓶，老人艰难地睁开了眼睛，示意勒夫和凯兹让医生、护士回避。他痛苦地轻声对勒夫说："我犯了一个天大的错误，没有发现你的部下招募了马丹。派马丹去玉汗国执行任务是掉入了玉汗人的圈套！"

　　"玉汗人只不过是指控马丹走私鱼子酱，不是什么大事。"勒夫刚说完，似乎明白了老板忧虑的原因，接着说道，"按照您之前的推理，玉汗人从一开始就知道马丹的特工身份，走私鱼子酱只是一个幌子。哎呀！那马丹不就危险了吗？"

　　沙姆隆二世面部表情非常痛苦，眼中射出威严的光芒，以不容质疑的口吻命令道："立即设法把马丹从玉汗国救出来！"

05 斗骆驼节

2035 年，双舟国

每年一月是骆驼的发情期，雄性骆驼开始躁动而好斗，一年一度的双舟国斗骆驼节就在此时举行。双舟国驯化和使用骆驼的历史久远，即使是在交通工具现代化的今天，双舟国人依然对骆驼情有独钟。在双舟国西部海岸举行的斗骆驼节最为著名，吸引着大批游客前往。

一千多公里之外的简湖地区，原本没有斗骆驼节，由于地方政府开发旅游项目的需要，近年来斗骆驼活动逐渐兴起。今年 1 月 12 日，简湖的斗骆驼节聚集了众多当地农民和外地游客。

巴希尔作为农场的老板，鼓励在农场干活的双舟国雇工前往简城，去观赏斗骆驼表演。一大早，雇工们就争先恐后地搭车前往简城，偌大的农场只留下了巴希尔和罗珊娜两人。

巴希尔把隐藏在一个废弃仓库中的接收天线伸出屋顶之外，罗珊娜则熟练地调试网络设备和信号放大器。两人要建立一个内部局域网，不依赖于公共网络和卫星信号，直接与太空拖船建立通讯联系。

瑟曼号太空拖船位于 500 公里的近地轨道，每 90 分钟绕地球一圈。

因为不能使用任何中继卫星和地面协同收发基站，巴希尔和罗珊娜只能在太空拖船位于"头顶"时，才能对拖船进行有效控制。拖船每绕行一圈，两人的有效控制时间只有 20 分钟左右。

巴希尔回到控制室，兴高采烈地对罗珊娜说："特斯拉的理论真准，由于彗星对超光波的遮挡，这一个星期以来，已经爆发了 3 次 X 级的太阳耀斑。穆斯塔法教授需要的实验条件完全具备了。"

罗珊娜一丝不苟地进入临战状态，对巴希尔说："设备调试已完成，按照穆斯塔法教授的指令，中午 12 时整，由我们的设备接管拖船。"

显示屏上代表太空拖船的光点慢慢地向绿色的可控区域移动，到达临界点时，时间正好是 12 时整，罗珊娜按下了控制开关。两人屏住呼吸，小心地进行着后续的操作，显示屏上跳出"拖船已被接管"。

两人并排而坐，罗珊娜在笔记本电脑上打开操作手册，按步骤宣读每一条指令，巴希尔则重复指令，进行操作。

"尾部推进器点火。"

"弹射拖绳控制器。"

"打开控制器自主机动开关。"

瑟曼号太空拖船侧面弹出了一个几十厘米见方的小控制器，微米级的碳纤维丝随着控制器从飞船中不断拉出，控制器飞出 18 万公里距离时，悬停在与拖船并行的轨道上，"绳子"被直直地拉起，平行于地面。在瑟曼号轨道外约两公里位置，玉汗国的一颗名义上的气象卫星同步飞行。它的任务是测量"绳子"的热辐射，并将信号转发回玉汗国航天局的控制中心。

在玉汗国西北部的极低频长波收发台正在接收"绳子"的"共振"频率。

"卫星测到了额外热信号，碳纤维温度已瞬间升至 300 开尔文，这说明我们独立验证了特斯拉超光波理论的正确性。"穆斯塔法教授兴奋地指着显示屏上密集的波动信号，向站在身旁的哈米德汇报，又接着说道，"按照约定时间，我们将验证和测量超光波的波长，这个实验亮国人在冥王星不具备实验条件，我判断他们没做过。"

双舟国农场的控制室里，罗珊娜宣读着第二阶段实验的操作指令："开启控制器反向机动开关，控制器拉直开关保持。"

在太空拖船和控制器之间，随着控制器向太空拖船不断靠近，18万公里长的碳纤维丝快速地不断缩短，直到长度缩短为17万公里。在此过程中，由于控制器的反向拖拽，"绳子"始终保持着拉直状态。

穆斯塔法教授惊喜地喊道："170360公里处热源显著降温！超光波的波长被我们精准地测量了。"

教授和哈米德互道祝贺之后，焦急地等待着200公里外的极低频长波台的报告，那将是"小女孩儿"计划最为关键的数据，也是穆斯塔法教授10多年来破解节拍器秘密的重要猜想。

教授的助手从长波台打来专用电话报告："教授，除绳子作为热源的标准热辐射之外，收到了0.5赫兹和1赫兹的额外辐射，辐射强度符合预期，测到与太阳耀斑极低频辐射的共振加强现象！"

哈米德紧紧地抱住教授，恨不得把他抛到空中！哈米德眼中含着泪水说道："老伙计，从2011年算起，20多年了！布尔汗是好样的！2025年，多亏他从足巴岛给我们捞回了那个节拍器！"

穆斯塔法教授泪水已模糊了视线，难掩激动地说道："实验成功，我们的老领导苏赛·穆扎迪才不会白白牺牲呀！他要是能看到今天的结果多好呀！"

哈米德抹了一下眼角的泪水，轻咳两声，清了清嗓子，拿起保密内线电话，说道："通过广播电台发出实验成功信号。"

农场里的巴希尔和罗珊娜看不到卫星和长波台的测量结果，只能等待哈米德发出的通知。为了确保行动的保密，即使在太空拖船系列实验暴露的情况下，也能撇清与玉汗国官方的联系，万无一失的办法是，巴希尔和罗珊娜在行动过程中完全切断与玉汗国的通讯联系。

12时15分，巴希尔打开收音机，收听玉汗国广播电台的广播。约定的第一个实验成功的代号是"蓝孔雀"；第二个实验成功的代号是："夜莺"。

"欢迎收听玉汗国国际之声电台，谁会不喜欢可爱的蓝孔雀呢？它开屏时，光彩夺目，一条条长长的丝线般柔软的羽翅上，像是长满闪着幽光的蓝眼睛，无需攻击，就能吓退天敌！"

"太好了！蓝孔雀，测量热信号和辐射频率的实验成功！"巴希尔和罗珊娜喜不自禁地听着。

下面播放诗歌：

即使历经了如此长久，
太阳从来也没对地球说：
你亏欠我。

我曾问过那夜莺，
你是怎样在这黑暗的重力下飞翔？
她回答说：
是爱举起了我。

罗珊娜一瞬间就明白了暗语，喊道："超光波波长也测量成功了！"
"假夫妻"彼此拥抱在一起！巴希尔深情地捧着罗珊娜的面颊，罗珊娜羞涩地推开了巴希尔迎上来的热唇，一转脸，面对控制器，一只手却仍然被巴希尔牵着。罗珊娜没有尝试挣脱巴希尔有力的大手，她满脸绯红，像是什么也没发生似的，单手熟练地操作太空拖船控制程序。巴希尔也回到岗位上，复核罗珊娜的操作，两人始终手牵着手。

太空拖船将碳纤维丝快速收回，机动控制器重新嵌入拖船侧面的小舱室。太空拖船垂直于地面的四个推进器点火，拖船脱离 500 公里环绕轨道，朝远离地球方向的深空飞去。

"太空拖船捕获能力实验正式开始，拖船速度每秒 14 公里，距离目标 1300 万公里，预计变轨调整四次，2 月 2 日与目标小行星同步返回近地轨道。"罗珊娜说道。

巴希尔确认拖船姿态和数据无误后，他断开地面系统与拖船的通信连接，关机，收回室外天线。未来 20 天里，两人将短暂开机几次，给拖船变轨，其他时间，拖船将借助惯性飞行。

瑟曼号太空拖船，以每小时约 5 万公里的速度飞向它的目标——直径 5 米的未被编号的一颗近地小行星。

罗珊娜昵称它为"新馕"。

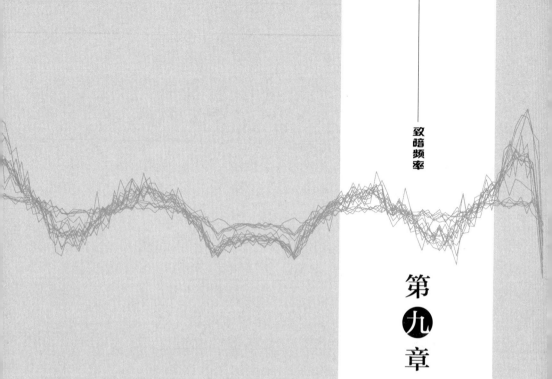

致暗频率

第九章

01 小行星

2039 年 2 月，亮国

线索终于自己冒出来了，玉汗人竟然又发射了两艘太空拖船。大卫·哈尔西和布劳恩教授直飞硕府，向 E 先生汇报。

E 先生的全部职业生涯几乎都跟随着 T 计划，T 计划从上到下的组织内部严禁称呼他的名字。为了工作方便，E 先生是有公开职务的，在不同的执政官执政期间，他名义上的公开职务也不同。E 先生现在的公开职务是执政官国安顾问助理。虽然他已经将近 70 岁了，但他似乎乐于 T 计划以外的同事直接称呼他的名字：鲍勃。

是该向执政官报告与玉汗国有关的潜在危机的时候了，E 先生还给这个危机取了一个代号 "405"。今年的 4 月 5 日是木星合轩辕十四的时间点，也是布劳恩教授根据玉汗人暗示的信息分析后得出的结论。E 先生请来南希，和大卫以及布劳恩教授共同开会，研究如何形成一个给执政官的报告。

南希虽然看过之前的简报，但对 E 先生声称的玉汗国可能的袭击，还是毫无头绪。南希主动与布劳恩教授和大卫握手，和他们一起坐在会议桌前，南希问道："玉汗国在 2034 年发射了一艘太空拖船，前几天他们又发了这两艘，您的意思是他们在针对我们亮国？他们会使用太空拖船干什么呢？"

布劳恩教授简要地介绍了太空拖船可能的用途，亮国的太空拖船计划主要目的是科学研究和太空工业，比如捕获小行星，从中提取近地轨道重要而又稀缺的水资源，当然太空拖船必要时也可捕获或变轨他国的军用卫星，把太空拖船变成一种战略威慑武器。雄国将于今年下半年，最迟 2040 年，发射超级动力太空拖船。显然，雄国发射太空拖船的目的是战略威慑。

"我不信玉汗国敢于使用太空拖船毁伤亮国的卫星，那视同宣战，玉汗人真想跟我们开战，只需使用导弹袭击我们在古波湾的航母，不必如此大费周章。"E 先生自信而坚定地说道。

大卫也补充道："我和教授与您的看法一致。我们研判玉汗国使用太空拖船的目标不是我们的卫星，而是近地小行星。"

南希惊讶地将两手交叉在一起，问道："他们拖着小行星来撞击亮国，技术上可行吗？那不等于绕了一大圈，还是对亮国宣战吗？"南希又想了想，像是自问自答地接着说，"他们的拖船捕获一颗小行星造成自然灾害的假象，既能袭击亮国，又能推脱责任。"

E 先生经验丰富，顺着南希的问题，聚焦在小行星上。他转头问布劳恩教授："近地小行星的监控和编号工作是亮国航天局牵头的全球合作项目，该项目能发现并监控所有的近地小行星吗？"

布劳恩教授从专业的角度，介绍了相关情况。近地小行星的侦测是近年来兴起的一个全球合作计划，主要目的是及早发现可能撞击地球的小行星，计算和预报小行星的轨迹并监控近地点与地球较为接近的目标。

什么是与地球较近呢？天文学家使用月地距离作为标准单位，缩写是 LD，1LD=384400 公里。一年之中至少有数百颗距离小于 100LD 的近地小行星掠过地球。其中最近的甚至小于 1LD，也就是在月球轨道内侧擦过地球，在地月尺度上来说，我们的地球几乎是冒着枪林弹雨，撞击事件随时可能发生。

另一方面，这些掠地点很近的小行星自身直径也很小，直径 5 至 100 米的比例最高。即使飞向地球，由于大气层的摩擦，体积小的小行星撞击事件也只会产生局部的灾害，而不会对地球造成毁灭性的伤害。

"近地小行星体积很小，热信号极低，视星等低到几乎看不见。回答您的问题，现有技术不可能发现每一颗近地小行星，我们估计发现的比例不超过 1%。"布劳恩教授总结着，回应了 E 先生的提问。

轮到大卫发言了，他说："在绑架事件中，玉汗人给我们的提示是非常清楚的，他们的所谓'小女孩儿'计划必定与特斯拉理论有关，我们需要把太空拖船，特斯拉理论和小行星结合在一起，我还是不相信玉汗人会简单粗暴地拖着一个小行星撞击亮国。"

南希灵光一闪，像是受到了启发，说道："有人说通古斯大爆炸是特斯拉制造的球形闪电造成的，也有人说是小行星撞击造成的，通古斯事件能不能把特斯拉和小行星联系在一起呢？"

布劳恩教授对通古斯大爆炸的各种假说非常熟悉，他以严谨的态度给大家做了介绍和分析。

通古斯大爆炸是 1908 年 6 月 30 日发生于现雄国通古斯河附近的爆炸事件。爆炸摧毁了该地区面积达 2150 平方公里的针叶林，推倒了约 8000 万棵树。爆炸发生之时，远在几千公里以外的宁斯克满天红光，即使在夜晚，不借助灯光，也能看清报纸上的字。

对于大爆炸的成因，有很多假说，其中最不可信的就是特斯拉使用高压电塔产生球形闪电，定向在人迹罕至的通古斯地区进行实验性爆炸。后来有人提出是小行星撞击事件，但该假说无法解释陨石残渣的稀少和树木没有被完全烧毁的撞击特征。

目前科学界比较认同的是，一颗主要成分是水冰的彗星撞向通古斯，在大气层中气化并在通古斯上空发生了剧烈的爆炸。所以说，不能把通古斯爆炸和特斯拉联系在一起。

"我同意大卫的意见，应该将太空拖船、特斯拉理论和小行星一并考虑。但同时玉汗人也明确告诉我们木星合轩辕十四这个时间点。"布劳恩教授接着说，"按照特斯拉的超光波理论，木星合轩辕十四会产生剧烈的太阳活动，我认为强烈的太阳活动是玉汗国的'小女孩儿'计划的必要条件。"

大卫马上接住教授的话头，对教授说："2027 年 5 月，超视野号在冥王星附近做超光波验证实验，必要条件不就是要有足够强的太阳风吗？"

E 先生自言自语道："太空拖船捕获小行星，4 月 5 日太阳活动剧烈，这之间又有什么联系呢？"

南希抿了一下嘴唇，有些无奈地看着 E 先生，说道："看来今天的讨论不会有什么确定性的结论，很难给执政官形成一个书面报告。我会找机会提醒执政官 4 月 5 日前后。玉汗人可能会有所行动。"

大卫又像想起了什么，对教授说："超视野号在做实验的时候，拉出了一条 18 万公里长的碳纤维丝，您跟我说过，在近地轨道做那个实验更为便利，玉汗人有没有可能是用两艘拖船对拉起一条更粗的长长的绳子呢？"

布劳恩教授和 E 先生对视了一下，两人又不约而同地摇了摇头，看不出大卫的这个假设有什么攻击性。南希并不了解超视野号实验的细节，反问道："什么绳子？"

 **华尔兹**

2039 年 2 月，玉汗国

海马海是地球上最大的咸水湖，南北走向，北方是同样南北走向的斯托加山脉。每到秋冬，来自北极的冷空气毫无遮挡，直灌而下，海马海地区经常是狂风肆虐。海马海西岸最大的城市是海西共和国的首都凤城，凤城又被誉为"风之城"。

凤城产石油，石油工业是海西国重要的经济支柱，另一个传统的经济支柱是海马海捕鱼业。海马海特产鲟鱼，逆流上溯到斯托加河中游，也有鲟鱼出产。

斯托加河鲟鱼的品质不及海马海，海西沿岸鲟鱼品质又稍逊于玉汗国沿岸鲟鱼，这是鲟鱼的习性造成的。多年生的大鲟鱼常年居于更温暖的海马海最南端，临近玉汗国。

海西的渔船到玉汗国沿岸捕鱼是被禁止的，但因鲟鱼鱼籽售价极高，引得私捕船铤而走险。在凤城，花钱租一艘去玉汗国沿岸水域的私捕船不是一件难事。

傍晚，旅芝国特工提尼克坐上开往玉汗国水域的私捕船。提尼克按照勒夫制定的营救方案，已通过玉汗国线人通知马丹，约定今夜 12 点在海马海玉汗国沿岸水域会合。

今年年初，巴希尔和卡米拉声称去国外采购设备，离开了玉汗国的农场。马丹因为鱼子酱走私案，取保候审期间不得离开玉汗国，卡米拉贴心地将他安排到海马海沿岸，在她叔叔工作的鲟鱼养殖场小住，散心休养。

前两天，有线人转给马丹一封密信，告知他留在玉汗国非常危险，要求他今夜出逃。马丹需要设法搞到一条小船，驾船到指定水域，登上提尼克的渔船。

马丹租用的船很小，船尾安装着与船舵相连的手拉式柴油发动机，柴油发动机启动时会发出"突突突"的响声，有时还会冒出几缕黑烟。

马丹的汽车驾驶技术很好，喜欢各类机械，独立驾驶小船倒是第一次。好在小船操控简单，几分钟后，马丹自觉得心应手。他坐在船尾，并未感觉到水面上有很大的风，但浪涌超出想象的大。马丹的小船像一片树叶一样，上下浮沉，艰难地向外海驶去。

马丹穿着塑料雨衣，咸咸的水花不住地打在他的脸上，他回头看看海岸，计算着至少还要两公里才能到达预定水域的渔船位置。马丹心想："律师都说了，走私鱼子酱不是什么大案件，最坏的结果也不过几个月的刑期。为什么说不逃出玉汗国很危险？要是被抓住了，那才危险，还要增加一个偷越国境的罪名。"

马丹长长地叹了一口气，命令就是命令呀，他死死地握住舵把，与汹涌的暗流搏斗。约定的信号是渔船有规律地打开红色的信号灯，一个间隔连闪三次。马丹在摇摇晃晃的小船上似乎看到了前面的红光，他调整了一下方向，正对红光驶去。是信号灯，连闪三次，越来越近，马丹甚至看清了渔船的轮廓。

突然，两道雪白的探照灯光笼罩了马丹的小船，一片光晕刺得他无法睁开眼睛，有节奏的警报声响起，凄厉的高音喇叭不断地重复着："这里是玉汗国边境巡防船，请立即停船，接受检查。"

提尼克站在渔船左舷的护栏边，手举望远镜，眼看着一艘大型的巡逻艇瞬间打开了船上的灯光，巡逻艇像一只庞大的灰白色大鲨鱼扑向马丹可怜的小船。

奇怪的是，巡逻艇对提尼克的渔船似乎视而不见。提尼克知道凭他的渔船是没有能力救出马丹的，如果自己被玉汗人抓住会更麻烦。按照计划预案，他命令船主，拔锚返航，渔船快速地隐入夜幕之中。

巡逻艇放下绳梯，一个身穿制服的壮汉跳上马丹的小船，将他推上绳梯，上拽下推，马丹像一条被捕获的鱼儿一样，横躺到了巡逻艇的甲板上。

甲板上的示宽灯没有探照灯那么刺眼，马丹沾满咸水的脸上透着惨白，他在惊恐中似乎丧失了思考的能力，他闭上眼睛，任由一群人对他大声喊叫。马丹的思绪出离恐惧和咸湿的暗夜，脑海中再一次出现了他多年来挥之不去，又模糊不清的画面。

马丹生于 1997 年，直到他 7 岁时，才被告知阿方索的母亲是他的养母。从那时起，马丹就总想问："我的亲生父母是谁呢？他们为什么不要我了呢？"

香磨城的中小学生有接受童子军教育的传统。马丹记得他在上小学期间，学校组织的童子军夏令营是坐着火车到南方的基山港。营地位于基山港的郊区，露天里搭帐篷，那简直是孩子们的天堂。

"天堂"漂浮在一望无际的薰衣草海洋里，马丹的记忆中，在偌大的"舞台"和小伙伴们尽情玩耍，天空甚至幽香的风都是淡紫色的，嗡嗡作响的蜜蜂和偶尔爬上脚面的蚂蚁带来的小烦恼也就微不足道了。

基山港是 F 国南部重要的港口，也是罗斯地区最大的城市。在罗马帝国时期，该地区是罗斯地区行省。基山港像一颗明珠，融合了地中海拉丁和欧洲大陆两种文化，而马丹小朋友对基山港的记忆点，却是一碗浓香的鱼汤。

童子军夏令营结束的前一天下午，一辆轿车开到营地，接走了马丹。他被带到不远的一个农庄里，农庄很大，沿路种着一排排的葡萄树。

车刚停稳，一对中年夫妇迎上来，打开车门，把马丹领进了一个大大的房间。房间里的家具和布置，马丹不记得了，只记得长长的木板餐桌上，摆放着奶酪面包和果酱，还有女主人已经煮好的一大锅基山港鱼汤。

基山港鱼汤有 2000 多年的历史，相传是希腊人带到基山港的。鱼汤用上好的橄榄油炒香洋葱、西红柿、大蒜、茴香，加入百里香、香菜，然后用干橙皮调味，再放入藏红花增加色泽，最后加入鱼肉。鱼汤里加些蟹肉或龙虾也是可以的，但绝不能加入贝类。

女主人做的鱼汤不知用的是什么鱼，但加了龙虾肉，马丹记得，很好吃。

马丹不知道为什么要到农庄来，下车的时候，女主人想要把他抱起来，男主人制止了她。夫妇俩你一言我一语地跟马丹讲话，问他学习怎么样，有什么爱好，有没有朋友，等等。当听说马丹每天都会练习弹钢琴时，夫妻俩掩饰不住欣喜，频频点头。

马丹从小就很懂事，尤其是在外人面前，更像是一个有教养的小绅士。他有问必答，条理清晰的回话，甜美脆亮的笑声和不慌不忙、安静喝汤的样子，不时引得女主人啧啧称赞。

男主人显得平静一些，站在旁边目不转睛地看着他。马丹视线所及或是心有所想，比如添一片面包，或是加一碗汤的时候，男主人总能马上意会并体贴地拿给他。

房间里始终播放着优美的音乐，多年以后，马丹才知道那首曲子，是歌剧《茶花女》中的咏叹调——《普罗旺斯的陆地和海洋》。

会面的时间并不长，傍晚的时候，接马丹来的那个司机就进来催了，女主人推脱了一次，使得会见又持续了约二十分钟。

临别前，男主人拿出了一个小录音机送给马丹，女主人则蹲下来，把马丹揽在怀里，用面颊贴在他的小脸儿上。马丹多次梦到过这个场景，他只要闭上眼睛，总能回想起女主人身体的柔软和温暖，还有她那淡淡的体香。

马丹坐上车，摇下车窗，夫妻俩都站在车的一侧，女主人把手伸进车窗里，握着马丹的手，直到最后才一个手指、一个手指地松开。

车子开动，马丹看见女主人跟着轿车小跑着，男主人追上来，用手搂住女主人，他们站在路肩的沙地上，一起朝着他挥手。可能是不愿意让马丹看到女主人哭的样子，男主人搂着妻子，将他们的身体一起转了过去，背对着马丹的方向。

马丹将头探出车外，莫名不舍地看着他们，背影渐渐模糊，女主人的肩头一直在耸动着，她好像在抽泣。

轿车开远了，农庄看不见了。马丹按下录音机的播放键，一首优美的曲子流淌出来，旋律轻盈灵动，像是一个暖洋洋的下午，淡紫色的薰衣草花田，柔软而又温暖。"蹦恰恰，蹦恰恰"，原来华尔兹圆舞曲竟然像是有淡淡的香味似的。

长大以后，马丹知道那首曲子是肖斯塔科维奇专门给他的儿子创作的：《F大调第二圆舞曲》。

马丹不知道的是，那对夫妇的名字是梅尔·鲁宾斯坦和娜塔莉·鲁宾斯坦。

新馕

2035 年 2 月，双舟国

近地小行星不是地球的卫星，而是名副其实的行星，它们体积虽小，却是绕着太阳公转的。小行星按照"出发地"分为两大类：一类来自海王星以外轨道，包括伊柯伯带甚至更遥远的奥尔特云内层，称为"外带"小行星；另一类来自火星和木星之间的小行星带，称为"内带"小行星。有些"外带"小行星飞临近日点时，会有彗尾现象，表现得像一颗彗星。

小行星对地球产生威胁的必要条件是其近日点小于日地距离。衡量小行星威胁地球程度的指标有两个：一个是小行星的体积，通常按直径标示；另一个是小行星的绝对星等，取决于小行星的密度和反照率。天文学家定义的有潜在危险的小行星（PHA），标准是与地球最近距离小于 750 万公里（约 20LD），直径大于 150 米，绝对星等小于 22（反照率大于 0.13）。

瑟曼号太空拖船将要捕捉的小行星，被罗珊娜昵称为"新馕"，暂未被他国天文台或天文爱好者发现。穆斯塔法教授从他秘密跟踪的几颗小行星中选中了"新馕"作为第一目标。"新馕"是一颗内带小行星，近地点距离约为 500 万公里（13LD），直径 5 米，反照率非常低，只有 0.07，因为它是由碳质和水冰构成的，可以说"新馕"就是一个大大的脏雪球。

太空拖船的捕获能力实验分为三个部分：一是着陆，二是"取水"，三是利用推进器微调和改变小行星运动轨迹。

着陆在小行星的技术难度相对最小，航天器着陆目标天体的难度，取决于相对速度差。近地轨道航天器与小行星的速度差比月球还小，所以航天器着陆小行星比着陆月球还要容易。亮国、扶升国等国家的航天器都已经成功登陆过小行星。

2 月 2 日，瑟曼号飞抵"新馕"小行星，巴希尔重新架好天线，与太空拖船建立通讯连接。形状接近正方体的太空拖船六个面上共有 18 个推进器，以保证拖船具有良好的空间机动性。罗珊娜打开操作手册，按步骤发出操作指令。

"开启一组推进器，拖船加速，与目标同步。"

"同步保持，开启二组推进器，实施着陆。"

"开启 12 号反向推进器。"

巴希尔逐一重复罗珊娜的指令，小心翼翼地执行操作，操作完成后，欣喜地说道："拖船着陆成功。"

着陆之后，太空拖船有多种方法可以在小行星上取水。因为"小女孩儿"计划中需要的水无需过滤和净化。所以，穆斯塔法教授设计的取水方案只需将小行星上的冰溶解为液态水即可。教授采用的是太阳能板转换电能，给小行星冰面加热取得液态水。虽然耗时较长，但在"小女孩儿"实战时，取水时间是比较充足的。

"取水实验成功。"巴希尔回报着。

所谓捕获小行星的说法是极不准确的，因为即使是直径只有 5 米的"新馕"小行星质量也有 200 多吨，而瑟曼号太空拖船的总质量，只有可怜的 300 多公斤。质量相差几百倍！"小虾米"如何能捕获"大鲸鱼"呢？

整个实验中，最困难的部分是微调和改变小行星的运动轨迹，相对于"新馕"巨大的质量和高速运行的动能，太空拖船推进器的最大推力也是微不足道的。好在，"差之毫厘，谬以千里"，在计算精准的前提下，太空拖船可以将小行星的运行方向改变一点点。几天之后，小行星变轨后的位置与原轨道预测位置，就相差十万八千里了。

太空拖船荷载有限，无法携带超级电脑，推进器指令由巴希尔在地面发出。双舟国农场的计算设备也是有限的，推进指令发出后的这几天里，巴希尔和罗珊娜将持续观察小行星的运动轨迹，不断地计算和微调。2 月 6 日，当地时间凌晨 2 时，小行星将飞临近地点，原轨道位置在 500 万公里（13LD），调整后的预计位置在约 300 万公里（7.8LD）。

"按三号数据包启动推进器，各推进器自动调整推力。"罗珊娜宣读着指令。

"输入数据包变轨密码。"巴希尔按照操作规程大声地宣读指令。两人开启各自单独保管的密码信封，背对背输入密码，完成操作。

给小行星变轨的操作是最具危险性的，两人各持一段密码，是哈米德和教授制定的保密纪律。密码是一次性的，使用后各自销毁。

完成了今天的操作任务，本来不是什么体力活，两人额头上却都汗涔涔的。罗珊娜站起身，用烧开的水，沏了一壶藏红花果茶。巴希尔走到大房间的另一侧，把朝南的小窗户开起一条缝，干冷但新鲜的空气钻进室内，屋子变得清爽起来。

两人坐下来，品着茶，罗珊娜端起桌上由她自制的脆面饼，递给巴希尔。由于巴希尔没有在双舟国农场打炭火馕坑，罗珊娜的面饼只好用电烤炉烤制。罗珊娜"发明"的这种脆面饼没有馕的韧性，巴希尔将其戏称为"压缩饼干"。

"新馕小行星直径只有 5 米，像一个脏雪球，我们推动它，都那么费劲儿，你知道吗？今天有一个直径 6 公里的脏雪球飞入了水星轨道。"罗珊娜笑呵呵地说道。

"是的，那个 6 公里直径的脏雪球是梅克贺兹一号彗星（96P），它和同样处在近日点的 C/2034 E3 彗星都在太阳附近。"巴希尔答道。"木星合海王星作为背景，两颗彗星同时临近太阳，按照超光波理论，这几天的太阳活动还不得炸了锅呀！"罗珊娜说完做了一个俏皮的鬼脸。

"这几天太阳黑子、耀斑大量产生，地球辐射强度上升，好在 2 月份不是台风季，但说不准哪又要发生地震了。"巴希尔忧虑地说道。

接下来的几天里，太阳活动果然加剧了，从 C/2034 E3 彗星 1 月 12 日到达近日点引起的一系列太阳活动，2 月 2 日公布的 1 月份日均太阳黑子数为 144，达到上一个太阳黑子极大年峰值（146）的水平。2 月 3 日，太阳"背面"发生日震，即太阳"背面"发生了强烈的太阳耀斑爆炸事件。

2 月 6 日凌晨，巴希尔和罗珊娜严阵以待，"新馕"小行星"驮着"瑟曼号太空拖船向近地点靠近，两人紧张地盯着代表小行星的光点，分毫不差地沿着显示屏上的预测轨迹线运动。

"300 万公里！小行星变轨实验成功！"两人几乎同时喊出来，又默契地各自伸出右手，击掌相庆。

"新馕"小行星通过近地点后，将继续沿着新轨道飞离地球。按照实验计划，两人将再次对小行星实施变轨，重复验证太空拖船的相应能力。之后，启动瑟曼号推进器脱离小行星，飞回近地轨道。

两人开始操作，分别开启了各自保管的第二组密码。操控工作很顺利，两人如释重负。不知不觉已是凌晨四点多了。巴希尔伸直了身子，高举双手，打了个哈欠，一只手里握着他的那段密码，看似无意地对罗珊娜说："把你的密码也交给我吧，我去洗手间里把它们烧掉冲走。"

"那可不行，我的密码只能我自己销毁，虽说这密码是一次性的，但对于你这个专家来说，看一眼，没准儿就能试出编码规则。我知道，你参与设计了情报局的加密系统。"罗珊娜笑答。

巴希尔无奈地走进洗手间，用打火机将自己的密码纸点燃，把灰烬从马桶中冲走。巴希尔出来后，罗珊娜走进了洗手间。

突然，屋子开始剧烈晃动，家具朝着一侧横向滑出，能感觉到整个房子倾斜倒塌了。巴希尔意识到，地震了！

由于房屋结构的原因，罗珊娜所处的洗手间几乎 45 度倾斜过来，洗手间连同房子的一大半天花板已经坍塌到不足一米高的位置。巴希尔被砸倒在地上，他一边大喊罗珊娜的名字，一边扒开预制板碎裂的水泥块和杂物，奋力地将身体挤向洗手间的方向。

巴希尔终于找到了罗珊娜，她额头上流着血，已经昏迷了。巴希尔试了试她的呼吸，看来没有太大问题。巴希尔把罗珊娜拖过来，艰难地抱起她，朝废墟外面爬去。

来到露天的安全地带，巴希尔将罗珊娜安放在地上，把户外备用汽油桶推到房子废墟前，汽油弥漫进废墟，巴希尔点燃汽油，将设备烧毁。

冲天大火中，巴希尔回到罗珊娜身边，不经意间，发现了罗珊娜手里一直握着的那段密码。他借着火光看了两遍，随后将密码纸扔进了熊熊燃烧的大火之中。巴希尔跑回去，将罗珊娜抱在怀里。

在巴希尔的脑海中，浮现着属于罗珊娜的那段密码。

功率不够

2039 年 2 月，亮国

大卫·哈尔西的调查组并没有闲着，新线索会自己冒出来，不过是个玩笑话。大卫相信，再复杂的谜题也是有解的，即使是大海捞针，也要把那个"小女孩儿"捞出来。如果暂时无法完全搞清玉汗国作为"加害者"使用的是什么方法，至少可以先梳理一下亮国作为"受害者"怕什么。

他要求小组成员把亮国受到恐怖袭击的各种可能性——列出来，另外再梳理一下重大自然灾害的案例，特别是太阳活动诱发的事故和灾害。

从上世纪 50 年代开始，科学家们把太阳活动与地球上发生的看似不相关的事件联系在一起，比如，太阳黑子极大年地球平均温度升高，植物生长茂盛，树木年轮相应变宽。

科学家研究古代植物化石的年轮与太阳活动的关系时，经过碳 14 测定，在近万年的历史中，有两个异常的峰值，分别是公元 774 年和公元 993 年。说明这两年的太阳活动异常强烈。据中国《旧唐书》记载，公元 775 年 1 月 17 日发生了纵贯夜空的超级极光事件。

布劳恩教授对此做过分析，按照特斯拉的超光波理论，775 年 5 月

1 日，是海王星与轩辕十四的正合日，以此为背景同时出现天王星和木星，被太阳相隔，并三点一线，且位于银道面一上一下，海王星的公转周期是 164.8 年，再附加木星天王星的隔河相冲的天象，几千年才能出现一次。

公元 993 年天王星和土星与轩辕十四相对，分列在与太阳相冲的两侧，并形成一个背景，此时海王星与木星和太阳三点一线，并位于银道面的一上一下。这也是需要千年以上的周期才可能出现的极其巧合的天象。

大卫在各种风险中挑出了四种与太阳活动密切相关的灾害和事故，分别是地震、飓风、通讯系统毁坏、电力系统故障。他又排除了"小女孩儿"计划与地震、飓风有关的可能性。

通讯和电力，就是这两个领域。大卫等人已多次论证，玉汗国的太空拖船不敢直接毁伤亮国的通讯卫星。另一方面，几乎每一次 X 级的太阳耀斑或者是冕洞抛射引起的太阳风都会对地球的通讯系统产生影响，即使玉汗人能够加强这种影响，从总体上来说，也不会对亮国的社会运行和经济活动造成重大威胁。

大卫·哈尔西得出结论，"小女孩儿"计划的目标很可能是亮国的电力系统，该系统也叫"亮北电网"。大卫请布劳恩教授作为科学顾问，参加今天下午的视讯会议。参会的主角是亮北电网的安全主管，特纳先生。

视讯会议开始，特纳先生按照大卫的要求，首先确认了太阳活动与大停电事故的关联性，列举了从 1989 年至今，多次太阳耀斑爆发导致的亮北电网的停电事故。布劳恩教授飞快地记录着，查找到的停电事故时间点、太阳耀斑爆发和导致超光波遮挡事件的天象，一一对应后，拿给大卫看。

1989 年 3 月 13 至 14 日，亮北大停电。海王星、天土星和土星在同一直线交错。3 月 6 日，爆发了 X15 级太阳耀斑；13 日，一场地磁风暴袭击了地球，全球通讯中断，对丰业国朔东省和亮国北部地区的电力输送系统造成了严重破坏，导致约 600 多万人停电 12 个小时。

1991 年是木星与轩辕十四正合年。4 月 29 日，天王星、海王星相合，木星又与火星、金星交错，爆发强烈的太阳耀斑，导致亮国新陆州核电厂毁坏。

2003 年又是木星与轩辕十四的正合年。10 月 26 日到 11 月 4 日太阳上爆发了一系列强烈耀斑，是有记录以来的最强太阳耀斑，达到 X45 级，被称为"万圣节风暴"。8 月 13 日，太阳黑子 AR431 还很小，14 日突然增大了 4 倍，比木星还大，同日，造成亮国东北部以及丰业国东部地区大范围停电。史称"亮北大停电"。

2015 年又到了木星与轩辕十四的正合年，太阳活动剧烈，从 1 月份开始太阳耀斑持续不断，在全球引发了多起停电事故。3 月 2 日，扶升国发生大面积停电，3 月 31 日，双舟国 40 多个省发生大规模停电，导致多地市政交通、航班、居民生活受到影响。4 月 7 日，亮国马安州南部的一座发电厂发生爆炸，导致首都和马安州的许多地区断电，包括七彩屋、国会峰和司法部大楼。

2027 年再一次木星合轩辕十四的正合年，2 月至 7 月太阳耀斑频发，造成全球多地停电事故。

教授在便签纸底部写到，1991 年，2003 年，2015 年，2027 年木星合轩辕十四，每 12 年一次！ 2039 年？

"特纳先生，您能帮我们解释一下，太阳活动对整个电力系统造成的具体影响是什么吗？无论是太阳黑子、耀斑还是太阳风暴，本质上都是太阳辐射，大范围的电网最怕的是什么频段的太阳辐射？"布劳恩教授问道。

"前面说的几次大停电事故是由太阳活动引发的，已成定论。但每次的停电初始事故原因不尽相同，有的是输电压力变化导致线路过热，引发短路和火灾，破坏电网。有的是发电机组或变压器产生谐振引发的。"特纳先生一边说，一边在屏幕上划线标注，接着说，"要说大型电网最怕什么，是电力系统低频振荡，频段为 0.2 赫兹到 2.5 赫兹。从某一个设备的初始振荡会引发整个电网的共振，抵消电网的阻尼，甚至使阻尼变为负值，破坏电网稳定性，严重时发生裂解。"

"产生这种共振的原因是什么呢？太阳辐射增加是否会诱发或者加强这种低频振荡？"大卫·哈尔西问道。

"电网产生低频以及该频段共振带来的破坏性，成因没有定论，每年关于电网低频振荡成因的论文至少有几十篇，并没有得出一个公认的结论。"特纳先生又补充说道，"抛开理论，实践数据表明，在 0.2 至 2.5 赫兹频段，电网越大，传输距离越远，共振频率越向低频靠近。在这个频段中，有两个频率危害最大，分别是 0.5 赫兹和 1 赫兹。"

大卫·哈尔西一惊，倏地转头看向身边的布劳恩教授。教授点头会意，这两个频率是今天会议发现的"新大陆"。大卫礼貌地对特纳先生表示感谢，结束了视讯会议。

"教授，这回可对上了，0.5 赫兹、1 赫兹正是特斯拉节拍器刻度对应的 30BPM 和 60BPM，节拍器五个特殊刻度之谜也就完全解开了，您快给我讲讲这其中的原理。"大卫兴奋而又急切地问道。

布劳恩教授解释道，太阳辐射是全频段的，当然也包括 2.5 赫兹以下的辐射，但是太阳辐射的峰值频率是 3.39×10^{14}Hz，极低频辐射的能量强度可以说是忽略不计的。

如何接收超光波的能量，特斯拉想了两个办法：一个是拉一条 18 万公里长的绳子，这个实验超视野号已经做过了；另一个是，制造一个转速极快的磁场，或者用长度只有几千公里的多条"绳子"，把它们编成一个大网，再给大网通上电，这个通电的网络就相当于一个超级大线圈儿，也会与超光波发生反应并产生极低频共振。

实践中，各国的电网都出现了现有理论无法解释的极低频共振现象，其实这正是超光波存在的一个证据。相当于在广袤的大地上铺满通了电的大网，多次重复地做着人类历史上成本最高的科学实验，"该实验"也成功验证了超光波的预言。

按照特斯拉给出的超光波性质，一个完整波长会对应 1 赫兹的额外辐射，其中一半的波峰部分会对应 0.5 赫兹的额外辐射，所以大型电网中会"莫名其妙"地产生极低频振荡，那正是"大线圈儿"与超光波发生反映的结果。

大型电网与超光波的低频振荡反应，会与太阳辐射中的强度极弱的相应极低频产生进一步的共振，从而加强了电网的低频振荡。当太阳活动剧烈时，太阳极低频辐射也会相应加强，使得电网低频振荡更强，导致整个电网共振，直至崩溃。

"玉汗国用两艘太空拖船拉着一根 18 万公里的绳子，产生 0.5 赫兹和 1 赫兹的额外辐射，4 月 5 日，木星合轩辕十四导致太阳活动加剧，进一步加强极低频共振，使亮北电网瘫痪，这就是所谓的'小女孩儿'计划！"大卫像是一个数学考试得了满分的孩子一样，兴奋地手舞足蹈，语速极快地说道。

"太空拖船的荷载有限，玉汗人最多能拉出毫米级的碳纤维丝，被超光波入射后是会产生极低频辐射。"布劳恩教授不住地摇着头，像是给大卫泼了一盆冷水，他说道，"但是，仅靠一根细细的碳纤维丝，辐射的功率不够呀，远远不够。"

 **订婚礼**

2039 年 3 月，玉汗国首都，高原城

今天是春分，也是玉汗国新年——迎春节。按照古波传统的生肖排序，今年是羊年。古波文化的生肖有 12 个，分别是鼠、牛、豹、兔、鲸、蛇、马、羊、猴，鸡、狗、猪。

世界上有多个国家，在历法中以动物定义不同的年份，循环轮替，称为生肖文化。学者们相信，玉汗国的生肖文化是外部输入的，一说是来自古埃及和古巴比伦，另一说是 13 世纪，中国的生肖文化传到玉汗国。

很多玉汗人相信中国传入说，因为除了虎换成了豹和龙换成了鲸，其他 10 个生肖及其排序完全相同。但这里面有一个历法习惯问题，中国的十二生肖被称为"地支"，对应月球的周期，月球绕地球的公转周期是 27.32 天，而在运动着的地球上观察的月球周期为 29.52 天，以此为基准，中国人将一年分为 12 个月，有时还需要加入闰月。

古波历法是纯正的太阳历，与月球无关，那么创造历法的人，没有月球周期的基准，把 365 天分为多少个月呢？答案也是 12 个月。古波人或许是参照了木星的周期，木星约每 12 年绕太阳一周。如果说地球转一圈相当于木星的一个月份，那么，木星一个月份的周期就约为一个地球年，依此逻辑，一个地球年再被分为 12 份，就称为"月"。

按照古波历，从春分到秋分的前 6 个月，每个月 31 天，后半年的前 5 个月，每个月 30 天，最后一个月称为闰月，平年 29 天，闰年 30 天。这种做法不仅好记，也更符合天文学规律。地球绕太阳公转的轨道是椭圆的，在春夏两季，接近远日点，相比秋冬的近日点，公转速度更慢，需要的时间更长，所以前半年的天数多于后半年。

由于地球实际的公转周期是 365.24219 天，不是一个整数。太阳历的编制中，最困难的是闰月的规定，其方法既要简单好记，又要尽可能接近真实周期。古波人的方法是每 128 年加入 31 个闰年，31 除以 128 等于 0.2421875。也就是每 40 万年才会有 1 天的误差，而且刚好是一天，如果每 40 万年加上这一天，那么古波太阳历简直和现代铯原子钟一样精准！

又过年了，巴希尔和罗珊娜秘密前往位于高原城西南郊区的穆扎迪的小院，举行他们的订婚礼。参加订婚礼的只有哈米德和巴希尔的母亲贝亚·穆扎迪。

2032 年，苏赛·穆扎迪被旅芝国的 AI 机枪射杀。当时，贝亚就坐在车上，苏赛下车前，叮嘱妻子不要下车。贝亚看见丈夫下车后，快步走向车尾，那正好是她视线的盲区。突然，密集的机枪子弹发出连续的轰鸣，即使隔着密闭性极好的车身，也能清晰地听到。

贝亚本能地蜷缩起身体，蹲在座位下面。一瞬间，枪声停止，车外一片安静，司机已经打开车门，冲下了车。贝亚的手指不听使唤，她哆嗦着抠开车门的把手，几乎是滚落到车外的地上。

她看见了趴在地上的丈夫，后背的棉衣爆开了三个大洞，汩汩地冒着血。贝亚不知道该怎样站起来，她用脚、膝盖和双手交替支撑着地面，爬向自己的丈夫。

司机跑过来，翻转苏赛的身体，将他倚靠在自己胸前，苏赛面对着贝亚，脑袋低垂着，已经没有了气息。

贝亚又向前爬了两步，双手扶起丈夫的头，把脸贴在苏赛毫无反应的面颊上。

"我都听你的，我没下车呀，我一直都听你的，我没下车呀。"

贝亚不停地嘟囔着，好像她只会说这两句话，好像除了说这两句话，她什么都不会。她脑子一片空白，她好像刚开始学会哭，她哭了，她好像刚开始学会抽泣，她抽泣着。从嘟囔到大喊，贝亚摇晃着丈夫的身体，开始绝望地嘶吼："我都听你的，我没下车呀，我一直都听你的，我没下车呀！"

在那以后的日子里，贝亚不喊，也不吼了，大儿子布尔汗死了，丈夫苏赛也死了，她只剩下总也不在身边的小儿子巴希尔了。她似乎又忘记了如何哭和抽泣，除了偶尔嘟囔着那两句话，她好像不会说别的话了，她好像什么都不会了。

贝亚坐在轮椅上，被动地接受着巴希尔和罗珊娜轮番贴过来的面颊，虽然她没有回应，但在她的眼睛里，明显能找到与平日不同的安详和快慰。她安静地坐着，看着孩子们开始忙碌。

巴希尔在院子里打了一口新馕坑，罗珊娜在厨房里为大家做晚饭。罗珊娜将烤制馕的面饼排放在一个大大的木质托盘里，递给巴希尔。哈米德从袋子里拿出去年在波古城特意保存的"老馕"放在厨房的台子上。

新年的第一炉馕在炭坑中嗤嗤作响地鼓起，玉汗国特有的高筋面粉的麦香弥漫在小院之中。

哈米德招呼两人进屋并排坐下，对他们说："过了年，航天中心将要发射两艘太空拖船，你们俩也要出发去南狮门群岛执行任务。我们商量以后决定，今天给你们俩办订婚礼。"

"您和谁商量？"巴希尔疑惑地抬头看了一眼自己的母亲，似乎明白又不敢确定地问道，"您是和罗珊娜的父母商量过了？"

罗珊娜没有抬头，也没有回应巴希尔的问话，哈米德点头表示肯定。巴希尔没有再问下去，他的工作甚至是生活圈子里有太多的问题是不能问的，他明白，也早就习惯了这种无处不在的纪律约束。罗珊娜害羞地说道："我跟您和巴希尔都说过，我想等'小女孩儿'计划任务完成后，再举行订婚礼。"

哈米德搓了搓手，说道："我和你父亲商量了一下，不想等那么长时间了，这也是他的心愿。"

巴希尔不解地抬起头，像是开玩笑地说道："虽然我恨不得马上就和罗珊娜结婚而不只是订婚，不过，'小女孩儿'计划到 4 月份不就执行完毕了吗？两个月也不长呀，我还是可以等的。"

罗珊娜依旧羞涩地低着头，哈米德看了巴希尔一眼，没有说话。

在玉汗国结婚，彩礼是必不可少的。男方给女方彩礼，不只是一个习俗，更是一项制度。在《玉汗国民法典》等法律规范下，玉汗国彩礼制度具有强制性、保障性和追偿性。彩礼的多少由女方提出，男方一旦承诺，则具有法律强制性，不得反悔。

古波文化崇拜太阳神，在男女结合的婚姻关系中，玉汗人把对太阳之神"密特拉"和契约精神密切联系在一起。古波语中的"密特拉"就有契约的意思，因为四时有信，永不相负，所以，太阳作证，婚姻神圣。最重要的彩礼通常使用金银等贵金属制成象征太阳的圆环形状，比如戒指、手镯、项圈等。

罗珊娜是玉汗国现代女性，没有过分的彩礼要求。巴希尔不想委屈罗珊娜，精心为她打制了一只纯金的手镯，上面镶嵌了两颗像石榴籽一样的红宝石。

订婚仪式开始，巴希尔拉着罗珊娜来到贝亚的轮椅前，两人相对站着，巴希尔取出手镯，正要给罗珊娜戴上。突然，贝亚吃力地抬起了她的右手，手指微颤，嘴唇蠕动着，似乎有话要说。

罗珊娜马上蹲跪下来，和贝亚脸贴着脸，轻抚她的腰背，巴希尔扶住母亲的手，把金手镯放在她的手里，帮着她将手镯给罗珊娜戴上。几经努力，贝亚还是没能说出话来，但她身体微微的颤动和眼眸中的闪光，让在场的人惊喜不已。

罗珊娜伸出双手，搂住贝亚干瘪的身体，眼泪扑簌簌地流下来，轻声地叫着："妈妈，妈妈。"

一旁的巴希尔强忍着泪水，他两只有力的大手，环抱着他的母亲和刚刚订婚的妻子，他凑到贝亚的耳边小声说："妈妈，过了年，我就去为爸爸和哥哥报仇！"

巴希尔边说边慢慢地站起来，两只手握成拳头，暗自挥动着，他正要转身，突然感觉到他的衣襟被一只手捏着，那是贝亚的手！

贝亚身体前倾，似乎突然有了一丝力气，她轻轻地推开了罗珊娜，胸口一鼓一鼓地起伏着，她捏着巴希尔衣襟的手，却是越攥越紧。

"不要，不要！"

贝亚好像又学会了喊，也好像又学会了哭。

一颗一颗的泪珠从贝亚的眼眶中滚落，渐渐连成两行。贝亚艰难又大声地嘶吼着："不要，不要！"

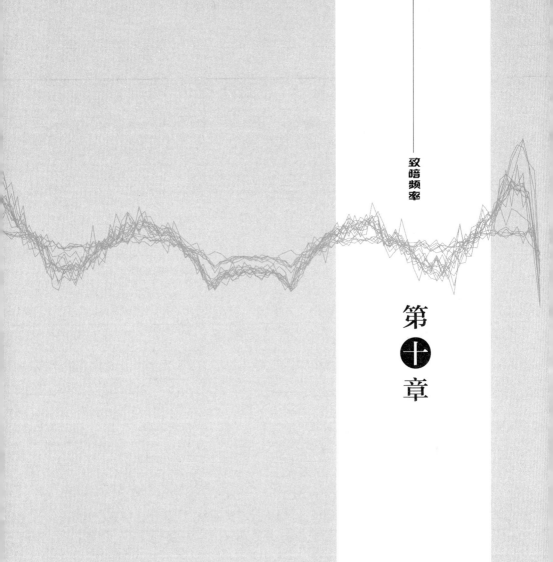

致暗频率

第十章

航线

2039 年 1 月，亮国

　　亮国亮福石油公司的大老板卡尔文·康顿的先祖是铁弓国裔移民。卡尔文谢顶，有些稀疏的棕红色头发依稀可辨家族的遗传基因，他的面颊和耳后的脖颈处也呈现着并非日光浴形成的斑斑红晕。

　　天生对数字敏感的铁弓国裔亮国人，他们多是红头发，在交易所大街金融圈举足轻重。康顿家族成为石油大亨，源自铁弓国人的另一个特性——冒险精神。柔软的棕红色头发的男性往往都是冒险家，总是尝试获得超额的回报。柯南·道尔笔下的《福尔摩斯探案集》中，就讲了一个红头发先生为了获得每天 5 英镑的"巨额"报酬而被银行盗窃犯利用的故事。

　　卡尔文·康顿是亮福石油公司最大的股东和董事局主席，公司日常经营由董事会任命的职业经理人负责。而康顿家族基金会当然由卡尔文亲自掌管。

　　玉汗国国立石油公司的代表阿布德暗示，如果卡尔文减少甚至停止给萨州大众党人约翰·斯皮思的政治捐款，玉汗国政府可能会向亮福石油公司支付 10 亿美元的损失赔偿。

如果说冒险精神深埋在卡尔文的基因之中，流淌在他的血液里，那么刚愎自用、永不服输的气质却始终挂在他的脸上。

卡尔文·康顿才不会听凭玉汗人摆布！他从约翰·斯皮思筹款晚会回来不久，在与玉汗国国立石油公司代表阿布德见面后，就毫不犹豫地通知康顿基金会把捐款金额从按惯例的1000万美元调高到了5000万美元。毕竟约翰·斯皮思之前只是竞选州长，现在是要走出萨州参选执政官了。

约翰·斯皮思特地打电话来感谢卡尔文这位老朋友，卡尔文再次表达了对约翰竞选执政官坚定的支持态度，他当然没必要对约翰提及玉汗人的事情。

卡尔文·康顿不是不会算账，但他一直认为，按照合约，10亿美元的损失赔偿玉汗人原本就该支付，附加任何条件都是没有道理的，他都不会接受。因为亮福石油公司投入大量资金，使用先进的设备和技术，在玉汗国发现了一个价值510亿美元的大油田。10亿美元是亮福公司实实在在的损失，哪有不赔之理？

他的助手比尔认为，拒绝了玉汗国暗示的条件，提高给约翰捐款数额至5000万美元之后，玉汗国政府就肯定不会同意支付赔偿了。

卡尔文·康顿不是这样想的，在商言商，一码归一码。2031年，玉汗国政府就决定拒绝支付赔偿。时隔七年多，又重新提起，不管玉汗人出于什么考虑，亮福公司获得赔偿的可能性还是存在的。

这次果然又被商场经验丰富的卡尔文·康顿猜中了，玉汗国国立石油公司驻火箭城的代表阿布德通知比尔，玉汗国政府重新裁定，准许玉汗国国立石油公司向亮福石油公司支付10亿美元的违约损失赔偿。该赔偿将以等值原油实物给付，玉汗人说他们有的是石油，但是缺少美元现金。

给付方式不是个大问题，却也有小麻烦。以亮国为首对玉汗国的经济制裁包括：建筑业、纺织业、制造业和矿产品，其核心就是矿产品中的石油和天然气出口。制裁内容是写在纸上的，而在实际操作中，实施制裁的一方需要成本低、效率高和无死角的制裁监督机制。

亮国对玉汗国的经济制裁监督主要体现在两个方面：一是管住钱，二是管住船。管住钱的方法，是将玉汗国的商业银行踢出环球银行金融电信协会（SWIFT）结算体系。

SWIFT 缩写中的"T"是英文中的"Telecommunication"，意为电信的意思，但它对应的是一种专门的通信方式。在互联网出现之前，远距离的通信方式主要有信函、电话和电报，信函效率太低，在跨国银行间清算中不适用。

电话和电报效率没问题，可惜成本较高，交流中出错的概率也高，最要命的是对于长串数字的错误率更高。金融业中，转账、授权和支付清算涉的恰恰都是数字，传输数字的准确率是跨行清算的生命线，任何一次错误都可能带来巨大的金钱损失。

一种发明应运而生，会员银行按照统一的编码规则，发出信息的银行通过电缆把电信号传送到收信银行连接的打印机上，无需译电，直接打印出来。兼具高效性和精确性的优点，成本远低于电报和电话，这种通讯方式叫做电传（Telex）。

管住船比管住钱要麻烦多了，亮国人可以轻易地把玉汗国的银行踢出国际金融结算体系，却无法把玉汗国的运油船踢出海洋。封锁古波湾，让玉汗国的运油船出不来不就行了？不行！封锁斯鲁斯海峡，是玉汗人的牌，不是亮国人的！因为封锁海峡，运不出来的是墨金国和酋长国的石油。

浩瀚的大洋之上，没有人制定规则，没有人管吗？当然有！但是不像金融业，只有一个统一的 SWIFT，主要海洋国家都有自己的船运组织，而与海运有关的国际组织至少有 10 个。其中与石油运输关系密切的有：国际航运公会（ICS），总部设在伦敦，国际独立油轮船东协会（INTERTANKO）成立于1790年，总部设在挪威奥斯陆。

1959年1月，政府间海事协商组织成立，1982年5月更名为国际海事组织（IMO），总部设在伦敦，是国际大家庭负责海上航行安全和防止船舶造成海洋污染的一个专门机构。国际大家庭对玉汗国的石油出口禁运就是通过与国际海事组织以及各主要海运协会合作完成的。

可能是因为玉汗国国立石油公司，在亮福公司被迫退出玉汗国后，事实上独占了价值510亿美元的大油田，玉汗人在此次赔偿过程中表现得大度而慷慨。他们主动提出，由玉汗国方面租用大型油轮，并支付运输费用，将石油运至亮福公司指定的港口。

日前，卡尔文已经要求公司经营团队正式向亮国商务部提交了接受玉汗国相关企业因赔偿原因给付石油的申请，特别声明，该项石油交接，不是石油贸易，不在制裁之列。

今天下午，比尔回报卡尔文，亮国商务部已经有条件批准了亮福公司的豁免申请。比尔报告说，玉汗国将使用20万吨以上的超大型油轮（VLCC），每船约150万桶，价值约1亿多美元，计划9船次运完。

商务部会要求石油必须运至亮国本土交付给亮福公司，否则不便于监控石油以及或有的违规交易。比尔想，超大型油轮无法通过苏伊士运河，绕道好望角，再横穿大西洋就太远了，那就走太平洋运至亮国西海岸。比尔提醒工作团队，按这个思路提交申请。

果然！商务部的批准条件和比尔想的一样，要求是：

一、石油只能交付到亮国本土，指定港口是西海岸的金桥港。

二、油轮必须提前报告出发时间，严格按照指定航线航行，指定航线是古波湾至奥西，绕过大洋国，经奥东港沿太平洋南部航线到焰火港，最终到达金桥港。

02 机器岛

2039 年 3 月

哈米德和穆斯塔法教授精心策划的"小女孩儿"计划中，无论是太空拖船的实验演习还是真正的"实战"阶段，玉汗国政府都不能直接参与。这就出现了一个技术性的障碍，巴希尔和罗珊娜"劫持"拖船后，无法使用中继卫星和地面转接设备，只有当拖船经过他们"头顶"时，才能有效操控。

2035 年的实验演习可以在与玉汗国临近的双舟国完成，但 2039 年针对亮国的"实战"，就必须选在经度靠近亮国本土的位置。直接进入亮国进行操控是不行的，别说行动后会被抓个正着，更何况操控设备种类繁多，体积较大，很难伪装，根本不可能运进亮国本土。

最初，穆斯塔法教授选定的操控基地是维瓦尔国，2031 年以后，亮国多次干扰和阻挠玉汗国和维瓦尔国的石油贸易，甚至拦截玉汗国油轮。毕竟，在亮国看来，如果说南亮洲是"后院"，那么加斯加海就是"内湖"，亮国军方的反潜网非常严密，用潜艇运送操控设备到维瓦尔国实在是太冒险了。

上述说法是阿布德去维瓦尔国实地考察后提出的，穆斯塔法教授认为毕竟维瓦尔国在建强湾外侧，紧邻大洋，运送设备不是完全不可能的。不知何故，哈米德支持阿布德的想法，要求教授放弃维瓦尔国，另选一处地点。

在南亮洲和加斯加海沿岸的选择被排除之后，穆斯塔法教授的目光投向了太平洋中东部的岛屿，亮国控制之下的群岛都不能选。于是，教授在哈米德的提醒下，选定了位于东南太平洋的 F 国属地南狮门群岛。

南狮门群岛位于太平洋中南部，属于大洋洲，但它距大洋国海岸比到亮洲西海岸还远。尤其是它在日界线东侧，属于西半球，也就是说，南狮门群岛和大洋国同属大洋洲，却不在同一个时区半球。

操控太空拖船的有效距离关注的是操作地与目标地，即与亮国本土的经度差。南狮门群岛的主岛多溪岛位于南纬 17 度，西经 149 度，其经度与亮国金桥港的 122 度相差不到 30 个经度，只有 2 个小时时差，完全满足操控拖船的要求。

终于要出发了，哈米德和穆斯塔法教授给两位爱将钱行。哈米德阻止了罗珊娜的帮助，亲手调制藏红花果子茶，依次给他们的杯子斟满，哈米德端起茶杯，说道：“‘小女孩儿’计划的最后时刻到了，今天为你们送行，明天你们将分别出发，预祝你们成功。”

“分别？原计划不是我和罗珊娜一起飞到多溪岛吗？”巴希尔问道。

穆斯塔法教授给巴希尔解释了原因，按照原计划，运送操控设备的潜艇将在玉汗国油轮的掩护下，从古波湾出发，经大洋国的奥西、奥东港跨越南太平洋，到达多溪岛。

整个航程需要 2 个多月的时间，但是由于亮国商务部直到 2 月份才批准油轮的航线，潜艇无法按照原计划于 3 月底到达多溪岛，至少要推后一个星期，留给 4 月 5 日之前的设备组装调试时间就太短了。

"所以您的安排是罗珊娜从帆船城直飞多溪岛，而我先到潜艇上，完成部分设备的组装和调试以争取时间？"巴希尔一点就透，说道。

哈米德指着地图说："潜艇早已跟随油轮出发了，明天到达奥东港，油轮注册地是巴拿马，船长和船员都是我们的人，你先登上油轮，到外海后再转到潜艇上。"

罗珊娜对这个小变化似乎并不惊讶，但还是忍不住问道："巴希尔是偷渡入境多溪岛的，任务结束后，他还是乘潜艇离开？"

"是的，这次行动的设备不能留给F国，即使像以前一样用强酸腐蚀、用火烧，还是会留下线索。比如凭天线的尺寸和功率就能判断出你们操控过航天器，所以需要巴希尔将其拆除后带走。"穆斯塔法教授解释道。

巴希尔想象着行动结束后的场景，自然而然地补充道："巡弋在外海的潜艇把我和设备接走以后，罗珊娜正常出境，离开多溪岛，对吗？"

哈米德像是没有听见巴希尔的话，眼睛一直盯在地图上。罗珊娜接着向穆斯塔法教授询问行动的其他细节，三人将巴希尔的问题晾在了一边。

南狮门群岛由一百多个岛屿组成，绵延几百海里，其中最大的岛是希塔岛，又名多溪岛。儒勒·凡尔纳科幻小说的主要读者群都是欧洲人，在他的时代，欧洲人对亮国幼稚的工业化产品充满鄙夷。

批判亮国的标准化生产和生活方式成为一种时尚，也会给欧洲人带来正统的满足感。凡尔纳的小说《机器岛》就是以科幻的形式讽刺亮国工业化倾向的作品，小说中最令人难忘的场景不是醉生梦死的财富比拼，而是机器船迎着朝阳在多溪岛海岸绕行，回归自然的浪漫。

多溪岛处于热带，孤悬在广袤的南太平洋，它是一颗名副其实的珍珠，贝类资源丰富，出产的珍珠世界闻名。热带洋流与遥远南极形成的有规律的寒冷洋流相结合，形成绵延数千公里的波浪，因为中间没有任何阻碍物的破坏，波形稳定完整而又平直，多溪岛因此成为冲浪者的天堂。

4月1日，一年一度的多溪岛冲浪节盛大开幕，吸引了世界各地的冲浪好手和游客，整个冲浪节将持续2个星期，直到4月中旬结束。

罗珊娜的农场在多溪岛的另一边，远离冲浪海滩。这不是巧合，几年前选址时，罗珊娜就考虑到了冲浪节的因素。4月5日，"小女孩儿"计划实施的时候，岛上的人潮和关注的热点都将在冲浪节的海滩。

罗珊娜到达农场后，煞有介事地与农场的技术人员研讨诺丽果萃取生物酶的改良工艺，10来天的时间天天加班，搞得大家疲惫不堪。当罗珊娜宣布从1日的冲浪节开始，全体放假半个月的时候，员工们笑逐颜开，作鸟兽散。整个农场，成为了罗珊娜一个人的领地。

巴希尔乘坐的潜艇一直躲在20万吨巨型油轮的船侧水下，不必担心被反潜飞机和舰艇发现。油轮从奥东港出发，按照航线驶往焰火港，最终将到达金桥港。而潜艇则离开油轮向东横穿南太平洋，前往多溪岛，最后的这一段航程不是亮国和大洋国反潜的重点区域，他们关注的重点是北面的玛瑙港方向。

巴希尔乘坐的潜艇果然延误了，直到4月3日夜里才到达多溪岛外海，在海军的帮助和罗珊娜的接应下，有惊无险，巴希尔和控制设备终于安全上岛。

在两人紧张忙碌的工作之后，巴希尔洗了澡，换上舒适的大短裤，躺在吊床上，罗珊娜自在地靠在一旁的休闲椅上。清澈的天空中繁星闪耀，明亮的轩辕十四像一颗唾手可摘的蓝宝石，木星紧紧地贴在狮子座的心脏。

夜幕静谧而幽亮，巴希尔深吸了一口清新的空气，问罗珊娜："太空拖船瑟珊号和瑟非号已经各自捕获了一颗小行星，正朝我们飞来，你在双舟国的时候，把那颗小行星叫做'新馕'。穆斯塔法教授给这两颗小行星的代号编码太长了，不太好记，你也给它们取个名字吧。"

罗珊娜觉得是有必要，她闭上眼睛，想起了光明之神密特拉，想起了曙光节，又想到富含水份的小行星，顿时生出了灵感，说道："这两颗小行星的名字就分别叫'西瓜'和'石榴'吧。"

03 干扰源

2039 年 4 月，亮国

E 先生向七彩屋办公厅主任南希和执政官国安顾问提交了一份紧急报告，他的调查组认为玉汗国所谓的"小女孩儿"计划攻击的目标，很可能是亮国的电力系统。计划的时间和方式如下：

2039 年 4 月 5 日，木星将与轩辕十四相合，与太阳三点一线，按照尼古拉·特斯拉的超光波理论，木星和轩辕十四遮挡超光波，使得入射太阳的能量产生变化，导致太阳黑子、耀斑等太阳活动加剧。

巨大的发电机组相当于密集的线圈儿，以几千公里长的输电电线相连接，织成输电网络，整个电网就相当于一个超级大线圈儿。电网的直径虽然远小于超光波的波长，但由于电网自身强烈的电磁作用，它依然能与超光波产生反应，反应的结果是大型电网会出现原因不明的低频振荡。

多国的电网都发现过低频振荡现象，并公认这一现象会在电网互联时发生，网络越大振荡越明显，破坏最严重的两个振荡共振频率分别是0.5 赫兹和 1 赫兹。

太阳辐射中包含极低频辐射，只是其强度极低，通常情况下可以忽略不计。当太阳黑子多发，引致太阳耀斑或日冕抛射，方向正对地球的时候，太阳辐射加强，极低频辐射也随之加强，并与电网中的低频振荡产生进一步的共振，破坏电网安全运行，甚至引发停电事故。

今年2月，玉汗国发射了两艘太空拖船，综合绑架事件中玉汗人传递给亮国的信息等情报。有理由认为，玉汗人将利用太空拖船在太空中拉起一根"绳子"，接收超光波能量，利用超光波的性质，使"绳子"产生0.5赫兹和1赫兹的极低频辐射。

形同"大线圈儿"的亮国电网、太阳耀斑、"绳子"三者同时发出的0.5和1赫兹的极低频频率会产生强烈的共振，振幅叠加，很有可能会使亮国的电力系统发生大范围停电事故。

在报告的最后，E先生强调，目前研判的玉汗国太空拖船干扰装置的功率不够，玉汗人如何使其装置的功率达到足以对电网产生影响，调查组将进一步跟进，并随时报告。

今天，E先生收到指示，要求他以执政官国安顾问助理的身份召集会议，尽快补充一份亮国电网安全现状和应对措施的报告。参加会议的有，负责亮国电力系统安全的亮北电力可靠性公司的代表特纳先生以及布劳恩教授和大卫等。特纳先生首先介绍了情况。

亮北地区包括亮国和丰业国的电网，由三个网络组成，分别是亮国东部电网、亮国西部电网和相对小型的萨州电网。顾名思义，这三个电网以它们的名称为范围，负责相应地域的供电。

亮国的经济、军事和科技实力世界第一，如果把每一个国家形容成一幢房子，那亮国无疑是金碧辉煌又高不可攀的宫殿。但有一个公开的秘密是，这座"宫殿"的基础设施过于老旧，至少有上百座摩天大楼已经是百岁"老人"了。

亮国的铁路、公路、桥梁也都老旧了。所有老旧的基础设施中，给现代亮国人带来最大困扰的就是电力系统，由于其自身网络化的特点，一旦发生事故，就会产生大范围的影响。

全球变暖，极端天气频发，陈旧的亮国电网越来越难以应付急剧增加的负荷需求。并入亮国电网的火电、核电、水电和其他新能源发电类型多样，发电公司林立，又多半掌握在私人手中，增加了统一协调和管理的困难。

亮国人热衷于市场化、标准化的金融产品，在供电和用电双方之间，建立了一整套具有金融性质的合约交易机制，甚至有电力期货和期权。

在超期服役的发电机、大型变压器以及风吹日晒几十年的输电线路面前，"万能"的标准化合约违约惩罚机制也于事无补，交易机制再先进，也挡不住频繁的停电事故。例如，大型变压器的使用年限是 40 年，而在网超龄服务的"冠军"已经 67 岁了！

E 先生更关心与可能发生的攻击事件有关的问题，他问道："特纳先生，今天我们不讨论亮国电网的长期改造和更新计划，也不讨论电力系统低频振荡的成因，我们只想知道，太阳风暴袭击地球时，你们会采取哪些应急措施，这些措施的有效性如何？"

"当太阳风暴来袭时，电网中的低频振荡往往是多点发生的，一个电厂或者一家电力公司首先要判断振荡源是自己的设备还是外部设备，这需要排查的时间。"特纳先生指着一张标注的密密麻麻的电网示意图比划着，他接着说，"但是从发现低频振荡到形成 0.5 或 1 赫兹的共振，时间极短，以 1989 年的丰业国朔东省停电事件为例，从发现到全网断电的时间只有 90 秒。"

布劳恩教授作为天体物理学家对电磁学有深入的研究，但当他听到 90 秒这个时间的时候，依然和大卫一样感到非常震惊。他略加思索，尝试着提出了一个专业性的问题："如果电网低频振荡的频段集中在 0.2 至 2.5 赫兹，多点振荡开始的时候，应该不止是一个振荡频率，可能是多个杂乱的频率通过谐振，经过一段时间，比如 90 秒，再集中于 0.5 或 1 赫兹形成共振，是否可以使用干扰源阻止或延缓共振的发生？"

特纳先生知道布劳恩教授是亮国航天局的天文学家，他不知道 E 先生为什么要请教授参会。特纳在心里由衷地钦佩这位教授的专业敏感性，他回应道："真是内行看门道，除了使用世界通行的方法，在励磁系统中加装电力系统稳定器之外，我们也想到了使用主动性干扰源，在东部电网和西部电网的一些重要节点和区域，利用处于经济运行的机组，调整其阻尼，有意把它们变成不同频率的谐振源。当出现电网振荡时，立即调高部分机组的转速，形成高压，增加系统阻尼，同时，开启多个固定频率的谐振源，延缓和阻止共振的发生。"

虽然是视讯会议，但参会者都能同时看到 E 先生和大卫终于松了一口气似的轻松表情，布劳恩教授却又皱起了眉头，特纳先生下面的话戳中了教授的隐忧："这种主动增加干扰源的方法还在实验阶段，并不能保证一定有效，人为增加干扰源的目的是分散共振，但也可能起到反作用，如果使用了错误的频率，还可能会加剧共振的振幅。"

"也就是说，目前的实验还未能找到有效干扰源的确定频率，是吗？"布劳恩教授问道。

特纳先生表示确实没有找到有效干扰源的确定频率。如果 4 月 5 日真的有太阳风暴，玉汗人又进行了"攻击"，是否要在电网中启动主动性干扰源，就要由 E 先生决策了。E 先生明白，今天还不是下最后决心的时刻，他又想到了另外一件事，问道："特纳先生，你们在东部电网和西部电网都做过干扰源实验，萨州电网也做了吗？"

"萨州电网一直处于满负荷运行状态，可用于干扰源的冗余资源极少，目前还没有做实验的安排。"特纳先生答道。

　　大卫·哈尔西在心里盘算着，相对于庞大的东部电网和西部电网，萨州电网只是个"小线圈儿"。教授说过，玉汗国太空拖船拉起的"绳子"的功率远远不够。

　　就算不使用主动性干扰源，萨州电网也不会停电吧。

解药

2039 年 4 月，旅芝国首都，拉维港

勒夫开车，沙姆隆二世坐在车的后座，他们正赶往古安教授的小楼。把马丹从玉汗国营救出来的行动失败了，沙姆隆二世又多了一块心病。多年的风雨洗礼，他那饱经风霜、满布皱纹的脸早已变成了一副面具，喜怒不形于色。他对开车的勒夫问道："玉汗国的那对夫妇，男的去了奥东港，女的去了多溪岛，你通报给亮国人了吗？"

"是的，我已经通报给大卫·哈尔西了，但他有些心不在焉，好像在忙别的，关注的重点似乎已不在这对夫妻身上了。"

从 2039 年年初开始，太阳活动逐渐加剧，二三月间，黑子群引发了多次 X 级的太阳耀斑，地震频发，太平洋东北海岸地震强度更是接近 8 级。

每当太阳活动加剧，也就是行星、彗星等遮挡事件发生的时候，古安教授及其研究团队都会格外关注。

今年是木星与轩辕十四的相合之年，教授的科研工作更是进入了"极大年"。总理和沙姆隆二世给他出了一道难题，要想使亮国同意旅芝国炸毁玉汗国飞米武器设施，则必须先要分析和破解玉汗人的意图。

关于玉汗国的情报看似杂乱，似乎又有某些联系，玉汗国继 2034 年之后，再次发射了两艘太空拖船，F 国监测到的情报显示，之前的太空拖船疑似制造了一个极低频辐射源。沙姆隆二世大胆猜测，玉汗人打算借旅芝人之手毁掉其飞米武器设施，古安教授在一团乱麻中好像找到了一个线头。但有些事他还是想不明白，今天他把老谋深算的沙姆隆二世请过来一起商量。

在古安教授宽敞的实验室里，三人坐定，教授首先开腔："我是搞理论研究的，对超光波的应用，我想到了一个技术方案，可能与玉汗人的计划有关，我还是想先了解一下你们有关此事最新的进展和分析。"

沙姆隆二世示意勒夫回应，勒夫说道："玉汗人借我们之手自毁飞米武器设施，老板的这个推断很大胆，但这几天我越来越觉得有道理，玉汗人的核心目的就是把亮国人逼回到谈判桌，解除对玉汗国的经济制裁。"勒夫接着说，"如果玉汗国没有了精炼重金属和设备，亮国为首的国际大家庭就失去了对其进行经济制裁的正当理由。"

沙姆隆二世意味深长地补充道："玉汗人不仅想借我们的手毁掉他们的精炼重金属和设备，他们还曾借我们的手失去了最重要的飞米武器专家。"

勒夫和古安教授又一次震惊于沙姆隆二世的想象力，勒夫急切地问道："那是 2032 年啊，玉汗人这线也埋得太深了，那我们还甘愿被玉汗人利用吗？"

"这 20 年来我最大的愿望之一就是消除玉汗国的飞米武器威胁，炸毁玉汗国飞米武器设施，要不是亮国人拦着，我被玉汗人利用 100 次都愿意。"沙姆隆二世终于露出了难得的笑容，接着说，"从玉汗国的逻辑出发，需要向亮国证明，他们拥有了一种新的战略威慑能力，即使是放弃了飞米武器计划，也能兼得经济发展和所谓的战略安全。"

"您是说，玉汗人要向亮国证明，他们掌握了特斯拉的理论，如果亮国不解除制裁，他们就将特斯拉超光波理论公诸世人？"

"特斯拉的秘密亮国人已经保守了 100 多年，他们当然怕泄密！但对亮国这种国家，口头威胁是没有用的。玉汗人刚刚发射的两艘太空拖船，绝不是巧合。他们要打疼亮国人，而不只是揭发一个惊天秘密，玉汗人如何能做到，那就得问教授了。"沙姆隆二世凭着与古安教授相处多年建立起的信任，目光中带着期待，看向教授。

"我一直在想，太空拖船能干什么？为什么要发射两艘？我确信，F 国当年侦测到的信号来自近地轨道上直径超过 18 万公里的一个物体。"古安教授抬手阻止了对面两人的提问，接着说，"18 万公里的那个物体不可能是三维的球体，它最有可能是一根线，或者是绳子，两艘拖船的用途就是拉起一根绳子，借助超光波，制造极低频辐射。"

古安教授提出了一个大胆的猜想，玉汗人计划利用太阳活动加剧引发电力系统低频振荡的原理，在近地轨道制造一个极低频辐射源，加剧这种振荡，攻击亮国的电网，造成大范围停电。把极低频变成一种武器，使其成为导致黑暗的频率，即所谓"致暗频率"！

教授列举了从 1991 年开始，每隔近 12 年，木星合轩辕十四加剧太阳活动，相应地引发亮国多起停电事故。特别是 2003 年那个相合年，由于其他天象的配合，8 月至 11 月发生了多次太阳耀斑事件，其中最大的一次太阳耀斑达到有设备记录以来最大的 X45 级。

2003 年 8 月 14 日，亮北大停电，不仅如此，8 月 28 日，伦敦也经历了一次大停电，交通陷入瘫痪，50 万人受到影响。9 月，在马来西亚、澳大利亚、丹麦、瑞典和意大利等不同地点也分别发生了大范围的停电事故。

　　勒夫虽然不懂所谓的超光波理论，但还是听懂了教授的意思，他自言自语地说道："玉汗人发射两艘拖船，又要拉起一条 18 万公里长的绳子，就是为了造成亮国的停电事故，与其这么大费周章，为什么不直接告诉亮国人，他们已经有能力利用超光波制造武器，不就行了吗？"

　　"上个世纪大战后期，亮国在扶升国投放初级飞米炸弹之前，曾经在沙漠里做了一次试验。"沙姆隆看了看勒夫，接着说，"按你的逻辑，亮国人可以邀请扶升国官员到现场观摩初级飞米炸弹爆炸的威力，扶升国人看了以后，你觉得他们就会乖乖地投降吗？"

　　"现在还有两个问题，一个是太空拖船的载荷有限，他们通过绳子发出的辐射功率不够，这个问题我还没有答案。"古安教授点着头表示同意沙姆隆二世的分析，接着前面的话题继续说道，"第二个问题是，如果玉汗人利用太空装置和太阳活动，加剧亮国电网的低频振荡，那亮国人能采取什么有效的措施进行防范？"

　　古安教授解释了 0.5 和 1 赫兹共振对电网的危害，提出了通过理论计算得到的一个可能有效的化解方法：那就是，在大型电网中预设主动性干扰源，发出同一个固定频率，与系统中原有的多个低频振荡频率产生谐振，以延缓和阻止，趋向 0.5 和 1 赫兹形成共振。

　　"勒夫，向大卫·哈尔西通报，玉汗国会以某种方式攻击亮国的电力系统，尤其提醒他们要注意防范低频振荡。"沙姆隆二世给勒夫下了命令。

　　古安教授不解地问道："您是不是想通过此举向亮国人暗示，我们也掌握了特斯拉的秘密。这本身也是我们保守了多年的秘密，为什么要告诉亮国人？"

　　"从长远来看，如果亮国人只知道玉汗国掌握了他们的秘密，而认为我们不知道，从某种角度来说，我们旅芝国就成为圈外人，有被边缘化的风险。"沙姆隆二世看向窗外，良久，回过头来对教授说道，"把您推算出来的干扰源的那个频率告诉我们吧。由勒夫一并转告亮国人。"

"太阳的直径约为 139.1 万公里，除以超光波波长等于 8.166，按照特斯拉猜想的超光波性质，一个波长对应一个赫兹的频率，以此推算，太阳会给地球一个 8.166 赫兹的极低频辐射，而地球的周长约为 4 万公里，对应着一个 7.5 赫兹的共振频率，两个频率相加取平均数，就得到舒曼共振频率 7.833 赫兹。"古安教授接着说。

"无论是特斯拉还是我们，对于超光波的性质，几乎一无所知，相加取平均数，可以得到地球共振频率，这两个频率能相减吗？相减之后得到的频率会有物理意义吗？这就是我对那个干扰源频率的猜想。"

"相减，8.166 赫兹减去 7.5 赫兹，形成干扰源固定频率，就会像'解药'一样，解除 0.5 和 1 赫兹这个'毒药'的破坏性影响。"勒夫一边兴奋地说着，一边把相减的结果写在黑板上：

0.666 赫兹。

05 水泥

2039 年 4 月 4 日，F 国属地，南狮门群岛

除了在楼顶竖起天线，巴希尔已将所需设备组装连接完毕，罗珊娜则布置好两人的工作台，做了最后的检查。

罗珊娜用笔记本电脑连接外网，浏览亮国航天局的太阳活动日报，读给巴希尔听："4 月 1 日太阳东侧，一个新生成的黑子转过来，昨天，它不断增大，面积已经超过了木星，预计 5 日将引发耀斑事件。"

"超光波理论已经被行星、彗星太多次验证了，超光波被遮挡，就会加剧太阳活动，木星合轩辕十四这个最大的遮挡天象又怎么会例外呢？"巴希尔并不感到意外，笑嘻嘻地接着说道，"万事俱备，明天我们接管两艘拖船后，就看'西瓜'和'石榴'的了，这可是真正的实战，我都等不及了。"

"巴希尔，我也期待，这毕竟是人类历史上第一次有效接收超光波，把一个 18 万公里长的人造物体变成辐射源。"罗珊娜洋溢着自豪感，又补充道，"不过，你应该也知道，我们只是警告一下亮国人，如果他们足够聪明，亮国的电网就能顶得住'绳子'的额外辐射。因为我们给他们传递口信的时候，把破解的方法也暗示给他们了。"

巴希尔一听这话，立刻气不打一处来，愤愤地说道："道理我都懂，我们的目的是为了逼亮国人回到谈判桌，解除对我们的经济制裁。可是，就不能真的教训他们一下吗？为什么还要把所谓的'解药'给他们。"

罗珊娜收住笑容，严肃地对巴希尔说："亮国是我们的对手，甚至是敌人，可是，你别忘了，我们不是恐怖分子！要是亮国全网大停电，会有多少无辜的平民受到影响？"罗珊娜走到巴希尔面前，牵起他的手，又说道，"我理解你的感受，但是现在我更担心的是，亮国人是否注意到了我们的提醒，知道如何使用'解药'了吗？"

2039 年 4 月 3 日，亮国火箭城

这几天大卫烦躁不安，太空拖船拉起的碳纤维"绳子"的功率不够，玉汗人是用什么办法解决的？为了分散和消除电网中的 0.5 和 1 赫兹频率共振，人为干扰源的有效频率是多少？这两个问题不是大卫能研究明白的，但他又必须搞清楚，还有两天，时间太紧迫了！

大卫·哈尔西和布劳恩教授的办公室都在二楼，大卫的房间虽然小些，却是在走廊尽头，除了朝南的窗户，还多了一扇朝西的飘窗。问题就出在这个飘窗上，从今天一大早，飘窗外就"叮叮咣咣"吵个不停。

窗外 100 米距离的空地正在盖房子，地下室的筏式基础已经挖好，工人们敲敲打打地从预埋的结构柱位置，向上捆扎钢筋。大卫走到窗前，找到噪声源，心想：过一会儿，水泥罐车开过来，浇筑混凝土的时候还不得吵死人！

大卫离开办公室去敲布劳恩教授的门，教授正在电脑屏幕前念念有词地小声嘟囔着。屏幕上是某位学者的最新论文，里面有电网低频振荡的数学分析模型，教授指着一张图表对大卫说："你看，低频振荡发生

时，0.5 赫兹有一个明显的峰值，另一个稍小的峰值是 1 赫兹。"

教授说，这两天他也烦着呢，计算干扰源频率的工作落在了他这个天文学家头上，因为 E 先生说，电力工程师不知道特斯拉理论，教授反倒成了最合适的研究力量。

大卫想到节拍器，提醒教授，说道："您确实是最合适的人选，除了您最了解特斯拉理论，您还掌握节拍器这个绝密线索，节拍器上的五个频率没准儿有用？"

布劳恩教授说道："大卫，你真是我的知己，我想，当年特斯拉用与地球周长相关的 7.5 赫兹和地球共振频率 7.83 赫兹，推出了太阳会有一个 8.166 赫兹的日震频率。如果用日震频率减去地球共震频率会有物理意义吗？"

大卫在黑板上写出来，8.166-7.833=0.333 赫兹。

"这不就行了吗？干扰源的有效频率是 0.333 赫兹！用三分之一干扰二分之一和一，听着就合理！"大卫惊呼道。

"这只是我个人的猜想，科学是严谨的，必须通过实验验证，可惜的是，我们对于超光波的了解实在是太少了。"教授接着说，"虽然我们时间很紧，但也不能就这么报告给 E 先生，毕竟我的一家之言可能考虑不周。"

二人短暂的沉默被敲门声打断了，机要人员转给大卫一份密电，是旅芝国鼎天组织特工勒夫发来的，上面写道："留意亮北电网安全，特别是低频振荡。0.666 赫兹可能会有帮助。"

教授看后，露出了惊喜的表情，说道："现在不是我一个人的猜想了，奇怪？旅芝人也知道特斯拉理论和超光波？"

大卫·哈尔西征得教授同意后，立即通过保密视讯系统与 E 先生连线，两人一起做了汇报。布劳恩教授进一步解释说，输电电网的主频率往往会跟随着一串整数倍的谐振频率，比如，大多数电网的输电频率是 50 赫兹，则 100 赫兹、150 赫兹等整数倍就是输电谐振频率。0.5 赫兹和 1 赫兹，0.333 赫兹和 0.666 赫兹分别也是整数倍关系，原理是相同的。

"玉汗人通过太空拖船制造一个 0.5 和 1 赫兹的辐射源，成为所谓的致暗频率，可能造成亮国电网的停电事故。"E 先生听取汇报后，沉思着，像是自言自语地说道，"但如果我下令要求电网开启这两个主动性干扰源，也就是你们说的 0.333 和 0.666 赫兹，万一没起到作用，而产生了反效果怎么办？"

大卫又一次失望了，他眼睛死死地盯着黑板上写着的两个频率。

突然，大卫跳起来，疾步跑回了他的办公室，一会儿工夫，他手里拿着一叠文件，跑回来大声说道："这是达芙妮被绑架脱险后做的笔录，您听听这段，'背景音是 20 和 40BPM 交替的节拍器录音'。20BPM 就是 0.333 赫兹，40BPM 就是 0.666 赫兹，玉汗人向我们暗示了避免停电的方法！"

这回可真是震惊到 E 先生和教授了，大卫接着说："如果一个人被下了毒药，他会认为谁最可能有解药？当然是下毒的人！我不知道玉汗人是怎么算出来的，也不知道他们为什么要暗示我们，但我相信这两个频率就是'解药'！"

"很好，大卫，我们让你负责调查工作，是找对人了。既然旅芝国、玉汗国和我们自己的科学家一致认为这两个频率有效，我就没有再怀疑的理由了。让人揪心的是我们只好在如此大范围的生产电网中做这个科学实验了，我会通知电力安全公司，开启 0.333 和 0.666 赫兹的干扰源。"E 先生说完后，又想起了大卫的另一项任务，说道，"教授计算过，玉汗人的碳纤维丝功率不够，大卫，我们的大侦探，希望你尽快搞清楚。"

视讯会议结束后，大卫又回到他那噪音不断的办公室。

更吵了，水泥罐车"轰隆轰隆"地开过来了，工人们把钢筋骨架用模板包起来，水泥车上的连接管"咕嘟咕嘟"地把水泥浆灌注到模板钢筋中的每一处空隙。

能不能让人安静一下！大卫·哈尔西强迫自己从烦躁中重新回归冷静，像是受到了什么力量的牵引，他移步到飘窗前。

钢筋，水，水泥粉末能合成坚固的柱体结构。

太空拖船拉起一根碳纤维丝，辐射功率不够，如果是造出一根"水泥柱子"，功率不就够了吗？

"终于明白了！多条碳纤维丝就好比是钢筋，从小行星取来水，还差水泥？"大卫破解了他职业生涯中遇到的最大难题，他站在窗前，挥动着紧握的拳头，在心里说道："保水剂就是太空中的水泥！"

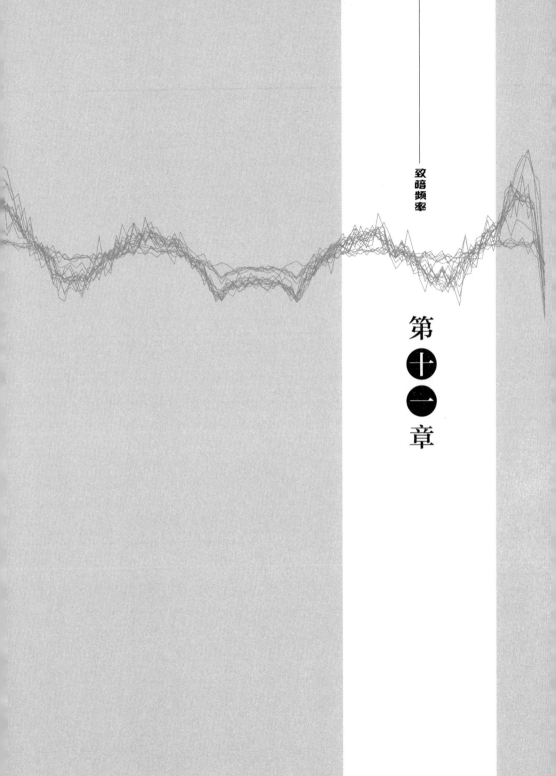

致暗频率

第十一章

01 小线圈儿

2039 年 4 月 5 日，F 国属地，南狮门群岛

昨夜，巴希尔和罗珊娜成功接管了两艘太空拖船，他们将连续工作几十个小时，任何微小的差错都是要竭力避免的。罗珊娜提前制作了大块的烤牛肉和她"发明"的电烤小脆馕饼，巴希尔找来一个大罐子，把新鲜的诺丽果捣烂，制成咸甜味的诺丽果酱。

多溪岛的 4 月，气候温和。为了安全，两人的操作间只有一扇门，没有窗户，像一个大闷罐，即便是巴希尔加装了一高一低两个换气扇，屋子里仍然是又闷又热。巴希尔用一个玻璃罐，盛满诺丽果汁，放在冰箱里。

玉汗国今年发射的两艘太空拖船和 5 年前发射的瑟曼号太空拖船一样，拖船名称都取自玉汗国历史上著名的王朝，一个叫瑟珊号，一个叫瑟非号。瑟珊王朝被称为古波第二帝国，而瑟非王朝则被称为古波第三帝国。

两艘太空拖船执行"小女孩儿"计划，分为两个部分，第一部分是着陆于各自的目标小行星。瑟珊号着陆的小行星是罗珊娜命名的"西瓜"，直径 5 米；瑟非号着陆的小行星是"石榴"，直径 4 米。两颗小行星均为碳质水冰成分，反照率极低，只有穆斯塔法教授团队这种有心人才能发现。

太空拖船"捕获"小行星，通过自身的推进器微调和改变小行星的运行轨道，需要较长的时间。这些工作已由哈米德安排的另一组特工在玉汗国本土以外的秘密地点完成了。在穆斯塔法教授指挥下，日前，运载火箭给 2034 年发射的瑟曼号提供了燃料补给，还给它带去了一个新装置，里面盛满了 30 公斤 1 比 20 高吸水倍数的保水剂粉末。

巴希尔和罗珊娜负责"小女孩儿"计划的第二部分，是由"西瓜"和"石榴"到达同步轨道后，制造一个 18 万公里长的结构发出极低频辐射，借助太阳耀斑加剧的太阳低频辐射，与电网中的低频振荡产生共振，扰动亮国的电网。

"西瓜和石榴相对速度差小于 1 米每秒，进入操控区间。"罗珊娜清晰地播报着相关数据："小行星距地面 120 万公里，经度方向西经 125 度，两目标间距 18 万公里。"

"瑟曼号同步跟随两目标，状态正常，与两目标连线垂直距离 1 公里。"

"瑟珊号发射弹射器，连接目标瑟非号。"

"连接成功，100 条碳纤维丝分布均匀，拉伸状态平直。"

"启动瑟曼号在两目标间的巡回模式，保水剂喷射装置准备。"

"开启瑟珊号和瑟非号取水喷射开关，相互喷射水雾。"

"水雾冰晶弥漫密度正常，纤维丝温度 300 开尔文，瑟曼号开始保水剂粉末喷射。"

在亮国上空 120 万公里处，两颗小行星各自带着一艘太空拖船，间距 18 万公里，其间是拉直的 18 万公里长的 100 根微米级的碳纤维丝。太空拖船对向喷射出来的水雾瞬间凝结为细小的冰晶，弥漫在 100 根

"绳子"周围。

"绳子"附近的环境温度只有 3 开尔文左右,而每一条拉直的 18 万公里长的碳纤维丝被超光波入射后各自升温到 300 开尔文,冰晶触碰到升温后的"绳子",就立即变为液态,"绳子"上沾满了水珠。

瑟曼号拖船平行于"绳子",通过开关推进器控制,加速从一颗小行星旁边飞到另一颗小行星,然后通过减速,达到"反向飞回来"的效果,不断重复。在这个过程中,瑟曼号就像一台 3D 打印机一样,持续向"绳子"喷洒保水剂粉末。

保水剂粉末与"湿润"的热"绳子"上的水滴融合,把水份锁住,形成粘稠的"泥浆","泥浆"溶解和吸附更多的冰晶。于是,"西瓜"和"石榴"之间的多条碳纤维丝慢慢地变成了一个 18 万公里长的"泥浆柱",随着超光波的入射,这条足够粗的"绳子"发出的 0.5 和 1 赫兹的极低频辐射功率不断增强,极低频波对准的地球经线贯穿亮国。

两小时前,亮国火箭城

大卫·哈尔西是土生土长的萨州人,每个月的电费账单上收费的一方显示为萨州电网,他从没认真考虑过,萨州的电力供应和其他的州有什么不同。刚刚,大卫才想到这个被他忽略的事实,萨州电网不仅是独立的,而且不受联合电力委员会管辖!

亮国本土 48 个州共有三个电网,分别是东部电网、西部电网和萨州电网。萨州电网全称为萨州电力可靠性委员会,并由同名机构运营。

多年以来,萨州电网拒绝与亮国另外两大电网连通,仅在世界大战期间,短暂地为其他几个州提供过部分电力。1976 年,萨州的一个电力公司,因为股权归属关系,主动向克拉州供应了数小时的电力。这一事件引起轩然大波,被称为"午夜连接",引发了一场足以把萨州电网纳入联合法规监管的官司，但最终还是以萨州电网保持独立而结束。

2011 年，萨州因天气原因导致大范围停电，但是萨州电网没有选择向东部电网求援，而是紧急向建强国采购电力。2021 年，萨州电网再次发生大范围停电事故，当时正值全球首富迈克尔·麦克斯搬到萨州不久，他因此抨击该州电网运营商不可靠。

萨州电网内部进行了检讨，除增加天然气管道安全性和设备更新等措施之外，重新检查和测试了与东部电网克拉州两条已有的输电线路，以备紧急情况下从东部电网输入电力。

亮北电力可靠性公司的安全主管特纳先生的权限，只能调动东部电网和西部电网的资源。特纳按照 E 先生的指示，要求两大电网的多家发电厂和众多的变压器站点重点防范低频振荡，电网中所有的电力系统稳定器（PSS）均已开启。

特纳先生不知道 E 先生是怎样确定的干扰源频率，但他还是不折不扣地执行了。特纳要求两大电网主要节点使用已实验过的冗余设备作为干扰源，内置的干扰频率是 0.333 赫兹和 0.666 赫兹。当系统产生低频振荡时，干扰源将自动开启，即将达到共振临界振幅时，又将自动关闭，循环往复，以此分散和控制电网低频振荡的振幅。

一位宾客最大酒量是一壶酒，喝下第二壶就会喝醉。宴席开始时，主人一共准备了两壶酒，客人喝下一壶。如果主人再给客人一壶，客人就醉了；如果主人自己喝下另一壶酒，客人就不会醉酒。在这个例子中，酒量就是共振振幅，宾客就是电网中的脆弱节点，主人则是主动性干扰源。

E 先生考虑到，萨州电网相对独立，既没有足够的干扰源冗余资源，也没有参加过亮北电力可靠性公司的干扰实验。由于保密的原因，E 先生不能说明玉汗人可能的攻击计划，只能提醒萨州电网，应当注意防护太阳耀斑爆发可能产生的低频振荡。

萨州电网表示，他们已经注意到了，这几天如遇电网发生低频振荡，导致电网电压失稳，他们将采取有效措施，补充电力。

本以为萨州电网是个"小线圈儿"，与超光波的反应强度远不及另外两大电网，E 先生认为，主要的防护重点不在萨州，而是东、西两大电网。

E 先生根本没想到，萨州电网方面可能是碍于面子，也没有告诉他，如遇紧急情况，萨州电网所谓的有效措施是：使用克拉州的两条线路与东部电网连通！

他们不知道，一旦连通，将使萨州电网瞬间变成一个超级"大线圈儿"。他们引来的不只是补充的电力电压，还将引来振幅极高的低频振荡，而萨州电网是没有干扰源保护的！

电网的具体防护工作无需大卫参与，他现在更关注另外一件事，既然保水剂是"小女孩儿"计划中的"重要材料"，那么玉汗国夫妇的嫌疑就又升高了。据旅芝国方面的情报显示，他们的落脚点分别在奥东港和多溪岛。

布劳恩教授提醒大卫，玉汗国特工只能在临近亮国的某个地点操控太空拖船，大洋国的奥东港就被排除了。大卫联系了海外情报局，调用专机和一个精干的外勤组，跟他一起飞往多溪岛。

现在是亮国中部时间（CDT）4 月 5 日 23 时，火箭城北郊的机场空旷而明亮，大卫俯身钻进细流 R200 型公务机。飞机腾空而起，先向北，绕过城区，再转向西南方向航线。

大卫坐在宽大的浅米色真皮座椅里，侧头俯瞰机舱外的地面，火箭城市区灯火阑珊，北方约 240 英里外那一片若隐若现的灯光应该是南大城。

突然，地面上一片漆黑，整个萨州停电了！

变轨

2039 年 4 月 4 日，F 国首都，香磨城

阿方索有晨跑的习惯，今天，他一如既往地沿着河边的小径跑步，按照固定线路，他拐进一个小型街心公园的林荫道。阿方索很喜欢这条路，路边长满树冠宽阔的梧桐树，朝阳斜射下来，忽明忽暗的光影和清新湿润的空气是对早起锻炼的人最好的奖赏。

阿方索注意到前方路肩上停着一辆深蓝色的厢式轿车，轿车的侧拉门敞开着。当他路过车门的时候，看见里面坐着一位银灰色短发，气质高雅的女士。阿方索以多年的特工经验判断出该女士的年龄应该已过40 岁。

女士也正看着他，露出亲切的微笑，招手示意他上车，阿方索职业性地顿了一下，又瞥见副驾驶座上是一个身穿黑色西装的大块头男人。阿方索若无其事地钻进车厢，坐在了女士的对面，司机按动按钮，电动车门关上了，大块头男人和司机都下了车，车里只剩下阿方索和穿着米色裙套装的优雅女士。

"亲爱的阿方索，他们都叫我迪奈小姐，您也可以这样称呼我。"女士先开口，不等阿方索询问，继续说道，"沙姆隆二世是我的老朋友，冒昧打扰您，是想请您帮我一个忙。"

"亲爱的女士，我只是个老老实实的生意人，我不认识什么沙姆隆，二世？您可能认错人了。"阿方索平静地说道。

"亲爱的阿方索，我们听说您与玉汗人做了一笔大生意，卖给了他们一些环境控制设备，无论您和沙姆隆二世有什么样的计划和行动，我们都不会干预，也不会对外张扬。"迪奈小姐伸出食指，竖在她自己的红唇上，又说道，"我只是请求您帮我一个小忙，那就是别把我们 F 国卷进去，我希望您尽快辞去您的工作，离开 F 国，您可能不方便回到沙姆隆身边，但我觉得地海国或许是您很好的选择。"

"亲爱的女士，虽然我听不懂您在说什么，但我会认真考虑您的建议，我可以下车了吗？"阿方索问道。

"当然，很高兴与您谈话，代我问候您的老板，麻烦您给他带去一个我的小礼物。"迪奈小姐露出了迷人的微笑，用手拢了拢银灰色的短发，继续说道，"我们的 2.4 米口径望远镜追踪到两颗异常的小行星，它们的轨道好像被人造航天器，比如玉汗国的太空拖船改变了。现在它们间距只有十几万公里，正并肩朝地球飞来，将会在 50 万公里处与地球擦身而过。"

几小时后，旅芝国首都，拉维港

沙姆隆二世召集古安教授和勒夫，研究阿方索传来的情报，沙姆隆二世首先说道："我们已经分析出，玉汗人会利用特斯拉超光波的原理，使用两艘太空拖船拉起一根 18 万公里长的绳子，与亮国电网的低频振荡产生共振。但是我们不能完全确认玉汗人动手的时间。"

"我们没有欧洲航天局那么大口径的望远镜，袭击不是针对我们的，现在去搜寻那两颗小行星，我们做不到，似乎也不是重点。"古安教授立刻明白了沙姆隆二世的用意，解释道："F 国传来的情报对我们最大的价值是，玉汗人的行动时间应该在 48 小时以内，因为小行星飞过地球的时间是有限的，它们能被 F 国发现，说明离地球已经很近了。这个时间正好符合我对太阳活动加剧也是必要条件的判断。"

"对了，老板，阿方索非常关心马丹的安危，问我们有什么好办法。"勒夫问道。

沙姆隆二世没有马上答话，他的目光从两人身上移开，隔着窗户，凝视着远处，良久，他转过头来，对勒夫说："让提尼克带上人，立即前往多溪岛，他们无法带武器，也千万别在 F 国的地盘上闹出什么事来。"

勒夫不解地问道："这和营救马丹好像没什么关系，您是想让提尼克把玉汗人绑架了带回来吗？"

"告诉提尼克，他们不要暴露身份，唯一的任务就是绝不能让玉汗国特工落到亮国人手里。"沙姆隆二世点上一支烟，以他惯常的不容置疑的口吻发出命令。他吐出一口烟，盯着升腾的烟雾，喃喃地说："也许只有这样才有可能救出马丹。"

2039 年 4 月 5 日，F 国属地，南狮门群岛

"小女孩儿"计划最重要的工作终于完成了，也就是利用太空拖船在小行星上取水，拉起 18 万公里长的 100 根碳纤维丝，喷洒保水剂粉末，制成功率足够强大的"泥浆柱"，接收完整的超光波波长。"泥浆柱"聚集能量产生 0.5 和 1 赫兹的极低频辐射，与太阳耀斑和亮国形如"大线圈儿"的电网中的低频振荡产生共振，扰动亮北电网。

神经高度紧张之后，巴希尔似乎感觉到了疲惫，他站起来，走向身

旁的罗珊娜，用手轻柔地给她的肩膀做放松按摩，罗珊娜把头靠在巴希尔的胸口，说道："巴希尔，多少年了，我们一直盼望这个时刻，'绳子'，尼古拉·特斯拉的'绳子'终于在亮国的上空拉起来了，现在就看亮国的电网能不能撑得住以及亮国人后续的反应了。"

"一提起这个，我就生气，我们费了这么大的劲儿，制造出这条'粗绳子'，可惜我们暗示了亮国人使用干扰源，使得他们的电网能够有惊无险地撑住。"巴希尔一脸不满地说道。

苏赛·穆扎迪和哈米德等人设计"小女孩儿"计划的时候，就没打算真的使亮国电网陷入瘫痪。只要向亮国人证明，玉汗国完全掌握了特斯拉的超光波理论，而且率先制造出了人类历史上第一个不依赖于太阳能的"能量棒"，发出致暗频率，就足以威慑亮国，从而达到解除亮国对玉汗国经济制裁的目的。

按照计划，"泥浆柱"保持时间是十分钟，之后，巴希尔和罗珊娜将反向启动两艘拖船的推进器，"绳子"结构会自然解体，超光波入射停止，太空恢复平静。

操作间侧墙上挂着电视，播放着亮国新闻频道的节目，新闻主播突然停止正常播音，插入了一条紧急消息：萨州发生大面积停电事故，原因不明。

巴希尔惊讶地叫起来："萨州停电了，穆斯塔法教授不是说萨州电网是个'小线圈儿'吗？"

罗珊娜也觉得不可思议，说道："可能是出了什么意外状况，我们的操作一切正常，萨州和亮国人的事情还是交给老馕爸他们处理吧。我们继续完成任务。"

十分钟的时间到了，两人进入下一个流程的操作。为了尽可能不被别人发现这两颗小行星，两人将对小行星再次变轨，使其近地点尽可能远离地球。变轨操作密码两人各自掌握一段，与具有演习性质的双舟国那次行动不同的是，两人各自的密码不再是纸质的，而是各自背下来，凭记忆输入。

密码输入了，变轨完成了，接下来的工作是，启动太空拖船反向推进器，使瑟珊号和瑟非号与小行星脱离，反向朝远离地球的深空飞去。玉汗国将对外宣布，两艘太空拖船失联，从而彻底消除"小女孩儿"计划的关键证据。

巴希尔随手拿来两只空杯子，把冰好的诺丽果汁分别倒在杯子里，拿起一杯递给罗珊娜，自己则举起另一杯喝了一大口，罗珊娜也喝下了一口。

两艘太空拖船还未与小行星脱离，罗珊娜就晕过去了，趴在了桌子上。巴希尔给罗珊娜的杯子里有迷药，为了不伤害罗珊娜，他使用的剂量会使罗珊娜陷入昏迷，但仅仅持续一小时左右。

巴希尔迅速地从自己的背包中取出一台笔记本电脑，里面有他在潜艇上编好的操作程序，他将笔记本与操控器连接起来，按照他从双舟国得到的罗珊娜那段密码反推出来的密码设计结构，破解有效密码。完整的操作密码被巴希尔这个数学天才破解出来了，他把在潜艇上反复计算的变轨程序输入操作系统。

变轨完成后，巴希尔操控瑟珊号和瑟非号脱离小行星反向飞走，他心想，即使罗珊娜醒来后要阻止他，也无法再次改变小行星的轨道了。

爸爸，哥哥，巴希尔为你们报仇的时刻就在眼前了！

距地面一百多万公里的高空中，"西瓜"和"石榴"此次的变轨角度非常微小，两颗小行星几乎保持着原有的速度和方向，继续朝地球飞去。而这个微小的角度变化，将使两颗小行星最终撞击到地球上。

巴希尔设置的撞击点是属于亮国领土的那个著名的岛屿。

03 无法避免

2039 年 4 月 5 日，亮国萨州首府，陆渠城

宣布参加 2040 年亮国执政官竞选党内初选的约翰·斯皮思，2039 年 1 月卸任了萨州州长。从 2024 年起，他在这个岗位上已经整整 15 年了。

自从宣布参加党内初选，约翰发现他的日程比当州长时排得更满。今天晚上 10 点多，他才回到家中，正准备淋浴时，突然停电了。约翰跑到窗前，发现视线所及的区域一片漆黑，手机也没有了信号，他立即意识到这是大范围的停电。虽然他已不是州长，但他还是一刻也不耽误地开车直奔州政府大楼。

约翰了解到的情况是：整个萨州电网已陷入瘫痪，电力公司正在抢修，恢复电力的时间很难评估。2021 年的停电事故是因为寒流冻坏了发电厂的天然气管道和部分供电线路，恢复供电用了三四天的时间，目前评估本次停电是电网低频振荡引起的，硬件损失不大，恢复供电时间应该比 2021 年快一些。

停电事故的原因将由专门的委员会进行调查后才能得出结论。目前反映出来的停电过程是这样的：今晚 22 时 53 分电网中出现低频振荡，各发电厂的电力系统稳定器（PSS）自动启动，但未能阻止正阻尼下降的趋势，电网随时有失压跳闸的风险。

按照紧急预案的标准流程，萨州电力可靠性公司应立即要求相关电厂提高发电机组的转速，而此时电网失稳的速度过快，现场指挥人员担心标准程序来不及应对。他们采用了一个"聪明"的办法，立即连通克拉州的备用线路，利用东部电网给萨州电网加压。

与东部电网连通的瞬间，跳闸事件此起彼伏，几秒钟之内，萨州电网就完全崩溃了。

2039 年 4 月 6 日，东部时间（EDT）凌晨 1 点，亮国首都，硕府

收到亮国电网受到攻击的报告，爱丽丝·昆兰执政官请来亮国军联会主席和执政官国安顾问，他们一起紧急召见 E 先生。七彩屋办公厅主任南希将 E 先生领进了椭圆办公室，E 先生简短地做了报告。

东部时间（EDT）5 日 23 时 52 分，亮国东部和西部两大电网出现低频振荡，保护装置自动启动后，未能有效抑制阻尼下降，系统自动循环开启和关闭干扰源，取得了明显的效果。

低频振荡的振幅始终控制在临界点以下，可以说是有惊无险地渡过了危险期。十分钟之后，低频振荡完全消失，系统运行恢复正常。而相对较小的萨州电网却突然发生了停电事故。

"我们确信，此次事故不只是太阳耀斑爆发引起的，而是玉汗人掌握并利用了特斯拉超光波原理，利用太空拖船在亮国头顶上制造了一个超级辐射源，袭击了我们的电网。"E 先生总结道。

军联会主席是 T 计划的知情人，对这一切并不惊讶，他说道："这是彻头彻尾的恐怖袭击，而且他们竟然得逞了，萨州电网停电会造成巨

大的损失，玉汗人必须付出代价。"

南希作为七彩屋办公厅主任负责联系媒体，她问道："这一个多小时的时间，媒体一直在追问萨州停电的原因，我们的官方口径是自然灾害还是说与玉汗人有关？"

"特斯拉的理论是我们的最高机密，已经保守了一百多年，如果把玉汗人做的事情公之于众，我们的秘密也就曝光了。更何况，如果亮国宣称玉汗人在太空中拉起一根'绳子'，造成了萨州电网停电。全世界的科学家都会嘲笑我们，这简直是天方夜谭，谁会相信？"执政官国安顾问稍微停顿了一下，又说道，"但是我支持强力地回击玉汗人，可以考虑加大对古波湾地区的军力部署。"

爱丽丝·昆兰执政官抬眼看向军联会主席，后者马上会意，报告说："目前，海军上将号航空母舰战斗群常规部署于古波湾。"

"我记得艾尔执政官号航母战斗群目前应该在大洋国附近，立即把它们增派到古波湾。"执政官女士表现出成竹在胸又统揽全局的魄力，补充道，"日前，不是有情报说，玉汗国正在加快提炼精炼重金属吗？就以这个理由通报 B 国和 F 国，建议两国与我们采取联合行动，最好能把他们的航母也立即派往古波湾。"

执政官国安顾问突然想起了调查小组关于炸毁山洞的报告，对执政官说："我非常支持您的想法，确实要造成大兵压境的态势，另外，旅芝人已经将爆炸装置安放在玉汗国保存飞米武器设施的山洞，之前向您报告过。我们阻止旅芝人的原因是担心玉汗国的报复，现在情况不同了，是他们先攻击我们，我们要不要给旅芝人松绑？"

昆兰执政官几乎是不假思索地说道："你们的报告中分析，玉汗人是打算用他们掌握的特斯拉的秘密来威胁我们，解除对他们的经济制裁，关于这个问题，我们以后再研究。玉汗人不惜放弃经营多年的飞米武器计划，自己引旅芝人去炸，那就怪不得我们了，让旅芝人干吧，而且要快。"

执政官女士沉吟了一下，又补充道："在此之前，我们还曾担心有人怀疑，旅芝人炸毁山洞，是我们默许的，这次我们要高调告诉全世界，炸毁玉汗国飞米武器设施的行动是由亮国和旅芝国联合实施的。"

2039 年 4 月 5 日，F 国属地，南狮门群岛

罗珊娜醒了，她看了看手边的杯子，立即明白发生了什么。巴希尔在一旁露出了一丝孩子似的诡异微笑，看着她。罗珊娜把脸贴到操作控制器的屏幕前，她愤怒地对巴希尔说："你在干什么？你怎么可以这样？你知道吗？这样做会毁了'小女孩儿'计划和我们所有人的努力。"

巴希尔不再笑了，他目光坚定，丝毫没有愧疚感，说道："为了等待今天这一刻，我也付出了很多努力，你都知道，14 年前，我哥哥布尔汗死在亮国海军的军舰里，7 年前，我的父亲被亮国人和旅芝人用 AI 机枪打死了。"巴希尔站起身来，一边走向罗珊娜，一边流着眼泪，大吼着，"你知道吗？我父亲背后被打中 3 颗子弹，而他们射出的那一梭子子弹是 15 发，他们太狠毒了，一定要置我父亲于死地。"

巴希尔越说越激动，已经泣不成声，他抱着罗珊娜，像一头受了伤的豹子，不停地用头顶着罗珊娜的肩膀，断断续续地抽泣着说道："他们打死我父亲的时候，我母亲就在旁边，眼睁睁地看着我父亲惨死的样子，你也看到了，我妈妈现在还有人样吗？"

巴希尔的抽泣和叫喊，脑海中贝亚妈妈那绝望的神情，把罗珊娜的思绪也搅乱了，罗珊娜轻抚巴希尔的后背，柔声说道："巴希尔，我理解你的心情，你失去了你的父亲和哥哥，他们也如同我的亲人。但是，巴希尔！"

罗珊娜用她手推起巴希尔，用略带沙哑的声音坚定地说道："我们这群人，包括你和我，都是随时准备牺牲的，你也知道消除八千多万玉汗人被制裁所承受的痛苦，正是我们一小撮人牺牲的价值。"

"我们用十几年的时间研究理论，发射太空拖船，足迹遍布几大洲，就是为了'小女孩儿'计划的成功。任何人要阻止她，包括你，我都不会答应。你竟然改变小行星轨道，去撞击亮国，这是恐怖主义行为，你会彻底毁了玉汗国。"

巴希尔停止了哭泣，又坐回到椅子里，似乎没有之前那么坚定了。罗珊娜接着说："我只是个小女人，能有幸参与'小女孩儿'计划，我感到非常骄傲！但也可能因为我是女人吧，除了对我的国家、我的同胞怀着这份深深的情感与挚爱之外，我坚定地认为。"罗珊娜从椅子上缓缓地站起来，俯身看着巴希尔，声音不大，但斩钉截铁地说道，"我们玉汗人可以与亮国人、旅芝人相互仇视，甚至相互攻击，但是，任何人！任何人都没有权利拖动小行星毁坏地球！"

无论什么理由，任何人也无权主动毁坏地球！

罗珊娜觉得是该告诉巴希尔真相的时候了，巴希尔这才知道，他的父亲苏赛·穆扎迪是为了"小女孩儿"计划的成功，把自己当作玉汗国重要的"飞米武器能力"，自愿选择了被清除。

"你哥哥布尔汗是死在亮国的沉船之中，但那是意外，也是你哥哥不怕牺牲的主动选择，他执行的任务是获取节拍器，说到底，是我们去偷亮国的东西，你能因为这件事报复亮国人吗？"

"你哥哥很勇敢，我相信轮到你我时，我们也会像他那样做，但每当我想到你父亲，我就会自愧不如，明知自己会被打死，还能主动地把身体暴露给敌人的机枪，那需要多么大的勇气和精神力量呀！"

"你想让你哥哥、你父亲白白牺牲吗？你知道他们最大的愿望是什么吗？如果你父亲现在就站在你面前，他会要求你怎么做？"

巴希尔终于被罗珊娜的最后一连串的反问击溃了。

说服了巴希尔，罗珊娜终于长出了一口气，但她马上意识到还有一个更大的难题：瑟珊号和瑟非号已经脱离小行星飞向深空，已无法利用它们改变小行星轨道。

撞击似乎已经无法避免了。

 **八角金冠**

2039 年 4 月 6 日，旅芝国首都，拉维港

相对于 A27 重型战斗机，A28 的作战半径要小得多，旅芝国距玉汗国西部边境约 1000 公里，而到达玉汗国飞米武器设施主要目标的距离约为 1600 公里，超出了 A28 轻型战斗机 1380 公里的最大作战半径。

若是轰炸长河国境内的目标，A28 可以轻松地为 A27 提供护航。达利耶时期，旅芝国就成功地使用了这一组合战法，摧毁了长河国的飞米武器设施。

"按照您的建议，空军已经派出两个编队，六架 A27 战机，携带对地高爆炸弹飞往玉汗国的山洞。"勒夫向沙姆隆汇报，又接着说，"飞行员会像我们袭击长河国那次一样，超低空飞行，规避玉汗国的防空网，但是空军担心没有 A28 的护航，A27 轰炸机队会非常危险。"

沙姆隆二世静静地听着，吸一口烟，又慢慢吐出一股股的烟雾，不说话。

勒夫没有等到老板的回应，忍不住又问道："我们不是有 A47 隐形战斗机吗？您为什么不建议使用，而让 A27 暴露在玉汗国的防空火力之下？这不是很危险吗？"

沙姆隆二世把烟换到左手，腾出右手来，不耐烦地挥了两下，驱走院子里的小飞虫。他缓缓地说道："A47 标准版战机的作战半径也只有 1000 公里，够不着玉汗国的纵深，而你知道 A47I 是我们的杀手锏，不能轻易示人。我们不是分析出玉汗人诱使我们炸毁他们的山洞吗？所以派什么型号的战机去，都不会有危险。"

勒夫似有所悟，认同了沙姆隆二世的推理，说道："您是说，玉汗人即使发现了 A27，也会任由他们炸毁山洞，而不会进行攻击和阻止。"

半小时之后，深藏于高原城南部 200 公里群山中的目标山洞上空，6 架 A27 重型战斗机投下重磅炸弹。山洞的洞口连续爆发出震耳欲聋的爆炸声，碎石飞溅，尘烟滚滚。

位于山洞深处的四个巨型氧气罐，随着爆炸的震动，不断地左右摇摆，罐底的连接螺栓震颤抖动，发出"吱吱"的响声，与氧气罐连接的压力表早被阿方索动过手脚，氧气密度远远高于压力表的显示。

"轰隆"一声，山洞从内部炸裂了，整个山体压下来，把山洞中的精炼重金属和离子加速器深深地埋在了数不清、挖不穿的数以万计的巨石之下。

2039 年 4 月 6 日，东部时间（EDT）凌晨两点，亮国首都，硕府

执政官召集的关于萨州电网停电事故的紧急会议刚刚结束，E 先生还未走出七彩屋的大门，就接到了布劳恩教授打来的紧急电话。E 先生反身找到南希，请求立即恢复会议，向执政官和参会者报告一个十万火急的紧急情况。

"半小时前，亮国航天局的巡天望远镜终于锁定了两艘玉汗国太空拖船拖动的小行星，疑似玉汗人通过推进器微调和改变了两颗小行星的运行轨道。"E 先生向执政官等人报告，他接着说，"布劳恩教授团队计算了两颗小行星最新的运行轨迹，它们将在 16 小时后，进入地球大气层，预计的撞击点是玛瑙港！"

包括昆兰执政官在内，现场的人简直不敢相信自己的耳朵，南希脱口而出，问道："我们派战机迎上去，发射导弹，能把小行星摧毁吗？"

军联会主席和执政官国安顾问都无奈地摇着头，表示没有可能。爱丽丝·昆兰执政官站起身，侧头对南希说："开启地下室的战情指挥室，我们这些人马上就下去。"执政官用手轻轻地拉了一下裙套装外衣的下摆，发出了命令，"立即召集军联会，这不止是恐怖袭击，这是战争。"

2039 年 4 月 5 日，F 国属地，南狮门群岛

巴希尔完全冷静下来了，他像一个做错了事的孩子一样，不住地后悔，他让瑟珊号和瑟非号执行了脱离小行星的程序。

罗珊娜顾不得巴希尔的自责和叹息声，她紧盯着屏幕，手指敲击着键盘，调用数据，计算轨道，她抱着一丝幻想，希望找出巴希尔的计算错误。

罗珊娜失望了，数学天才巴希尔没有错，两颗小行星目前距地球约 100 万公里，轨道速度约每秒 16.5 公里，预计在 16 小时后进入大气层，撞击点是夏州群岛的玛瑙港。

"两颗小行星彼此离得很近，现在的间距是约 18 万公里，到达撞击点时，会几乎重合在一起，有什么办法能让它们进入地球大气层之前，提前相撞呢？"罗珊娜问道。

巴希尔不假思索地答道："两颗小行星是离得很近，对其中一颗，哪怕施加一点点推力，就能使它们的轨道提前重合，撞在一起，可是太空拖船已经飞走了呀。"

罗珊娜像是受到了提醒，操作控制器，在屏幕上点开放大了瑟曼号太空拖船的控制界面，罗珊娜简单比较了一下，瑟曼号和两颗小行星的相对空间位置，惊喜地说道："我们有太空拖船，瑟珊号和瑟非号是飞远了，可是我们还有随行的瑟曼号。"

按照"小女孩儿"计划，瑟珊号和瑟非号是玉汗国今年发射的太空拖船，它们又是"捕获"两颗小行星，成功制造"泥浆柱"的主角。玉汗国政府宣布两艘太空拖船失联，对湮灭关键证据是极为必要的，但如果同时宣布 2034 年发射的瑟曼号也失联了，就太不可信了。

所以，制造"泥浆柱"任务完成后，两颗小行星按照巴希尔调整前的原有轨道，通过近地点 50 万公里处过程中，瑟曼号将一路随行，最终回到近地轨道，像"没事人"一样，正常绕行地球。

罗珊娜为瑟曼号选定的着陆目标是"西瓜"，巴希尔快速地计算出瑟曼号每个推进器的燃料配置和开启时间。巴希尔经计算，发现位于瑟曼号顶部的四个推进器推力不够，罗珊娜提醒道："设计瑟曼号的时候不是有一个功能吗？它拖动人造卫星时，能够转动绞盘，呈八角形。"

巴希尔一拍大腿，附和道："对呀，瑟曼号上下两层，可通过转动呈八角形，下层还内置了四个推进器，八个推进器的推力就足够了。"

巴希尔兴奋而紧张地计算出结果，罗珊娜则配合着巴希尔进行操作。

"瑟曼号着陆成功，上层绞盘转动 45 度。"

"上下两层 8 个推进器同时开启。"

"'西瓜'轨道偏移角度入位，关闭推进器。"

这次，巴希尔可不敢草率地将瑟曼号脱离小行星，两人反复计算和复核各种参数数据，巴希尔说道："计算无误。预计比原定的撞击时间提前 4 小时，两颗小行星将在到达地球大气层之前，相撞解体。部分碎片会进入大气层，在西太平洋上空完全被大气层的阻力烧毁。"

巴希尔和罗珊娜如释重负，操作控制器，形如"八角金冠"的瑟曼号脱离"西瓜"，跟随小行星，飞向它的近地轨道。两人在多溪岛的操作任务即将全部完成。他们的最后一项工作是，检查和确认远去的瑟珊号和瑟非号的飞行状态。

与两艘拖船的通讯信号发出了，没有反应，再次发出信号，还是没有反应。罗珊娜观察显示屏上代表两艘拖船的光点，发现并无异常，它们正在按照示意的轨道线路缓慢地向深空方向移动。罗珊娜自言自语地说道："咦？显示的拖船轨迹正常，为什么联系不上呢？"

"我们马上就超出可控操作的时间窗口了，10分钟后，地球的自转就会把我们和两艘飞船隔离开，收不到信号，是不是跟这有关系？"

巴希尔不得其解，罗珊娜却似有所悟。

此时此刻，瑟珊号和瑟非号太空拖船并没有在屏幕显示的示意轨道位置上，其实它们之前并未远走，一直跟随在两颗小行星"身旁"。

像是收到了什么指令，瑟珊号和瑟非号推进器火力全开，甩开"西瓜"和"石榴"，朝着远离地球的深空，绝尘而去。

05 龙凤胎

2039 年 4 月 6 日，旅芝国首都，拉维港

勒夫第一次进入神秘的铜墙防御系统指挥中心，凯兹则是老熟人，他向勒夫如数家珍地介绍了导弹防御系统的工作原理。勒夫饶有兴趣地欣赏着雷达阵位、高炮阵地以及移动对空导弹发射平台组成的高度协同的网络。

"我们炸毁了玉汗国的精炼重金属库存和几乎全部的离子加速器，老板判断玉汗人会对拉维港实施报复，派我们到这儿来值守，你觉得他们会用导弹还是无人机？"勒夫问道。

"玉汗国本土距拉维港 1000 多公里，他们恐怕没有那么多中程导弹，即使他们的无人机打击半径能够覆盖，无论是导弹还是无人机，对于1000 多公里的航程时间，铜墙系统有把握将它们全部锁定和摧毁。"凯兹说道。

"玉汗人一定会首先对我们发起电子干扰，因为他们自以为手中有你这个'叛徒'提供的铜墙系统参数表，哈哈，他们哪知道，那是假的。"勒夫笑呵呵地说道。

话音刚落，频密的电磁干扰信号显示在雷达屏幕上，这些干扰信号的频段恰好与凯兹假参数表中的频段相吻合，真正的铜墙系统早已避开了使用这些频段，可以说干扰是毫无意义的。它唯一的作用就是提前通知旅芝人空袭即将开始。

是火箭弹袭击，发射火箭弹的不是玉汗国，而是玉汗国提供支持的十月兄弟会。拉维港城区响起刺耳的防空警报，无数条探照灯的光柱在夜空中舞动。空中不断传来沉闷的爆炸声，激起团团火光，那是铜墙防空火力成功拦截火箭弹引起的爆炸。

十分钟后，空袭停止了，凯兹与值班军官核对了初步统计的战果，勒夫则拿起电话迫不及待地向沙姆隆二世报告："应该是玉汗人指使十月兄弟会实施的袭击，初步统计发射各种型号火箭弹约七百枚，除十几枚落在远郊，其余针对市区的火箭弹均被成功拦截。袭击前，玉汗国使用凯兹的假参数表，进行了毫无作用的电子干扰，凯兹的假投诚计划取得成功。"

勒夫放下电话，却不见了凯兹，他在门外的走廊里找到了他。凯兹靠着墙，蹲在地上，两手交叉放在胸前，蜷缩着，已是满脸泪水。勒夫走过去，在他面前蹲下，用手拍着他的肩膀说道："假参数表计划成功了，你的老师鲁宾斯坦夫妇没有白死！"

凯兹缓缓地站起来，向走廊尽头窗户的光亮处走去，勒夫跟上他，眼中也噙满了泪水。

2039 年 4 月 5 日，F 国属地，南狮门群岛

天线的拆除工作是由巴希尔负责的，罗珊娜将操控系统关机，拔除连接线，按照标准程序，将处理器和硬盘投入到事先准备的强酸池中，以防从农场运到潜艇过程中，被意外截获。预计半小时后，巴希尔和从

潜艇上来接应的特工将把拆解的天线和腐蚀过的设备装箱运上潜艇。

巴希尔在操作间外围安装了多个摄像头和地面震动传感器，正对门前的摄像头突然被遮蔽了，后门的摄像头也被遮蔽了，室外的震动传感器引发了"嘟嘟"的警报声。

有人侵入！

出发前，巴希尔想到各种可能，他就拉着罗珊娜的手，向哈米德要求，给两人配发"药丸"。巴希尔的理由是"小女孩儿"计划太重要了，两人又知道太多的机密，绝不能落在敌人手中。奇怪的是，老馕爸断然拒绝了。

巴希尔没有携带武器上岛，毕竟走私电器设备和走私军火性质上是完全不同的。上岛后，巴希尔不顾罗珊娜的反对，使用超市买得到的日常用品，自制了两枚炸弹。

从传感器的报警声判断，前后门各有十多个人，越来越靠近了。罗珊娜把最后一块硬盘拆下来，跑向强酸池。巴希尔点燃一枚自制的炸弹，一脚踹开排风扇，将炸弹从孔洞中扔了出去，他要为罗珊娜争取时间。

爆炸声响起，外面的人卧倒之后又起身，破门而入，巴希尔毫不犹豫地点燃了第二颗炸弹，冲向罗珊娜。罗珊娜抓起桌上的半罐诺丽果汁，巴希尔猝不及防，果汁已将炸弹浇灭。

带头冲进来的是大卫·哈尔西，训练有素的海外情报局外勤特工很快就将激烈反抗的巴希尔控制住，罗珊娜没有反抗，两人被戴上头套，推着向门外走去。

这时，F国警车特有的警笛声呼啸着将众人包围，F国警察们以分散队形持枪靠近，口中大喊："所有人双手抱头，蹲下！"

大卫被戴上了手铐，推进了一辆警车，他眼睁睁地看着两个玉汗人上了另一辆警车，被F国警察带走了。

打电话报警的是旅芝国特工提尼克。他始终记得勒夫交代的任务：绝不能让玉汗人落到亮国人手里。

12小时后，亮国火箭城

大卫·哈尔西向F国属地南狮门群岛当局亮明了身份，警察核实后，把他和海外情报局的特工押往机场，驱逐回亮国。大卫在飞机上得知，萨州已恢复供电，火箭城机场已可以降落飞机。

大卫在飞机上通过卫星电话第一时间向E先生做了汇报，他回到办公室以后，坐在办公桌前，调出玉汗国夫妇的相关资料，敲击键盘，完成整个事件的书面报告。

布劳恩教授风风火火地推门而入，说道："大卫，你可回来了。从你离开到现在，发生的一连串事件真是让人喘不过气来。"

"我知道萨州电网停电了，亮国航天局有独立的备用电力系统吗？"大卫说道。

"谢天谢地，我们就是使用备用电力才追踪到了疑似玉汗人改变了轨道的两颗小行星。他们要撞击玛瑙港，你还不知道吗？"布劳恩教授问道。

大卫·哈尔西大吃一惊，连忙问道："撞击玛瑙港？玉汗人竟然利用太空拖船改变小行星轨道，攻击我们，这等于是向亮国宣战。"

"好在有惊无险，十几个小时以前，不知道为什么玉汗人又一次微调了其中一颗小行星的轨道，使得它们将在空中相撞，预计部分碎片会落入北马纳群岛海域。"

斑马岛是亮国属地北马纳群岛最大的岛屿，也是著名的旅游胜地。清晨，五星级酒店里的游客还在熟睡。沙滩上，几对情侣依偎着，欣赏海面的日出，旁边还有一群蹒跚学步的孩子嬉闹着跑来跑去。

突然，海面上空透过薄薄的云层，一个个火球连成光柱散落而下，情侣们纷纷站起来，惊呼着这美丽的奇观，火球把云层中的水汽蒸腾成道道彩虹，与东方的朝霞一起，把东南方的天空渲染成七彩的画卷。

在斑马岛的南面则是亮国重要的军事基地：门岛和基安岛。

布劳恩教授收到报告对大卫说："刚刚小行星在太空中相撞，玛瑙港的警报解除了，相撞点位于基安岛上空约 20 万公里处，进入大气层的少量碎片已被完全烧毁。"

大卫松了一口气，喃喃自语地说道："真搞不懂这玉汗人，他们给我们传递'小女孩儿'这个口信，大费周章地攻击我们的电网，又给我们'解药'，吓唬我们要炸玛瑙港，结果又让小行星在基安岛上空相撞，这一切是为什么呀？"

布劳恩教授认为，玉汗人是想告诉亮国，他们完全掌握了特斯拉超光波理论，而且有能力根据这一理论制造出极低频武器。这次我们使用干扰源撑住了，但下一次，如果玉汗人制造功率更大的"粗绳子"，电网就撑不住了，而亮国的电网是无法移动和隐藏的。

超光波有极高的频率，当中子撞击其他质子和中子之后，在飞米尺度，引发粒子高频振荡，与超光波频率发生共振，产生裂变反应。亮国利用这一原理率先制造了初级飞米炸弹。

超光波有极长的波长，当物体的直径超过 170360 公里，比如在太空中拉起一条长长的"绳子"，物体将被超光波入射，吸收巨大的能量，同时释放出极低频辐射。玉汗人依据这一原理制造的极低频武器，目前还没有命名，但它与高频飞米炸弹就像一对双胞胎，而且是"龙凤胎"！

一个利用了超光波的频率，一个利用了超光波的波长。

大卫一边听，一边思考着，他回想起绑架事件中，给达芙妮存入纸黄金的账户开在扶升国一家银行的分行，他调出绑架事件的调查报告，当时没在意，那家分行所在的城市竟然是扶升国长屿市。

扶升国人袭击过的玛瑙港、搭载飞米炸弹起飞的基安岛可能都是巧合，但长屿市是玉汗人明确传递来的信息。龙凤胎？大卫终于想明白了。

上世纪大战后期，亮国投掷在长屿市的第一颗初级飞米炸弹叫作"小男孩儿"，玉汗人把他们制造的与飞米炸弹对应的另一种战略威慑武器叫做："小女孩儿"！

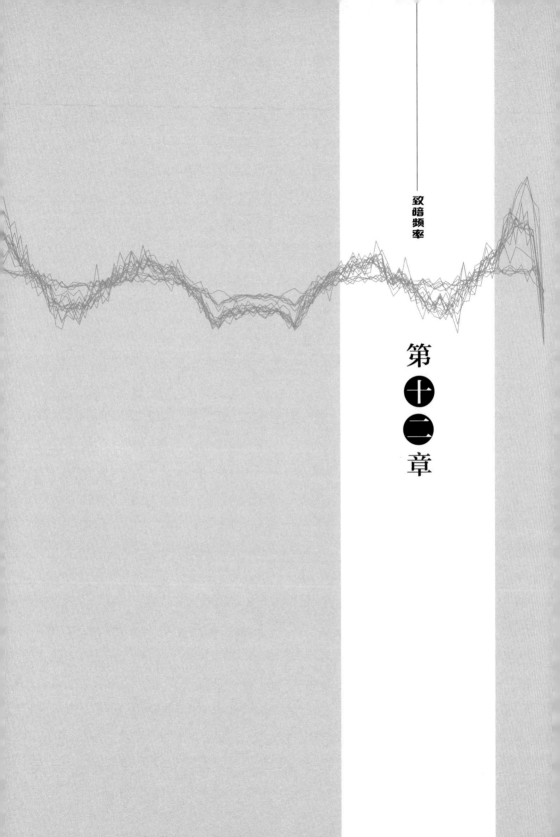

致暗频率

第十二章

01 间谍罪

2039 年 4 月 7 日，玉汗国首都，高原城

海马海的营救行动失败后，马丹的取保候审资格被取消，收监在高原城警察局的一个看守所。他的罪名由原来的走私又增加了两个：一个是违反保释规定，另一个是偷越国境。

关押马丹的牢房不大，但他享受到了单间的优待，伙食也不错，面包很香甜，偶尔还可以吃到牛排。只是从关押到现在，没有人提审他，看守们都不和他说话。他要求见律师，一直也没有动静，无聊，寂寞，马丹感到一丝绝望。

囚室高墙上方有个一英尺见方的小窗户，它让马丹知道现在是下午，走廊里传来沉重的脚步声，身材魁梧的看守进来，把他带到了审讯室。

马丹被对面刺眼的强光照着，看不清审讯者的长相，只知道桌子后面坐着两个人，一个主审，另一个在做记录。

马丹按照对方的要求，交代自己的"犯罪过程"，他说道："去年十二月，我乘机去香磨城的时候携带了朋友赠送的鱼子酱，我不知道……"

审讯人突然粗暴地打断了马丹,威严地说道:"今天我不想听你说什么走私或者偷越国境的事情,我们已经查明你为旅芝国鼎天组织工作,你要如实交代你的间谍行为。"

马丹一惊,身体不由自主地抽动了一下,他一脸无辜地辩解着:"您一定是搞错了,我是 F 国公民,为郁花国公司工作,我怎么可能是什么旅芝国间谍呢?"

审讯者突然站起来,绕过桌子,走向马丹,他的身影被强光源放大,一大片黑影压过来的同时,马丹听到了对方的吼叫:"就是因为你,旅芝国刚刚炸毁了我们玉汗国视为珍宝的飞米武器设施,我恨不得现在就把你掐死。"

审讯椅是铁制的,与小桌板和扣住马丹的手铐连在一起,被困住的马丹本能地努力向后挣扎着,他万分恐惧,又抱着一丝幻想,努力地辩解着:"您真的是搞错了,我什么都没干,您有证据吗?千万别冤枉我。"

审讯室的铁门"咣当"一声打开了,一个男人被推进来,审讯者用手捏住那人的下巴,力量大得似乎能把他整个人都提起来,马丹看清了犯人的面孔,正是那个在小巷里跟他交接饭盒的线人。

一天以后,旅芝国首都,拉维港

凯兹是有军衔的,但他很少穿军装,在情报局上班,有正式会议的日子,他会穿西装,系领带。平常日子里,他衣着简朴,总是穿着整洁舒适的外套。

工作性质决定了凯兹没有固定的下班时间,今天是星期五,几个同学终于约到了凯兹一起吃晚饭。铜墙系统成功地拦截了十月兄弟会的火箭弹,假参数表行动取得成功,当然凯兹的假叛徒身份也就暴露了,卧底工作结束，反倒使他可以像正常人一样参加聚会了。

下班后，凯兹换上黑色礼服长袍，戴上旅芝人传统的黑色宽边礼帽。聚会的餐厅不远，凯兹决定步行过去。4 月的拉维港不冷不热，傍晚的气温更是刚刚好，微风拂过喧嚣的街道，弥漫着烟火气，完全看不出刚刚被火箭弹的爆炸声笼罩过。

凯兹绕过两条小巷，走上宽阔的迪夫大街，夕阳的余晖映红了天际。突然，仿佛有一道强光闪过，凯兹凭着职业的敏感，抬头向上看，几片薄云，晚霞灿烂，似乎一切正常。凯兹自嘲地苦笑，扶正礼帽，心想自己是有些草木皆兵，神经过敏了。

"啪"的一声，一颗子弹从斜上方射来，把凯兹的礼帽打飞了，凯兹下意识地下蹲身体，怔怔地蜷缩在原地。

铜墙导弹防御系统重点保护的是拉维港、静水港等几个大城市，但由于旅芝国国土狭小，从军用地图上看去，仿佛全国都遍布着雷达和高炮阵地，成百上千辆移动发射平台几乎塞满了城市的各个角落。

射向凯兹的枪声好像是一个信号，随后，位于高地上的高炮阵地被从天而降的炸弹袭击，十几门高射炮被摧毁，另外两处雷达站和多辆发射平台车辆也被炸毁。

惊魂未定的凯兹跑回到情报局门前时，撞见了勒夫，两人驱车直奔沙姆隆二世的小院，勒夫向沙姆隆二世简要汇报了损失情况。勒夫说道："技术专家给出的初步结论是，攻击来自于高空隐形无人机。奇怪的是，这种武器只有亮国才有，我们的主要敌人，十月兄弟会、双舟国或者玉汗国的无人机，应该都没有隐身功能。"

"是玉汗人，你们别忘了，2024 年，玉汗国曾经击落过亮国隐形侦查无人机，并得到了残骸，从那时开始，玉汗国几年时间，就跨越式发展为无人机强国。"沙姆隆二世说道。

凯兹提供了他掌握的情况，说道："我们改进铜墙系统的过程中，曾经试图侦测和锁定隐形无人机，但技术困难实在太大，如果防御系统能够侦测到，那就不叫隐形了，后来我们乐观地估计，玉汗国不具备生产隐形无人机的技术能力。"

勒夫露出忧郁的神情，感叹道："看来这是玉汗人的杀手锏，而且他们这次的袭击目标全是与铜墙系统相关的设施，甚至包括凯兹这个设计者，这显然是在向我们示威啊！"

沙姆隆二世拿起桌上的一个小喷壶，蹒跚着走到他心爱的花架前面，他背对着两人，一丝不苟地给花浇水，回过头来说道："玉汗人不止是向我们示威，我们炸毁了他们的山洞，他们指使十月兄弟会用火箭弹袭击我们，参数表是假的，他们没有取得战果。"沙姆隆二世走回来，把空水壶放在桌上，接着说，"高空隐形无人机是他们的杀手锏，他们随时可以向我们示威，为什么非要选择在这个时候呢？"

勒夫和凯兹还是没有听懂老板的意思，凯兹揣测道："您是说，玉汗人选择现在攻击我们有特别的含义，他们一计不成，又施一计，就是要打疼我们？"

勒夫接着凯兹的想法说下去，说道："他们打疼我们，是为了让我们再报复他们，所以才不惜暴露他们的杀手锏，这也太匪夷所思了。"

凯兹受到勒夫的提醒，思路也跟着打开了，说道："我们的 A27 战机在玉汗国上空没有遭到任何拦截和攻击，顺利炸毁了玉汗国的山洞，这证明您对玉汗人有意引导我们的判断是正确的。"

勒夫又抢着说："玉汗人激怒我们是为了再次引导我们炸毁他们的重金属矿采掘场，那是他们仅存的飞米武器资源。只有彻底失去飞米武器能力，才能使亮国丧失制裁玉汗国的正当理由。"

沙姆隆二世点点头，肯定了两人的分析能力和结论，说道："我们这次派 A27 战机就不安全了，因为玉汗人再不拦截，实在无法向他们的国民交代。我们也要亮出杀手锏，我这就向总理建议，使用我们独有的作战半径 1600 公里的 A47I 隐形战斗机炸毁玉汗国的重金属矿场。"

玉汗国的重金属矿采掘场主要有三座，分别在玉汗国的北部、中部和南部，三座矿场几乎纵向连成一条直线，每个点距旅芝国的距离都在 1500 公里左右。

第二天凌晨，连接玉汗国情报系统网络的每一个终端上都显示着红色警报。

在来源不明的导弹攻击下，三座重金属矿采掘场均被炸毁。

体面的理由

2039 年 4 月 8 日，亮国首都，硕府

日前，七彩屋发言人高调宣布，亮国和旅芝国联合行动，成功摧毁了玉汗国深山之中埋藏的精炼重金属原料和几乎全部的离子加速器。在今天的发布会上，发言人又抛出了一个重磅消息。

几小时前，旅芝国的 A47I 隐形战斗机将玉汗国的三座重金属矿采掘场全部炸毁。A47 标准版战机在不进行空中加油的情况下，最大作战半径约 1000 公里，此次袭击使用的 A47I 战机是旅芝国和生产商巨马公司，获得亮国开放部分源代码许可后特别研制的。作战半径可达 1600 公里。

至此，玉汗国完全失去了飞米武器制造能力，其飞米武器制造计划彻底失败。之前的达利耶和今天的玉汗国飞米武器梦破产，中东地区禁止飞米武器的目标取得了里程碑式的胜利。

南希兴冲冲地来到椭圆办公室，向爱丽斯·昆兰执政官报告："新闻发布会刚刚结束，这两天关于玉汗国的新闻就像重磅炸弹把记者们都炸嗨了，几大媒体的记者竟然跑过来向我祝贺，一位副总编辑还破天荒地询问我，给您取的外号是否合适。"

不等执政官询问，南希手舞足蹈地接着说："他把您称为'辣妈执政官'，我立即表示了反对，告诉他我们不希望强调执政官的性别，您猜怎么着？"

南希眨眨眼睛，又说道："他说反对也没用，新闻自由嘛，他还说会在报道中会进行解释，'辣妈执政官'的意思是'执政官中的执政官'，您做成了几届执政官想做又都没能做成的事。"

昆兰执政官微笑着示意亢奋的南希先坐下，她说道："亲爱的南希，我们是多年的朋友，你是咨询专家，对竞选很熟悉，从某个角度讲，你的政治经验不比我差，我四十多岁就当上亮国执政官，你是不是觉得我运气特别好？"

南希愣了愣，回答道："当然了，您这运气也太好了，杀出重围被提名为副执政官，刚继任执政官，旅芝国和玉汗国就给您送大礼，飞米武器威胁彻底清除，不知道要给2040年执政官大选加多少分呀！"

爱丽丝从桌后的转椅里站起来，示意南希和她一起坐到了房间另一边的双人沙发上。

"关于2040年的选举，我们一直在思考一个有号召力的竞选口号，我身上有很多标签，想这个口号好像也没那么难。我一直在想我为什么会被如此眷顾，一个有色裔的年轻女人竟然能成为亮国执政官，这是我一个人的运气，还是所有人的运气？"

"作为亮国执政官，我有资格，也有责任思考，所有人是指全体亮国人还是全人类。"昆兰执政官接着说，"你别笑话我，我说的是真心话，我年轻，从政时间短，但从我很小的时候就开始仰慕那些伟大的执政官，包括凯勒执政官、舒尔哲执政官、凡纳执政官、康赛执政官、保罗执政官。每一位伟大的亮国执政官都是有理想的，他们的理想是带领全体亮国人，影响和维护全人类的和平与福祉。"

"康赛执政官的理想主义失败了，他被扶升国骗了，又没能阻止 B 国和 F 国攫取巨额赔款，榨干 G 国。"

"保罗执政官看似成功了，大战后，由他促成的亮国主导下的国际秩序，为世界人民带来了九十多年的和平，没有再发生世界大战。但是后来……"

"与前雄联国的较量中，亮国虽然取得了最终的胜利，但这一过程使我们抛弃了保罗执政官的理想，价值观严重扭曲了，亮国堕落成无所不用其极的小人。石油本来只是一种经济资源，亮国却把中东地区变成成了一个遍布硝烟的战场，整整持续了几十年。"

昆兰执政官抬手指着办公桌后的转椅，大声地问道："保罗执政官曾经就坐在那儿，继任的梅耶执政官甚至大众党的艾尔执政官延续了他的政策，如果让现今这个失去了理想的亮国社会重新替他们做出选择。"

"亮国能够愿意免除 G 国和扶升国给亮国造成的巨大损失而应有的赔偿吗？"

"亮国能够愿意免除 B 国等欧洲国家大部分巨额债务，而且实施'参谋长计划'援助重建欧洲吗？"

昆兰执政官回到办公桌后面，用手抚摸着执政官转椅的靠背，坚定地说道："不是选民喜欢什么，我们就提出什么样的竞选口号，竞选口号本来就应该基于候选人的理想，唤起选民流淌在血液里的，对重塑亮国精神的渴望。我无意与约翰·斯皮思'回归亮国'的口号相比较，我发自内心地提出我自己的竞选口号。"

"超越亮国！"

爱丽丝·昆兰执政官渐渐平复下来，柔声对南希说道："亲爱的南希，你放心，我会让理想照进现实的，关于竞选策略，还要靠你多出主意。对了，是不是该开会了，把他们请进来吧。"

几分钟后，南希把军联会主席、执政官国安顾问和 E 先生请进了办公室。

执政官国安顾问提醒，旅芝国的两次袭击已经彻底摧毁了玉汗国的飞米武器制造能力，玉汗国对第一次袭击进行了报复。旅芝国的第二次袭击刚发生了几个小时，玉汗国暂时还未做出反应。

"我们的两个航母战斗群编队和 B 国、F 国的航母群围堵在古波湾外海，大兵压境的阵势很强，但需要提醒的是，我们的航母在玉汗国的中程导弹射程之内。"军联会主席说道。

情报显示玉汗国事件与 T 计划有关，昆兰执政官特别询问了 E 先生的建议。

"我们的调查组和旅芝国情报机构都认为，玉汗人所谓的'小女孩儿'计划是玉汗国主动放弃飞米武器制造能力，保守特斯拉超光波理论的秘密，换取我们亮国解除对他们的经济制裁。"E 先生把分析报告递给执政官，接着说，"特斯拉超光波的秘密，我们已经保守了一百多年，如果被玉汗国公之于众，全世界各国都可能制造出取之不尽的能量源，并在太空甚至月球上，以此能量源为激光、电磁炮等武器提供能量。世界的军事、经济格局将产生巨大变化，很难保证亮国继续处于不可撼动的老大地位。"

执政官国安顾问分析道："即使不考虑玉汗国造成萨州停电给亮国带来的损失，我们也不会因为所谓曝光秘密的威胁而解除对玉汗国的制裁，但是现在全世界都知道，玉汗国没有了飞米武器制造能力，亮国也失去了制裁玉汗国的正当理由。"

"即使我们重回谈判桌，讨论解除制裁的问题，也需要一个体面的台阶。玉汗人应该正在关注着我们的反应，如果我们不发出一个合适的信号，恐怕航母会有危险，我们总不能灰溜溜地撤走航母吧？"军联会主席说道。

众人均表示同意主席的分析，是呀，即使要解除制裁，也需要一个又快又体面的理由啊。昆兰执政官沉吟良久，她突然想到，几个月前，F 国范格威总统访问亮国时，曾向媒体宣称希望斡旋促成新的玉汗国飞米武器限制协议。昆兰执政官对南希说道："联系 F 国方面并通过媒体宣布，我乐于接受范格威总统的邀请，将于近日回访 F 国。"

招供

2039 年 6 月，F 国首都，香磨城

旅芝国鼎天组织香磨城情报网的负责人阿方索一直在 F 国安全总局视线之内，去年年底，阿方索突然进入玉汗国，与他联系的是巴希尔和化名卡米拉的罗珊娜，经查，后者是玉汗国特工。

显然，两人在 F 国属地南狮门群岛犯下的不是普通的刑事案件，迪奈小姐代表安全总局接管这一案件的第一时间，她就下令把两个玉汗国特工从多溪岛押解到香磨城的一个秘密关押点。

巴希尔和罗珊娜均被单独关押，完全没有串通的可能，审讯一天也没有停止，已经持续了一个多月，毫无进展。两人坚称是墨金国公民，在多溪岛设厂，从事诺丽果加工。巴希尔拒绝交代他是乘坐什么交通工具偷渡上岛的。

迪奈小姐认真地研究了审讯记录，她从南狮门群岛警察局转来的亮国海外情报局相关人员笔录中，找到一个重要的细节。在海外情报局特工试图抓捕两人的现场，巴希尔曾点燃炸弹，想要和罗珊娜一起自杀，但罗珊娜用诺丽果汁浇灭了导火索。

迪奈小姐决定从罗珊娜下手，之前的审问是由三组预审专家轮番上阵的，今天迪奈小姐决定亲自提审罗珊娜。她特地把审讯地点从阴冷的地下室，改在了高墙和铁丝网围起来的户外花园。

迪奈小姐让看守去除了罗珊娜的手铐，她示意这位古波美女坐在她对面的藤椅上，开口说道："这儿的人都叫我迪奈小姐，你也可以这样称呼我，亲爱的罗珊娜。"

"我是墨金国公民，我的名字是卡米拉。"罗珊娜平静地答道。

"我们不仅知道你的真名叫罗珊娜，还知道你是玉汗国情报局的特工。"迪奈小姐给罗珊娜倒了一杯咖啡，把圆桌上的小松饼盘子推向她，接着说，"我们找到了天线、控制器等大量的物证，专业人士会在法庭上证明这些设备是用于操控太空拖船的。你们被捕十二个小时后，两颗小行星相撞于西太平洋上空，撞击是一场意外，我们的天文学家计算出你们利用太空拖船改变小行星轨道，试图使其撞击多溪岛，未遂。"

罗珊娜的双手一直放在桌子下面，眼睛盯着桌面，没有任何表情的变化，她心想：F 国竟然编造出小行星的撞击点不是玛瑙港，而是 F 国属地。

"拖动小行星试图撞击 F 国领土，这是严重的恐怖主义行为，即使没能成功，也是重罪，如果你拒不配合我们，你和你的丈夫被判处加起来十个终身监禁都是有可能的。"迪奈小姐收起笑容，死死地盯着罗珊娜的眼睛说道。

罗珊娜抬起右手，触碰到咖啡杯的手柄，然后又缩了回去，她终于开口了："跟巴希尔没关系，你们把他放了吧，判我多长的刑期都可以。"

迪奈小姐打开自己面前的笔记本电脑，搜索到电视台的新闻频道，电视里正在播放的是来访的爱丽丝·昆兰执政官和范格威总统在香磨城举行会晤的新闻。迪奈小姐把电脑的屏幕转向罗珊娜，让对方看清楚之后，她扣上笔记本电脑，对罗珊娜说道："你应该知道亮国海外情报局多么希望能抓到你们，他们已经多次向我们提出引渡的要求，是我一直敷衍着，我对上面说，你们会与我们合作。"

迪奈小姐伸出右手，沿着小桌子，向罗珊娜伸去，期待着对方的响应，她耐心地说道："亮国执政官访问 F 国，当然不是为了把你们引渡回去而来的，但是据我所知，玉汗国问题是一项重要的议程，现在亮国和 F 国关系升温，你要是再拒绝合作，我就很难保证你们不被引渡了。"

罗珊娜咬了咬嘴唇，把双手都从桌下伸出来，手指交叉着放在桌上，她的目光直视着迪奈小姐，小声说道："你们先放了巴希尔，我跟你们合作。"

两天以后，巴希尔被戴上头套从牢房一路押送到机场，上了飞机，他注意到身边没有看守。他的手机、护照和一些随身物品放在座位旁边的背包里，这是个商业航班，目的地是帆船城。

巴希尔在飞机上没能找到罗珊娜，落地的第一时间，巴希尔就不断拨打罗珊娜的电话，对方始终关机。他有一种不好的预感，但还是抱着一丝希望，万一 F 国是把他们俩分别驱逐出境的呢？他不敢有丝毫耽搁地回到了高原城。巴希尔又一次失望了，老馕爸说，罗珊娜被 F 国扣下了。

他回到宿舍，又一次拨打那个熟悉的号码，竟然接通了，听筒里传来罗珊娜的声音："巴希尔，你回到帆船城了吗？你现在安全吗？"罗珊娜打断了巴希尔同样急切的问话，接着说，"巴希尔，你什么都不要问了，我只关心你现在是否是完全自由的，安全的，如果是，你就给我背诵一下老馕爸第一次带我们徒步出远门的那次，你爬上山顶，给我朗诵的那首诗。"

相隔千里的两部手机听筒中，巴希尔急切地询问，再询问，罗珊娜不停地制止，像极了一对小夫妻吵架。最后还是巴希尔投降了，他背诵了只有他和罗珊娜知道的那首诗：

> 晨风啊，请你用亲切的话语，
> 给可爱的小山羊捎个信息：
> 我走遍了山谷和荒野，
> 就为了寻找它向往的那片草地。

迪奈小姐伸手把桌上开着扬声器的手机拿起来，按下关机键，放在旁边，她笑盈盈地对罗珊娜说道："我兑现了承诺，现在该轮到你了，罗珊娜。"

"你们需要请一位天体物理学家过来，比如我的老师斯汝雷大学的路易教授，虽然我知道的有限，但我相信你和你们的专家会非常感兴趣。"罗珊娜完全放松下来了，又对迪奈小姐提出了一个新的要求，"我会兑现诺言，与你们合作，如果路易教授能够参与此事，我相信后面的研究工作也是需要我的，前提是你要保证不把我引渡到亮国去。"

"你的案子影响太大了，即使你与我们合作，你被判处一个很长的刑期，也是不可避免的，你要有思想准备。如果你对我们的研究工作有帮助，我们当然不愿意把你引渡到亮国。"迪奈小姐显得一脸为难地接着说：

"可是亮国方面几次三番地催促，可能连我的上司也顶不住，除非你能提供与亮国有关的，有价值的重要情报。"

迪奈小姐确实是高手，她笃定，如果眼前的这个玉汗国特工对 F 国是有用的，高层就绝不会把她引渡到亮国。但若能从这个已经"投降"的小姑娘嘴里套出一些对亮国有用的情报，也就不至于跟亮国海外情局把关系搞得那么僵了。

罗珊娜的脸涨红了，额头渗出了细汗，她把声音压得不能再低了，吞吞吐吐地说道："我不知道他的名字，但是好像我们情报局在亮国火箭城有一个级别很高的特工。"

玉汗国高原城

哈米德和巴希尔通过电视观看亮国、F国两位元首的联合新闻发布会。F国总统强烈暗示，亮国鉴于玉汗国已经失去飞米武器制造能力，正在考虑撤销皮尔斯执政官对玉汗国实施制裁的相关行政命令，爱丽丝·昆兰执政官未予否认。

巴希尔在为罗珊娜揪心的万分痛苦中，终于得到了一丝安慰，他紧紧地拥抱着老馕爸，说道："这么多年，我们所有人的努力都没有白费，'小女孩儿'计划就要成功了。"巴希尔突然又想到了一个问题，顿时紧张起来，他问道，"就算亮国平权党的执政官撤销了制裁的行政命令，大众党控制的国会可能会出来捣乱，更棘手的是，2040年大选中，若是大众党再次上台，重新恢复对我们的制裁，怎么办？"

 **换帽子**

2039 年 6 月，旅芝国首都，拉维港

马丹是鲁宾斯坦夫妇的亲生儿子！勒夫和凯兹也曾怀疑过马丹的身份特殊，要不然沙姆隆二世为什么会那么关注这个编外特工呢？但当沙姆隆二世揭开谜底的时候，还是让人难以置信。

上世纪九十年代，鼎天组织特工梅尔·鲁宾斯坦和娜塔莉在欧洲大陆执行秘密任务，历经血雨腥风的生死考验，两人彼此信任、爱慕，结为夫妻。

1997 年，娜塔莉·鲁宾斯坦生下了马丹，夫妻俩约定，由他们这一代人承受所有的苦难和可能的牺牲，让他俩的儿子远离这一切。他们忍痛将马丹送给一个 F 国家庭收养，马丹的养母正是阿方索的妈妈。

勒夫跟随沙姆隆二世多年，他知道老板不仅足智多谋，而且做事特别注重时机，马丹的身世之谜只有沙姆隆二世和几个高层知道，老板为什么要在今天把它说出来呢？

勒夫忍不住开口问道："您是不是想出营救马丹的办法了？"

"马丹的律师给阿方索带来一个坏消息，玉汗国指控马丹有间谍行为。"沙姆隆二世紧绷着脸，转向凯兹问道，"这两天，我一直反复研究你被玉汗国无人机袭击的报告，你再把细节说一遍。"

凯兹回忆，4月8日傍晚，他走在街上，天空突然出现异常闪光，他抬头向上看。事后分析，闪光是为了诱使他仰头，以便无人机进行人脸识别，锁定他这个目标。随后无人机发射一颗子弹，把他的帽子打飞了，凯兹并未受伤，攻击随即结束。

沙姆隆二世环视两人，问道："被凯兹欺骗，玉汗人一定很愤怒，但子弹只是打飞了他的帽子，没有瞄准他的身体，这是为什么？是警告还是暗示？这就是我这几天想的问题。"

"玉汗人确实没打算打死凯兹，我们当年刺杀苏赛·穆扎迪，一梭子子弹连打了十五发，而打凯兹的子弹只有一发，不可能是打偏了。"勒夫用双手比着狙击枪的姿势，接着说，"应该是一个警告，玉汗人传递的信息是，我们揭穿你了，你小心点。"

"给您的报告里写了，枪击的第二天，玉汗人通过暗网给我发了一条信息，明显是在嘲讽我。"凯兹翻开报告，指着那句嘲讽的话，大声读了出来。

"玉汗人说——'我建议，您还是换一顶帽子吧'。"

勒夫撇撇嘴，心想，玉汗人太狂妄了！

"凭我对玉汗国情报局的了解，他们的标准程序是把凯兹打死，只打帽子，又发信息，是很反常的。"沙姆隆二世不再卖关子，终于说出了他的想法："玉汗人是在暗示我们，他们发来那句话的关键词不是'帽子'，而是'换'！"

勒夫和凯兹略一思考，几乎同时感到茅塞顿开，高喊出来："玉汗人暗示我们，他们想用马丹换F国抓走的玉汗国特工！"

勒夫立即写了一句话，沙姆隆二世修改后，凯兹通过暗网发给了玉汗人："帽子太重了，是想换一顶轻的。"

一个星期以后，阿方索回到了拉维港，他的身份已经暴露，没必要再遮遮掩掩了。沙姆隆二世、古安教授、勒夫以及凯兹正在小院中等待英雄归来，阿方索一走进这个既陌生又熟悉的小院，就向大家报告了一个好消息："律师说，马丹已被起诉，很快就会开庭，罪名是走私和偷越国境，间谍罪名证据不足，暂免于起诉。玉汗人果然给马丹换了一顶'轻帽子'。"

众人喜上加喜，小院沉浸在欢乐之中，凯兹喜极而泣，他又想起了老师鲁宾斯坦夫妇。勒夫首先平静下来，他充满忧虑的一句话又把众人拉回到现实之中，他说道："看来，玉汗人将会轻判马丹，但是我们怎么说服 F 国方面也轻判那个玉汗国女特工呢？"

沙姆隆二世缓缓地站起来，并示意在场的人都坐下，他郑重地说道："玉汗人此次对亮国电网的攻击，是人类历史上第一次依据特斯拉超光波理论制造出不依赖于恒星的能量源，由此，也开启了一个新的时代。经总理批准，我们的超光波应用计划正式开始，在座的各位都是该计划的成员。"

沙姆隆二世环视众人，接着说："超光波技术应用的竞争即将展开，我们可以自信地说，古安教授团队在理论研究方面系统而深刻，甚至很可能领先于亮国人。但我们在航天、制造和工业能力方面有短板，我们需要找一个可靠的盟友长期合作。"

勒夫和凯兹都听懂了老板的意思，他俩笑着看向通晓 F 国情况的阿方索。

阿方索也笑了，说道："我们把特斯拉理论的研究成果分享给 F 国，与他们强大的工业能力结合，建立合作联盟，在未来的竞争中取得优势，看来，我又要回香磨城工作了。"

几天之后，阿方索和古安教授乘机飞往香磨城，在斯汝雷大学的一间封闭教室里，路易教授和他的团队第一次从古安教授的讲解中系统地了解到，尼古拉·特斯拉无比荒诞又令人称奇的超光波理论。

2039 年 6 月，亮国火箭城

火箭城竟然潜藏着一个玉汗国的高级特工？从 F 国安全总局得到这个重要情报，大卫·哈尔西立即开始了调查工作。

在萨州居住和生活的中东人比亮国东北部霓都等地区少多了，玉汗人则更少，2030 年 6 月，皮尔斯执政官签署行政命令，加大对玉汗国经济制裁。后来又签署了几项行政命令，制裁玉汗国的特定公司和人员，再加上不止针对玉汗国，但包括其在内的著名的"禁入令"，使得进入亮国的玉汗人大幅减少。

被制裁的公司就包括玉汗国国立石油公司，但对其人员的制裁仅限董事和高管。大卫很快就把不在制裁人员之列的，玉汗国国立石油公司驻火箭城代表阿布德列为重点嫌疑人之一。

经侦查，阿布德生活规律，没有不良嗜好，在火箭城已经有十多年了，期间从未返回玉汗国，仅在 2031 年出差去过维瓦尔国，洽谈业务合作，经查，未发现可疑之处。

反恐总局调取了阿布德与玉汗国公司的电子邮件和通话记录，除了正常的业务联系，并无异常。他与在玉汗国的妻子经常通电话，通话录音虽然很多，但也无非是家庭琐事。

这些假象难不倒大卫，既然是玉汗国的重要间谍出现在亮国，一定是与玉汗国针对亮国的重要行动"小女孩儿"计划有关。"小女孩儿"计划最重要的部分都在太空中完成，亮国与太空相关的最重要的机构亮国航天局在火箭城，间谍也在火箭城，这肯定不是巧合。

大卫想起了特斯拉的节拍器，汤姆·塔尔的节拍器不就是在火箭城被调查局收缴的吗？玉汗国间谍一定是在火箭城通过知情人了解到这个秘密的，他们才会潜入足凹海打捞另一只。

还有一个未解之谜，2027 年超视野号实验成功，玉汗人是怎么知道的？大卫要求调查组把重点放在 2027 年 5 月 25 日前后。

线索很快浮出水面，亮国航天局超视野号控制中心不远处的圣胡安餐厅保留的监视器资料显示，2027 年 5 月 25 日，布劳恩教授和团队成员曾经到过该餐厅的酒吧，而阿布德当时也在现场。

"我确信这个人就是玉汗国间谍，但是，仅凭他出现在餐厅，不能算是有效证据。"大卫·哈尔西在调查组会议上指着放大了的阿布德的照片，接着说，"十几年的通话录音都听一遍太耗费时间，立刻去甄别组，把他离开餐厅后 24 小时内的通话记录调过来。"

很快，可以作为铁证的，阿布德打给妻子的电话录音找到了，录音中，阿布德说："邻居家小女孩儿的玩具买到了。"

当晚，玉汗国间谍阿布德被亮国调查局抓捕。

丑闻

2039 年 6 月，F 国斯汝雷地区

"匪夷所思，匪夷所思，尼古拉·特斯拉的超光波理论让人难以置信！"路易教授对到访的迪奈小姐说，"亮国一直保守着特斯拉理论的秘密，但他们的科学家甚至是旅芝国和玉汗国的科学家研究这个理论，已经几十年了，我们一直蒙在鼓里。"

"我是搞情报工作的，天文和物理不是我的专长，但是高层对特斯拉理论非常重视，与旅芝国制定了一个绝密的合作计划，计划代号'面条'。"迪奈小姐接着说，"我的任务是负责'面条'计划的保密工作，配合您领导的科研活动，您能简单地给我介绍一下特斯拉超光波的理论和应用吗？"

路易教授用尽可能通俗的语言描述了特斯拉理论和超光波假说。亮国在 2018 年发射的超视野号于 2027 年到达冥王星进行实验，成功地接收到了超光波辐射，我们在 2035 年收到的甚低频（VLF）信号，很可能是玉汗国在近地轨道进行超光波实验的"绳子"发出的。

旅芝国科学家根据尼古拉·特斯拉 1936 年的论文《引力的动态原

理》，结合近几十年的宇宙学观测和量子实验取得的成果，得出了很多惊人的结论。特斯拉超光波理论能够较好地解释宇宙红移、微波背景辐射、大尺度下的网状结构等宇宙起源问题。他们甚至使用超光波这个"动态以太"，尝试将"标准模型"和宏观引力场统一起来。

"我们更关注超光波的应用，在太空中制造 18 万公里直径的装置，就能获得取之不尽的清洁能源，也就是'面条'计划。"教授难掩兴奋，接着说，"你的囚犯，也是我的学生卡米拉，之前她向你交代的玉汗国太空拖船制造的泥浆柱，就是超光波装置的第一次实践。现在有旅芝国的专业团队，我的工作不再需要卡米拉，你不会关她一辈子吧？"

迪奈小姐笑了，回应道："卡米拉其实是玉汗国特工，真名叫罗珊娜，您为您的学生求情我很理解，除了您还有人为这个小姑娘求情呢！"迪奈小姐眯起眼睛，接着对教授说，"旅芝人把他们掌握的特斯拉理论向我们倾囊相赠，但他们提出了一个奇怪的要求，竟然为他们的'死敌'玉汗人说情，鉴于这个玉汗国小女生这么有人缘，我们决定，拒绝亮国的引渡要求，仅以较轻的罪名起诉她。"

一个月之后，F 国属地南狮门群岛地方法院判处卡米拉（罗珊娜化名）有期徒刑 9 个月，罪名是协助走私和窝藏罪。

2039 年 7 月，亮国首都，硕府

欧文·爱丁顿是亮国民代院议长，大众党党魁，他坐在凡纳执政官纪念堂不远处的一个户外长椅上。七彩屋办公厅主任南希约他私下谈谈，并把地点指定在这里。欧文心里明白，即使是两党之间的非正式私下对话，也还是在没有录音之虞的光天化日之下比较好。

南希姗姗来迟，挎着倒梯形名牌包，一个尺寸超大的文件袋从包口露出来，她表达歉意之后直奔主题，说道："亲爱的欧文，我听说您正

在民代院推动一项法案，确保维持对玉汗国的各项制裁，是吗？"

"是的，亲爱的南希，我也听说昆兰执政官计划签署行政命令，解除制裁，还要推动国际大家庭框架下的新玉汗国飞米武器限制协议。"欧文说道。

"我建议您不要那样做，即使国会通过了维持制裁的议案，执政官也将行使否决权，您这样做只会使国会与执政官的矛盾公开化，对我们大家都不利。"南希说道。

"只是对你们平权党不利吧？你们想让国会保持沉默，而让执政官独自表演，一手炸毁玉汗国飞米武器设施，解除飞米武器的威胁，另一手放开制裁，使中东恢复所谓的永久和平，这一切都是为了 2040 年执政官大选拉选票吧。"欧文冷冷地说道。

"不管怎样，玉汗国失去了飞米武器制造能力，亮国继续制裁玉汗国也就失去了正当性，这是事实呀，与大选有什么关系？"南希也收起了笑容，一脸严肃地接着说，"您也是 T 计划的知情人，保守特斯拉超光波的秘密，是我们超越党派的共同利益，相信您都明白，它对亮国有多重要。玉汗人已经被逼到墙角了，特斯拉理论一旦公诸世人，我们亮国准备好了吗？"

欧文没有马上回答，他用目光引领着南希看向高高的凯勒执政官纪念碑，缓缓地说道："平权党的执政官似乎运气总是那么好，但是，南希，你知道为什么康赛执政官和保罗执政官能够带领全体亮国人打赢那两场大战吗？胜利不只归功于平权党的执政官，谁也不能忘记我们大众党人的功勋，那就是我们的隐忍和超越党派的毫无保留地支持！"

欧文·爱丁顿一边说着，一边站起身来，提高了嗓门说："皮尔斯执政官的竞选口号是'亮国优先'，约翰·斯皮思的竞选口号是'回归亮国'，我们从来没有说过大众党第一，我们要的是亮国第一。"老议长激动地补充道，"我们之所以推动国会的议案，就是看不惯你们平权党把事关亮国利益的玉汗国问题当成竞选的工具。"

南希似乎被镇住了，她试探着问道："亲爱的欧文，我无意于冒犯您，但我还是想知道，大众党的国会议员和呼声很高的候选人约翰·斯皮思是怎样看待玉汗国问题的。"

"别问我们怎么看，还是问问选民怎么看吧，摧毁玉汗国飞米武器设施大家都支持，解除对玉汗国的制裁就不一定了。"作为欧洲贵族移民的后代，老议长爱丁顿渐渐平息了激动的情绪，恢复了他惯常的绅士做派，接着说，"南希，我参与 T 计划的时间比你长，我当然知道，保守特斯拉的秘密对亮国的重要性远远超过对玉汗国的制裁。但是，我们党内的候选人并不知道 T 计划，约翰·斯皮斯提出反对解除对玉汗国制裁，我的身份决定了，我个人没有立场，大众党的立场就是我的立场。"

"大众党的候选人，比如约翰，如果当选为执政官，就会立即知晓 T 计划，从亮国更重要的利益出发，新执政官大概率不会否决昆兰执政官即将发布的取消制裁令。"南希理解了老议长的苦衷，接着说，"我听说，约翰将要高调宣布，如果他当选执政官，签署的第一个行政命令就是立即恢复对玉汗国制裁。他要是真的当选了，知道了 T 计划和亮国的核心利益，到那时，就骑虎难下了。您能否说服他，竞选期间不要针对昆兰执政官而大谈玉汗国问题。我们双方都冷处理好吗？"南希说着，从书包里拿出了那个文件袋，递给议长。

南希解释说，这是调查局关于玉汗国间谍阿布德的秘密报告副本，对民代院议长当然是不保密的。不过，万一哪个讨厌的记者获得了这份报告，可能会断章取义地大肆炒作。

爆炸性新闻将是，玉汗国间谍阿布德与亮国亮福石油公司交往甚密，玉汗国政府于今年 2 月向亮福公司支付了价值 10 亿美元的所谓赔偿，而几乎是同时，亮福公司董事会主席卡尔文·康顿的基金会向约翰·斯皮斯捐赠了 5000 万美元政治献金。大众党人与玉汗国政府有私下交易，其公开的所谓强硬态度都是作秀。

经验丰富的老议长明白了南希此行的目的，他以职业的外交辞令留有余地又足够明确地亮出了他的底牌："我可以考虑接受你的建议，尝试说服约翰，我们两党在取消制裁问题上休战。我的条件是必须要快，取消制裁令要快，推动国际大家庭重签新玉汗国飞米武器限制协议也要快，要在 2039 年内做完，我可不想它们成为平权党 2040 竞选年的加分项。"

2039 年 8 月，爱丽丝·昆兰执政官签署行政命令，取消现有的亮国对玉汗国单方面制裁的相关法令。

致暗频率

第十二章

01 石头山

2039 年 11 月，多瑙堡

在 2027 年 5 月的同一间会议室里，与玉汗国飞米武器相关的几个大国和玉汗国签署了新的《合作共管实施步骤计划书》，也称为新玉汗国飞米武器限制协议，主要条款包括：

玉汗国停止飞米武器相关活动，全面接受国际飞米武器监管机构的核查和监督。

支持玉汗国和平利用离子态热熔发电技术，但其热熔发电厂应由可信大国提供技术和设备。

建议国际大家庭全面解除对玉汗国的各项制裁。

10 天之后，国际大家庭理事会表决通过了新玉汗国飞米武器限制协议。

随之而来的是，玉汗国出口的石油和天然气源源不断地运往世界各地，F 国最大的热熔发电公司在多轮竞标中胜出，负责玉汗国位于古波湾沿岸的一座热熔发电厂的建设和运营。亮国亮福石油公司接到通知，恢复行使其在玉汗国的价值 510 亿美元大油田的股东权利。

国际大家庭理事会表决的第二天，玉汗国波古城西北部山地

玉汗国既是种植业大国，也是畜牧业大国，牛羊的出栏量大得惊人。纵贯南北，靠近古波湾平原的山地是玉汗国著名的黑山羊主产区。每年冬季，从11月份开始，牧民们会赶着成群的山羊和绵羊，穿越几百公里，转往南方牧场。

转场之路艰辛而漫长，两三个牧民一队，驱赶着几十、上百只羊组成的羊群，在海拔一两千米的山地高原上行进，通常需要七八天的路程。几乎每个牧民身后都背着一个长方形的布袋，布袋很厚实，是手工缝制的，大多是纯白色，据说是为了让羊儿们在褐色的山岭石块中更容易识别他们的主人。

老馕爸哈米德把转场当作磨炼意志的军训，每年都会带着"挪巢学校"的小学员走上一遍，孩子们总是在刚开始的一两天欢呼雀跃，漫山奔跑。之后，有的胳膊划破了，有的脚底磨出了水泡，一个个的没了精神，不停地询问，还要走多久，才能到达绿洲呀？

到了晚上，圈好了羊，吃过饭，老馕爸会点起篝火，跟孩子们围坐在一起，诵读诗歌。当年，轮到巴希尔的时候，他淘气地把罗珊娜拉到一边，背诵了那首诗：

> 晨风啊，请你用亲切的话语，
> 给可爱的小山羊捎个信息：
> 我走遍了山谷和荒野，
> 就为了寻找它向往的那片草地。

今年的转场，老馕爸哈米德没有再带上小学员，只有他和巴希尔两个人。巴希尔穿着棉长袍，头上戴着灰色的棉帽，身后的白色背囊塞得鼓鼓的。他将一条棉绳系在腰间，俨然是一个地地道道的牧民。

"小女孩儿"计划成功了，很快，罗珊娜也会回到巴希尔的身边，但是巴希尔心中还是有几个疑问，等待老馕爸哈米德给他解惑，他问道："您早就设想到，万一我和罗珊娜被抓获，可以用马丹来交换，您是怎么知道马丹的真实身份的？"

"攻敌之必救，马丹是旅芝国铜墙防空系统主要设计者鲁宾斯坦夫妇的亲生儿子，更何况，夫妇俩为了保护铜墙防空系统，被我们炸死了，他们是旅芝国的英雄。鼎天组织无论如何也不会放弃营救马丹。"哈米德用树枝拢了拢篝火，接着说，"马丹很小的时候，鲁宾斯坦夫妇在F国的罗斯地区见过他一次，当时负责接送的那个司机是我的线人。"

巴希尔心想，老馕爸这真叫伏线千里呀！但他还有一个疑问，又问道："您让我通过暗网给凯兹发出换帽子的暗示，要是旅芝人没明白怎么办？"

哈米德笑了，答道："我们和旅芝国没有外交关系，当然无法通过不存在的大使馆给他们发照会，但你别忘了，马丹的律师也是我们的人，他可以直接联系到阿方索，当然不到万不得已，我们不愿意把话说得那么直白。"

"F国把我放回来以后，情报局对我进行了审查，我如实地报告，也可以说是交代了我在行动中的过错，您为什么出面叫停了调查？也没有处分我呢？"巴希尔怯生生地问道。

哈米德站起来，走到不远处的临时羊圈，用手扳了扳围栏，以确认它的牢固性，他走回来，对巴希尔说："羊儿关在羊圈里，就像你的想法和行动全在我的视线之内一样，罗珊娜向我汇报，在双舟国，她没有亲手销毁密码，很可能被你看过了。你跟你的妈妈贝亚告别时，说要报仇，我就对你可能的鲁莽行为进行了防范。"

巴希尔了解到，哈米德和穆斯塔法教授商量后认为，巴希尔很可能在南狮门群岛的行动中擅自改变小行星的轨道，企图撞击亮国，教授计算了小行星的轨道，结合两艘太空拖船的推力，认定巴希尔设置的撞击点将是玛瑙港。

亮国人发现后，会惊出一身冷汗，虽然"小女孩儿"计划的重点是向亮国证明，玉汗国掌握了特斯拉超光波的理论和技术，但是制造点小意外，吓一吓亮国人，也不是坏事。从巴希尔调整了两颗小行星的运行轨道启动脱离程序后，穆斯塔法教授就接管了对瑟珊号和瑟非号的控制。即使罗珊娜没有利用瑟曼号拖船，教授也会直接操控两艘并未飞远的太空拖船，使小行星在太空中相撞。

"您给我们上课的时候讲过，情报工作的第一原则就是'行动人不知情'，跟F国实际上是旅芝国间谍买设备和保水剂，我和罗珊娜的身份有暴露的可能，为什么不派另一组人执行这个任务，而让我们两个包办所有的行动呢？"

"按照原计划，你和罗珊娜的身份严格保密，你们只负责在双舟国进行演练，在多溪岛完成任务。2031年计划变更为有意暴露你们的身份，罗珊娜被F国当局抓获，也是'小女孩儿'计划的一部分。"老馕爸哈米德边说边想，这孩子能够想到这一层，真是成熟了，他对巴希尔接着说，"亮国的调查人员必定是高手，他们一定能根据我们的暗示推理出我们的整个计划，但是猜到和'看到'是两码事，让F国逮到人证和物证，才能使亮国彻底相信我们确实有能力制造超光波武器。"

老馕爸的这个回答惊到了巴希尔，他在脑海中像放电影一样，回顾整个事件。他想起了马丹和鱼子酱，还有在多溪岛农场冲进来抓捕他们的说着英语的那一群人，罗珊娜被F国当局抓获是"小女孩儿"计划的一部分？难道潜艇人员没有及时把他接走也是计划的一部分，以使罗珊娜为了要求释放他而招供显得更可信？

所以，老馕爸哈米德安排他们两人分别进入多溪岛，要求在行动结束后，巴希尔先于罗珊娜离开。巴希尔没有入境记录，企图带走证据就能更好地迷惑 F 国审讯人员。这也能解释，为什么老馕爸不给他们俩配发"药丸"，为什么罗珊娜会把炸弹浇灭。巴希尔恨不得自责地抽自己两下，他憎恨自己竟在一闪念之间鄙夷过罗珊娜的胆怯。

罗珊娜不是怕死，她是在执行更艰巨的任务！

哈米德又揭开了另一个谜底，罗珊娜被捕后，要在"重压"下自然而然地招供出玉汗国在火箭城有间谍。这个深埋的间谍叫阿布德，也是"小女孩儿"计划的一部分，他将成为亮国大众党无法洗脱，又不能自证清白的一个污点。

长路艰辛，老馕爸哈米德的身体已大不如前，好几天的山路走下来，他已是气喘吁吁。巴希尔扶着老馕爸，靠在一块巨石旁坐下，巴希尔感慨地说道："老馕爸，这二十多年您太不容易了，好在针对玉汗国的制裁全面解除了，您带领我们取得了最终的胜利。以后的日子，会越来越好，从此，我们玉汗人再也不会那么难受了。"

哈米德拉过巴希尔的手，慈爱地用手指搓着他厚实的手掌，再用力把巴希尔的手掌捏成拳头，老馕爸看向远方，他语重心长地对巴希尔说：

"我很喜欢一部扶升国的电影，结尾的时候，那个男人说：'哪有个完啊？'，这次转场我们已经走七 7 天，一路都是石头山，你猜猜，翻过眼前这座山，是什么？"

巴希尔一算日子，心想，差不多了，翻过这座山，应该就是羊儿们心心念念的绿洲草场了。他轻轻抽回了手，整了整老馕爸的棉衣衣领，让他靠得更舒服一些。巴希尔转身朝山顶爬去，一步一步，艰难而又满怀希望地向上攀爬。

　　终于，巴希尔爬上了山顶，他向前方望去，没有看到他预期的绿洲草场，而是……

　　下一座更大的石头山！

鸟形折纸

2039 年 11 月，旅芝国首都，拉维港

"进来，门没锁，都进来吧。"沙姆隆二世从床上艰难地用手撑起病弱的身体，他尽可能大声地朝向门口呼唤。阿方索推开门，跟在身后的古安教授、勒夫和凯兹鱼贯而入，凯兹回身把门关上，挡住从院子里灌进来的寒风。

屋子里只开了一盏昏暗的小地灯，众人视线模糊，似乎什么也看不清，沙姆隆二世这种老派的旅芝人似乎都有夜间灯火管制的习惯和癖好。勒夫凭记忆摸到了房间顶灯的开关，屋子瞬间明亮起来。众人慰问沙姆隆的病情，说是老毛病了，休息几天就会好。

阿方索带来一个好消息，玉汗国法院的终审判决结果出来了，马丹因走私和偷越国境罪被判处一年有期徒刑，从今年二月份收监算起，明年二月，马丹就可以回来了。虽然马丹出狱的时间比那个玉汗国女间谍晚一个月，但是迪奈小姐保证她负责先控制住玉汗国女孩，确保在中立国稳妥地完成交换工作。

"不要让马丹回拉维港，他想回郁花国还是去 F 国，我们都不管，这辈子都不要再让他与鼎天组织有任何关系。"沙姆隆二世指了指墙边柜子的一个抽屉，凯兹会意，拉开抽屉，把里面的大文件袋拿出来，沙姆隆二世接着说道，"让提尼克最后一次去见马丹时，跟他说，他是自由的，忘记自己是个旅芝人吧。把这张唱片交给马丹，告诉他，这是他的亲人留给他的。"

文件袋里装着的黑胶唱片，是梅尔·鲁宾斯坦请人专门灌制的，唱片中只有两首曲子，一首是《普罗旺斯的陆地和海洋》，另一首是肖斯塔科维奇写给他儿子的"信"——《F大调第二圆舞曲》。

凯兹双手紧握着文件袋，任由泪珠扑簌簌地掉下来，阿方索搂住凯兹的肩膀。古安教授适时地转移了话题，说道："我刚从F国回来，再次向您表示祝贺，三十年了，玉汗国的飞米武器威胁终于在您的领导下，被根除了，拥有全面核查权力的国际飞米武器监管机构中，也有我们旅芝裔的专家，玉汗国的飞米武器没有死灰复燃的可能了。"

教授介绍了与F国的合作，进展顺利，完善了"面条"计划，目标是在太空中建设一座利用超光波能源发电的大型电站。勒夫尝试着想象大型太空电站的用途，他说道："有了超光波取之不尽的能源，我们既可以获得安全、清洁、低成本的电力，又能研发出多种兼具攻击和防御的太空武器。"

当沙姆隆二世说起这两个方向都不是旅芝国的终极目标时，除了古安教授，其他人满是疑惑，又引出了好奇，沙姆隆二世解释道："旅芝国国土面积很小，只有狭长的一条，像一个夹缝，外围强敌环伺。玉汗国的飞米武器威胁虽然解除了，但拉维港的防空警报还会不时地响起，我们的敌人实在太多了。"

"一千多年来，旅芝人肉体上被追杀，精神上被歧视，我们生活在领土和敌意的双重夹缝之中，似乎人类和地球留给旅芝人的只有夹缝。"

古安教授畅想着自己和团队将要开启的那个伟大事业，激动不已，他满怀深情地对众人说道：

"有了尼古拉·特斯拉的理论，我们将有机会摆脱对太阳的依赖，甚至有一天能够离开地球，撇开所有的烦扰，建设一座太空城，那里将是我们旅芝人的天堂。"

夜深了，众人告别离开，顶灯关闭，房间里恢复了昏暗，那正是沙姆隆二世这个旅芝老人更适应和喜欢的亮度。

世界上几乎每一个民族，终极的理想都是：满足所有的愿望。

旅芝人的终极理想不是那样，他们唯一的愿望就是：

获得永久的安宁。

2039 年 11 月 27 日，玉汗国首都，高原城

七年前的今天是苏赛·穆扎迪牺牲的日子，他于当日下葬，今天也是他下葬日的七周年，他的大儿子布尔汗·阿斯尼也是这一天下葬的，那是 2025 年，已经整整 14 年了。

巴希尔回到高原城以后，一有机会，就陪在他母亲贝亚·穆扎迪身边。贝亚看到小儿子平安归来，病情奇迹般地好转了许多。她已经能和巴希尔进行日常对话，还能从轮椅上站起来，在屋子里缓慢地走几圈儿。当她听说明年新年前，罗珊娜就会回来陪她的时候，她竟然久违地笑出声来。

今天，贝亚起得很早，几次犹豫之后，她还是走到了巴希尔的房间，轻声把儿子唤醒，让他找出自己在重要场合才会穿的那套黑色长袍和头巾。

昨天，哈米德通知贝亚，从今年开始，她可以去给大儿子布尔汗扫墓了。

巴希尔和贝亚来到墓园的时候，老馕爸正在指挥工匠，在平卧的墓碑上，敲敲打打，好像是正在大理石上刻字。

玉汗国的殡葬习俗秉持着三个原则：从快、从简、入土。扫墓的时候要保持安静，不能惊扰了天堂中的逝者，除了鲜花，禁止任何物品留在墓地。墓地的制式都是长方形的，墓碑近2米长，60厘米宽，平铺镶嵌在地上，墓碑上刻有逝者的名字，上首位置的垂直方向是逝者生前的照片。

布尔汗的照片是一个穿着圆领衫的稚气少年，横卧的墓碑上的名字是"布尔汗·阿斯尼"，"阿斯尼"是他养父的姓氏。

哈米德请工匠在墓碑下方的空白处刻上了布尔汗的真名：布尔汗·穆扎迪。

贝亚蹲下来，抚摸刚刚刻好的儿子的名字，用手指细心地清除刻痕中的微小粉末。她蹲跪在地上，俯身把脸贴在冰冷的墓碑上，眼泪涌出来，顺着石板流淌，凝成一小片冰雾。

蔷薇是草本植物，玉汗国南北各地种植广泛。贝亚每年都会在屋里养上几盆，即使在她病得最重的时候，她也能用眼神提醒护士，给她心爱的蔷薇花浇水。贝亚总在心里问，布尔汗是喜欢红色的还是白色的呢？

贝亚缓缓地抬起脸，仍然蹲在墓碑旁，她从袋子里拿出她用红白相间的蔷薇花精心串成的花环，小心翼翼地把花环摆成正方形，放在墓碑下方。

老馕爸请工匠把布尔汗孩子气的照片取下来，换上了一幅印在磨砂玻璃上的新照片，照片中的布尔汗，身着迷彩军服，英俊而又帅气。巴希尔和老馕爸一起把照片调正，老馕爸低声地说道："如果没有你哥哥用生命换来的那个节拍器，我们就不可能知道使用0.5和1赫兹的频率去扰动亮国的电网，'小女孩儿'计划也就无从谈起了。"

哈米德抚摸着布尔汗的照片，已是老泪纵横，他缓缓地站起来，退到墓碑的下方，老人并拢双脚，努力地挺直身体，示意巴希尔跟随他的动作。

寒风中，一老一少两个男人举起右手，向英雄布尔汗·穆扎迪敬礼。

贝亚从包里拿出诗集，翻到一页，指给巴希尔，巴希尔一边抽泣一边低声地吟诵着：

即使历经了如此长久，
太阳从来也没对地球说：
你亏欠我。

我曾问过那夜莺，
你是怎样在这黑暗的重力下飞翔？
他回答说：
是爱举起了我。

老馕爸从衣兜里掏出一个折纸，那是重病卧床，今天无法来扫墓的西敏妈妈昨晚亲手折的，她托老馕爸把折纸带到墓地，代她表达对布尔汗的哀思。巴希尔看到折纸的轮廓，像是是波古城夜莺的形象。

老馕爸双手捧着折纸，高高举起，望向天空，久久地凝视着。他缓缓地收回手，把折纸递给巴希尔。

哈米德有虔诚的信仰，不会把任何东西当作祭品留在墓地，他觉得这个寓意深刻的折纸转送给巴希尔保存，反倒更合适。老馕爸希望巴希尔能感受到这个轻飘飘的折纸所承载的那份沉甸甸的英雄气概。

　　巴希尔看清了折纸的形状，立即回想起布尔汗牺牲时那场著名的台风："海燕"。折纸确实是一只鸟，但不是夜莺。

　　那是一只海燕。

03 老馕爸的秘密

2039 年 11 月，亮国首都，硕府

七彩屋西翼狭小的地下战情室被十几位 T 计划核心成员挤得满满的，上一次全体核心成员会议是在 1994 年。此次会议的目的是启动 T 计划第三阶段，参会者包括爱丽丝·昆兰执政官、欧文·爱丁顿民代院议长、军联会主席和七彩屋办公厅主任南希等一众大佬。

参加会议的还有 T 计划项目负责人 E 先生和首席科学家布劳恩教授，大卫·哈尔西凭借在玉汗国事件中的优异表现，以 T 计划安保负责人的最新职务列席了会议。

昆兰执政官主持会议并首先发言："尼古拉·特斯拉送给了亮国一个礼物，那就是超光波理论，我们把它尘封起来，已经一百多年了。1953 年，艾尔执政官启动 T 计划，直到 1993 年，T 计划第一阶段的工作是理论研究和保密。"

"1994 年，卫利执政官开启了 T 计划第二阶段，对超光波理论进行验证，按照原计划，2050 年以后我们才开始超光波的开发和应用。"昆兰执政官环顾众人，目光停在了议长欧文·爱丁顿身上，接着说："不久前的玉汗国事件提醒我们，超光波的秘密已经外泄。平权、大众两党通力合作，成功渡过危机，避免了在我们没有准备好之前，超光波的秘密公之于众，下面请爱丁顿议长谈一下我们对玉汗国的策略。"

欧文·爱丁顿强调了两点：

一、超光波理论是亮国最高级别的核心机密，对亮国的重要性不言而喻。这为我们应对玉汗国事件定下了基调，通过解除亮国以及国际大家庭对玉汗国的一系列制裁，我们成功地稳住了玉汗人。

二、玉汗人向我们传递的信息是，解除制裁，他们就保守秘密。我们解除制裁，是为了争取时间，不是因为我们天真地相信玉汗人，所以提前启动 T 计划第三阶段，已经刻不容缓。

随后，E 先生汇报了 T 计划第三阶段的路线图，包括：

首要任务是，将超光波应用于军事和经济领域，确保亮国的领先地位，扩大与竞争对手的差距。军事领域，亮国将在月球轨道外侧，建立永久性超光波接收装置，形成一个巨大的能量源，为月球基地上的激光发射器、电磁炮等武器提供充足电力，以解决这两种武器充电间隔过长的致命缺陷。

经济领域的重点是能源，利用超光波建设大型太空电站的工作，可以交由私人公司完成，比如生产尼古拉牌电动车的世界首富迈克尔·麦克斯的艾斯贝公司。

行动步骤是，建立太空超光波大型电站，重返月球，利用充足的能源溶解月球南极的水冰，冶炼月球上丰富的稀有金属，将月球基地打造成一座后现代的工业城。

亮国的下一个目标是：从月球出发，开发火星。

2039 年 12 月 22 日，玉汗国首都，高原城

今天是玉汗国传统的曙光节，古波冬至夜。与往年不同，国际大家庭和亮国对玉汗国持续了近 30 年的经济封锁全面解除了。集市上人潮如织，似乎每一个面孔都洋溢着笑容，西瓜和石榴依然是主妇们的最爱。外国的游客和商人明显多了，千年以前，古波商旅云集的盛景再次出现在这片欣欣向荣的土地上。

按照玉汗国的习俗，年内结婚的新郎要带上礼物，到岳父岳母家拜访。老馕爸领着巴希尔来到了罗珊娜父母家，因为巴希尔和罗珊娜一样，从小就离开亲生父母，交由他人养育，巴希尔对罗珊娜亲生父母的情况一无所知，但他并不觉得奇怪。

在家的只有罗珊娜的母亲，她跟哈米德很熟悉，也早就了解和认可了巴希尔这个女婿。巴希尔奉上礼品和他亲手烤制的新馕，恭恭敬敬地向岳母行礼。

女人热情地接待了女婿巴希尔，向门口张望着，又看向哈米德，小心翼翼地轻声问道："罗珊娜执行的任务还没完吗？她什么时候能回来？"

哈米德瞥了一眼巴希尔，回答道："之前怕你担心，没跟你说，罗珊娜这次执行的任务很特殊，是在监狱里，好消息是我确保她能在明年 2 月份凯旋。你放心吧。"

"罗珊娜也在监狱里？"妈妈一问，巴希尔心里一惊，老馕爸接着说：

"罗珊娜是在 F 国的监狱，我们能把她换回来，阿布德就不同了，他在亮国的监狱里，我们无法，阿布德也不让把他换回来。因为他的任务更特殊，他说他就像粘在大众党身上的一个污点，他在监狱里多待一天，我们千辛万苦取得的新玉汗国飞米武器限制协议就能多安稳一天。"

巴希尔实在忍不住，激动地说："老馕爸，你口中的那个被亮国抓获的间谍阿布德就是我的岳父，罗珊娜的亲生父亲？"

得到了肯定的答案，巴希尔简直不敢相信自己的耳朵，他双手抱着头，不停地用拳头捶打自己。他好心疼罗珊娜呀，罗珊娜要主动被 F 国抓获、逼供，最终亲口供出自己的亲生父亲。罗珊娜一定知道，落入亮国人手中，她的父亲可能会坐一辈子牢。

巴希尔实在无法再往下想，罗珊娜呀，这对你是多么大的煎熬，又需要怎样的坚强、韧性和勇气啊！

阿纳希塔，掌管江河的女神，能把滔天巨浪化作一池静水，解救万民，却把如江河般奔涌的情感压抑在自己一人胸中。罗珊娜平静如水的外表之下，胸中埋藏的哪里只是涌动的暗潮，那一定是如火山喷发前激荡的炽热岩浆。巴希尔在心里喊着：罗珊娜，我的阿纳希塔女神！

巴希尔回过神来，又想到了眼前这个可怜的妈妈，她不是更不容易吗？女儿在 F 国的监狱里，丈夫在亮国的监狱里，他走上前去，半跪在她身前，带着哭腔，喃喃地重复着："妈妈，妈妈……"

妈妈的平静使人意外，她用温润的手托起巴希尔的面颊，擦去他的泪水，说道："阿布德去亮国已经整整十五年了，我知道他工作的重要，他打给我的每一个电话，不只是问候我，更可能是他传给你老馕爸的情报，阿布德说，我接听电话就是在为全体玉汗人做事。"

妈妈的眼泪也流出来了，但她并没有抽泣，她用手抹了抹眼角，接着说："你老馕爸跟我说，阿布德给我打电话，时间不能固定，要确保没有规律可循。我就守在这个屋子里，总是怕错过他的电话，这间屋子何尝不是我的牢房，但是我喜欢在这儿，等电话就是我生活的全部。以后不会有电话打来了，但我也会一直等下去。"

妈妈还说，阿布德告诉她，虔诚的人不怕困境和圈禁，信仰的力量会把每一个牢笼都变成天堂。

老馕爸真的是老了，他颤颤巍巍地拿出一张手掌大小的照片，交给罗珊娜的妈妈，说道："你不是一直想要罗珊娜长大后与阿布德的合影吗？这是2031年罗珊娜19岁的时候和她爸爸的照片，你一定要收好，只能给你自己看。"

妈妈如获至宝，端详着父女俩的合照，幸福的泪水夺眶而出。她把照片紧紧地贴在胸前，断断续续地发出"呜呜"的哭声。

巴希尔透过妈妈的指缝，注意到照片的背面好像写着两行字，那其实是老馕爸哈米德的又一个"秘密"，照片背面写着：

坚韧的力量胜过所有武器，
她才是真正的"小女孩儿"。

新纪元

2040 年 2 月 19 日，F 国首都，香磨城

作为特殊的犯人，罗珊娜服刑的地点就是迪奈小姐审问她的那个高墙小院。临时"监狱"里只关押她一个犯人。罗珊娜的刑期已满，再过几天就将被交换回国。她不必再穿囚服，除了手机、头巾、项坠等服饰，也都发还给她，允许佩戴。

墙太高，由于角度的原因，直到晚上十点，罗珊娜才能看到夜空中明亮的轩辕十四。又到了一年一度的太阳、地球与轩辕十四三点一线的日子。罗珊娜想起，去年大概也是这个时间，在圣老城的小木屋窗前，她和巴希尔并肩依偎着，沐浴在漫天的极光当中。

巴比伦人把轩辕十四叫做"国王"，拉丁语中，它也被称为"小王子"。在罗珊娜心里，巴希尔就是她的"小王子"，他勇猛而富有激情，错用在仇恨处，险些铸成大错。但是罗珊娜太了解巴希尔了，她可以把自己变成纯净温凉的泉水，浇灭他胸中的怒火，进而巴希尔天生的超人智慧就能生发出来。历经磨砺之后，巴希尔一定能越来越成熟，变成真正的"王子"。

罗珊娜很快就能恢复自由，见到亲人了。她凝视着蓝光闪烁的轩辕十四，闭上眼睛，想象着此刻在北极上空绚烂的极光，仿佛能感觉到地球磁暴的震颤。

罗珊娜真想告诉巴希尔，她终于悟出了即使不利用太空拖船做实验，也能感受到"视之不见，听之不闻"的那个超光波的方法。

在一个昏暗的房间里，要想找到一件东西，你需要尽可能地睁大眼睛。

在一片光明、"近乎完美"的人类智慧大厦之中，找到那个看不见、摸不着的"东西"。

你需要闭上眼睛。

2031 年 12 月 23 日，南亮洲，维瓦尔国

租来的越野吉普车在蜿蜒的山间公路上颠簸着，罗珊娜自在慵懒地斜靠在车的前座，开车的是她的父亲阿布德·达苏提。罗珊娜歪着头靠向父亲的一侧，不时地用手指轻挠着"偷袭"一下父亲握着挡把的手背，罗珊娜顽皮地像个小女孩儿。她太享受这难得的相聚时光了，似乎暂时忘记了昨夜的悲伤。

昨天是冬至，也是玉汗国的曙光节，罗珊娜的十九岁生日，她搭乘油轮到达维瓦尔国，与阔别整整七年的父亲秘密会合。一见面，女儿就黏着父亲，把从玉汗国带来的红石榴掰开，喂给他吃，还不忘拿出微型照相机，留下快乐的合影。

罗珊娜向阿布德报告了苏赛·穆扎迪和哈米德的新想法，他们认为"小女孩儿"计划实施后，应该让亮国"看到"直接的证据，既要有物证，又要有人证。巴希尔和罗珊娜两人中要有人被捕，"招供"后，再用旅芝国间谍换回。罗珊娜此行就是征求阿布德的意见。

阿布德不同意苏赛建议的让巴希尔被捕的想法，他认为自己的女儿罗珊娜更合适，因为罗珊娜冷静沉稳，不像巴希尔那么容易冲动，而且女孩子更容易骗过审问者。阿布德心疼地望着女儿，等待她的决定。

"爸爸，您不用纠结，我也觉得我比巴希尔合适。但是我不太明白，我被捕后如实招供即可，为什么说更容易骗过审问者？"罗珊娜问道。

阿布德解释了他的补充建议，大众党的皮尔斯执政官去年退出了玉汗国飞米武器限制协议，今年又刚刚附加了对玉汗国更多的制裁。计划成功后，必须确保未来的大众党执政官不再恢复对玉汗国的制裁。

阿布德建议把太空拖船的操控基地从维瓦尔国改为F国属地，因为F国是亮国的盟友。他要求把自己变成牺牲品，他建议供出自己的人就是他的亲生女儿罗珊娜，他相信罗珊娜能够做得自然逼真，在重压之下"出卖"他。

罗珊娜震惊了，罗珊娜不同意。

古波冬至夜，一年中最漫长的夜晚，父女俩的这个长夜格外漫长。

父亲给女儿讲了自己作为牺牲品的必要性和意义，也讲了牢笼与天堂的关系。

罗珊娜坚持说，道理她都懂，她就是无法接受父亲可能会坐一辈子牢。罗珊娜哭，一直哭，眼睛肿得像两只桃子，阿布德把女儿的头埋在胸口，长叹了一声，心疼地说道："明天，咱们去一个小镇，那里有一块几千年前玛雅人留下的石板。我们与玛雅人的信仰不同，但这不妨碍我带你了解一下玛雅文化。"

小镇的名字是埃隆堡，它深藏在维瓦尔国腹地。石板据说是1500年前玛雅人从千里以外运来的，显然对于玛雅人来说，这块石板上的信息非常重要。

车停了，阿布德和罗珊娜来到石板面前，罗珊娜看到这是一块长方形的石板，右侧的一半是一个站着的男人形象，左半部分下方是一个仰躺着向上看的小女孩儿，左半部分上方是一只身体朝向前方的狮子，狮子的头偏转对着男子，狮子的胸口位置贴近心脏的地方是两个精心打磨的手掌大小的凸起圆盘，分别刻着象形图案。

阿布德指着狮子胸口的圆盘说道："古希腊人把天球分成12个星座，其中一个是狮子座，狮子座中最亮的那颗恒星在阿拉伯语中称作'狮子的心脏'。"

罗珊娜问道："心脏位置这两个圆盘上的象形图案是什么意思呢？"

阿布德拿出一本玛雅象形文字对照表，解释说，玛雅人历法中的纪年跨度很长，采用20进位制。360天乘以20得到一个"小"的天数单位，再乘以20得到一个"中"的天数单位，也称1个伯克盾，还可以再乘以20，得到更"大"的天数单位。

一个月中，从1到20的每一天，玛雅人都给它们取了各自的名字，对应着各自的象形图案。石板上这两个竖向排列的圆盘，下面的这个是"芦苇"，对应着第13天，上面那个是"豹子"，对应着第14天。也可以引申为，以"芦苇"和"豹子"表示比"天"更大的天数单位序号，比如"芦苇"放在计数的第三个位置，就表示360乘以13，如果第四个位置是一只"豹子"，则表示360乘以20再乘以14。

聪明的罗珊娜马上意识到了一个问题，一年不止360天，如果用360天连续乘20，就只能按天数计算时间，无法与真实的太阳年相重合。

阿布德说："玛雅人精准地计算出一个太阳年是365.242天，每过374400天，约1025年，这个天数刚好能被360和20的乘积整除，得数是52。用这个方法，天数法就可以与太阳年相互换算，所以玛雅人把1025年称为一个太阳纪，正好约为52个'小'时间单位。"

罗珊娜说："我明白了，52再乘5，就又能被下一个进位制20整除，得数是 13，所以才有了那个著名的玛雅预言，五个太阳纪共计 5125 年，正好是 13 个伯克盾，到 2012 年冬至结束。"

"罗珊娜，2012 年 12 月 22 日，是玛雅文明认为的五个太阳纪结束后新纪元的第一天，也是你的出生日，你能用玛雅计数法把它写出来吗？"阿布德慈爱地问道。

2012 年 12 月 22 日玛雅历记为：13.0.0.0.1。

按照玛雅历法，五个太阳纪，正好是 13 个伯克盾，而第 14 个伯克盾从 2012 年 12 月 22 日，开启的是新纪元的第一天，正是光明之神密特拉苏醒的日子，也是罗珊娜的出生日。

"我终于明白了，玛雅预言并不是说五个太阳纪结束，太阳就不再升起了，而是人类只能依赖太阳的时代结束了，不依赖太阳能量的超光波新纪元由此开始！"罗珊娜说道。

阿布德从包里拿出他亲手雕刻的和石板上一样的两个圆形木雕吊坠，芦苇代表"13"和豹子代表"14"，他把豹子吊坠给罗珊娜戴上，说道："我是 1986 年出生的，生肖是豹，这只豹子代表我，也代表玛雅历法中的第 14 个伯克盾，你戴着它，去开启世界的新纪元吧！"

"我们叫做狮子座心脏的那颗恒星，中国人把它叫做轩辕十四，它的英文是 Regulus，有金属熔炉残渣的意思。"阿布德把刻着芦苇的吊坠戴在自己胸前，接着说道，"宇宙就像一个巨大的熔炉，超光波瞬时地传播能量，其中所有的人和物都终将化为炉渣。这个代表"13"的芦苇形象就是你，我的女儿，你是长夜之后，光明之神密特拉带给我的礼物。"

阿布德抹去罗珊娜的泪水，接着说道："你不用为爸爸担心，能够带着你的爱，即使永远困在'13'这个代表'过去'的时间单位里，爸爸也会觉得自己是最幸福的'炉渣'。"

罗珊娜柔弱的身躯，就像是那坚韧的苇草，依偎在坚毅的"豹子"身旁。

罗珊娜瞥见玛雅象形图案表的最后一行，是代表"20"的"花朵"，对应的时间将是 2750 多年以后的未来。

她看着那个象形图案，突然明白了之前的疑惑，玛雅人用花朵图案表示太阳，原来他们使用这个图案表示"花朵"。"花朵"同时也作为时间单位表示第 20 个伯克盾，玛雅人的心竟然也是如此柔软，使用这个形象代表"花朵"，以此作为人类对于未来千年以后共同命运的愿景。

那个表示"花朵"的图案是——

一个小女孩儿的笑脸。

尾声

2039 年 4 月 5 日，亮国

一个多月以来，晕倒在新闻发布会现场的史密斯执政官一直没有苏醒，85 岁的老人平躺在病床上，浑身上下插满了管子。脑电图监测仪显示着均匀的 δ 波，频率在 0.5 至 3 赫兹，振幅在 100 微伏左右。

深夜，就在 1000 公里外的萨州停电的时候，突然之间，老人的脑电图在 0.5 赫兹和 1 赫兹形成尖锐的峰值，振幅飙升至 260 微伏。老人并没有醒过来，一幕幕过往在他脑海中浮现。

像倒放的电影一样，画面从他摔倒的七彩屋南草坪退回到半小时前，他与 F 国范格威总统促膝对坐的谈话场景。年轻的总统给他带来了玉汗国领导人的建议，玉汗人提出，他们愿意放弃发展飞米武器并接受监督核查，希望亮国解除对其长达 20 多年的制裁。

范格威总统深情地说："您是我的老前辈，也是我的偶像，我相信，您的政治智慧一定能促成亮国和我们 F 国，当然也包括玉汗国在内的世界各国，共同走上开放合作的和平发展之路。"

画面再次闪回，老人来到了夫人凯瑟琳的病床前。史密斯执政官和他的夫人凯瑟琳都是律师出身，两人的婚姻生活甜蜜而稳固，持续了五十多年，直到2036年执政官选举前夕，凯瑟琳因病去世为止。

在外人看来，睿智能干的执政官，在家里却一贯是女主人"设计"的各种游戏的"手下败将"。凯瑟琳通过游戏讲出的道理总能使人获得启发，史密斯执政官幽默地称凯瑟琳为："我的哲学家"。

凯瑟琳设计了一个游戏，两人玩了五十多年。取两枚硬币，一人背对另一人，选择一只手里握住一枚，另一手里空着，叫做"秘密"；或是各握一枚硬币，叫做"封锁"；或是两只手里都没有硬币，表示炸弹，叫做"攻击"。准备完毕，两手握拳平举，由另一人在秘密、封锁、攻击中猜一个，分出胜负。

奇怪的是，凯瑟琳总能猜对，而史密斯执政官却是输多赢少，只能靠运气。病床前，气若游丝的凯瑟琳揭晓了她长胜的秘诀，原来握紧硬币的手背，血液循环受阻，看起来会稍白，血管也会有更清晰的突起。

更让史密斯执行官惊讶地是，凯瑟琳说，不看手背颜色也能让史密斯每次都赢。办法是不用猜的，而是与对方合作，请她把手摊开，没有了秘密，信息对称了，当然就不会错了。

可是，这个游戏之中，只有"秘密""封锁"和"攻击"，从来没说有"合作"这个选项呀！凯瑟琳握着丈夫的手松开了，面部安详地定格在微笑的表情上，她仿佛在说："任何一个游戏中，都有合作这个选项！"

史密斯执政官的脑电图恢复了平稳，在他的意识滑入深睡之前，他看见爱丽丝·昆兰执政官和多国的领袖们肩并着肩，一起向前跑去。老人笑着在心中默念：保密排他不是办法，封锁制裁不是办法，对抗攻击更不是办法。和平开放，合作共赢才是最好的也是唯一的"办法"。

2040 年 3 月，丰业国法迪尔市

人工智能挑战赛是由几个大学生在一个论坛里突发奇想搞出来的，出人意料的是，几乎所有主流人工智能大模型以及几百个垂直应用模型踊跃参加，把这个所谓的比赛变成了一个特殊的人工智能博览会。

所谓的特殊是指参赛的人工智能"选手"必须聚焦在天文、物理、数学等学科中的"大问题"，各自提交的答卷不论长短，可以是对未解问题的证明，也可以是提出科学假说，并相应提供可验证的预言。

正在法迪尔市进行的挑战赛是第二届，引起了全世界科学家和科学爱好者的关注，达芙妮·布劳恩更是亲身前往会场，近距离享受思想的盛宴。她在天文组，获得了一个宝贵的提问资格，给全体参赛"选手"提出了一个专业问题："假设宇宙大爆炸理论是错误的，你能否提出另外一个理论，也能合理地解释宇宙红移和微波背景辐射这两个现象，使它们成为支持你的理论的证据。"

达芙妮表情轻松地坐在提问席上，心想：人工智能模型的基本原理是利用海量人类经验的大数据，模仿人类。指望人工智能模型解答人类都无法解答的"大问题"，至少现阶段是不可能的。

令达芙妮惊讶的是，她很快就得到了答案，而且不止一个人工智能提交了答卷，她快速浏览了一下，至少有七个不同的理论假设，似乎都有一定的合理性。

达芙妮的提问时间就要结束了，她在离开提问席之前，输入了评语，全世界的爱好者都能看到，达芙妮写道："瞬间的惊喜之后，我在想，如果人工智能比人类思考得更快、更多、更深远，制定对人工智能加以限制的规则是否就更迫切？"

"有些人担心人类会失去对人工智能的控制，但现在看来，那不是

最可怕的。真正可怕的是，如果人类失去了思考'大问题'的能力和动力，会出现人工智能反过来引领和控制人类的思想。"

入夜，达芙妮在酒店的大床上，辗转反侧，她提出的问题，人工智能给出的答案，以及她的评语，引发了一场大讨论。她强迫自己放下已经刷了几个钟头的手机，可是她怎么也睡不着。达芙妮起身，冲了个澡，她回到床上以后，又把手机拿起来，看到了一个如雷贯耳的名字和那人发给她的私信，写道："完全同意你的观点，是时候制定人工智能的规则了。谢谢你的提问和评语，使我受到了启发，可否见面聊一下？"

达芙妮从床上蹦起来，看了一下时间，凌晨3点多，G国应该已经是上午了。达芙妮拨通了堂姐珍妮弗·布劳恩的电话，珍妮弗未及说话，只听见电话那头达芙妮没头没脑而又兴奋地说道："有一个大帅哥刚刚给我发了私信，认同我的观点，约我见面，你猜他是谁？"

珍妮弗太了解她的这个堂妹了，达芙妮有智慧、有教养，学术能力出类拔萃，就是每当遇到情感问题的时候，她就瞬间变回痴痴傻傻的可爱小女生。

达芙妮还是没忍住，说出了那个人的名字："迈克尔·麦克斯！"

堂姐珍妮弗赞叹道："哇！迈克尔·麦克斯，不就是那个尼古拉电动车和艾斯贝公司的老板吗？他不只是世界首富，更是人们心中当仁不让的男主角！"

挂断电话，达芙妮·布劳恩回复了那条私信，表示愿意见面，她双手握着手机，贴在胸前，畅想着：迈克尔·麦克斯是男主角，那我达芙妮·布劳恩是不是也有机会成为女主角呢？

1943年1月7日，霓都人旅馆3339号房间

尼古拉·特斯拉75岁生日的时候，罕见地接受记者专访。他宣称，

接收到了一个重复而稳定的低频信号，他相信，那个无线电信号来自火星。本着科学家的严谨态度，他排除了信号来自于地球自身辐射源的可能性，他甚至排除了信号来自太阳、金星或水星的可能性。

从那以后，这个在常人看来几近疯癫的老人用他自制的古怪设备，时不时地向火星发射无线电信号，期待收到反射回波。霓都人旅馆的楼顶上布满了他铺设的天线，由于接收装置设计和制造的精准性要求很高，老人一直没能成功。

昨夜，尼古拉·特斯拉快乐得像个孩子，他那瘦骨嶙峋、两腮深陷的脸上露出了神秘的笑容。凌晨时分，他洗了澡，换上整洁的新衣，穿上了那件绣着干南国传统乐器古斯勒琴图案的毛背心。那是前年塔尔兄弟带给他的，由他们的姥姥，也就是特斯拉的妹妹，亲手织成的。尼古拉爷爷最喜欢古斯勒琴，因为它只有一根琴弦，像一根绳子，发出的频率却极为动听。

特斯拉已经在前年，把《引力的动态原理》副本分别藏进了两把古斯勒琴背板中，留给后世的有缘人吧，或许一百年以后，他们愿意选择相信。

一丝细弦，频率极低，远播界外，可有回响？

老人安详地平躺在床上，喃喃自语：

终于收到你的回波了，火星。

太阳升起的时候，人们发现，伟大的科学家尼古拉·特斯拉离世了。